旅行文學讀本

孟樊◎主編

序

旅行目前已成爲台灣民眾極爲普遍的一項休閒活動，民眾的旅行經驗與知識亦因而日益豐富，「旅行全世界」甚至成爲若干人的夢想。有關旅行的資訊及報導，普遍受到注意，不僅一般報紙紛紛增闢旅遊版面，各種旅遊雜誌如雨後春筍般創刊，連有線電視也不落人後推出各式旅遊節目，以致各類旅遊書在市場上大行其道，所謂的「旅遊作家」也由此因應而生。

這些旅遊作家如果是文學創作者，那麼也就不乏有大量的旅行／旅遊文學作品的出現了。旅行文學當然不是今日始有，不論中外，古已有之（參見本書導論），以中國古代而言，不少文學名作本身即是著名的旅行文學，流傳千古；不少名勝古蹟本身更是因爲膾炙人口的詩文而因此聞名，如洞庭湖前的岳陽樓（見范仲淹的〈岳陽樓記〉）、武漢市內的黃鶴樓（見崔顥的〈黃鶴樓〉）、江西的廬山（見蘇軾的〈題西林壁〉）……。中國古代詩文家喜於名勝處題記，這些題記不僅美化了該處勝地，以致使其遠近馳名，其本身且是極爲出色的旅行文學作品。到了今日旅行風氣大開，更不乏美文佳篇的旅行文學大量的湧現。

旅行文學作品既如此之多，想要悉數閱讀，自然是「不可能的任務」，甚至連要走馬看花、浮光掠影一番亦非易事；正因爲如此，編選這樣一本旅行文學的讀本，便難免掛一漏萬，尤其以一人之力完成，更屬難事，吃力不討好，勢所必然。出於謹慎，向來被譽爲佳詩美文的旅行文學名作，自然盡量予以編選納入，尤其在古詩文部分；如上所述，旅行文學自古以來即成傳統，編選時不宜將之排除，否則除了有負古文學家爲我們留下的才智結晶之外，更將昧於歷來已成源遠流長的這一項文學傳統而不自知。

做爲讀本，爲了不偏於一隅，盡量照顧到各種文類，求其普遍，以反映各類文體性質及表現特色，詩、散文及小說都一一納入；惟編選之最困難者在於小說，蓋因旅行小說本身較難界定，也不易尋得，作品數量遠不如詩及散文。旅行小說的「旅行」味道不見得變淡，但是其對景物之描寫倒成爲其次，此一性質與詩及散文有極大的差異。在今文篇部分，民初之旅行文學作品選錄較少，一半原因乃是著作權取得的麻煩有以致之。而當代作家部分，新詩及散文原有選入鄭愁予、楊牧與瓦歷斯・諾幹的作品，但寄去之同意書未獲回音，只得割愛。至於作品所描述之景地，則盡量做到中西兼顧；選入之作家也盡量分散，如選余光中的散文，就不再選他的新詩（餘人亦同），雖然余氏亦不乏有紀遊之好詩。唯一例外是編者本人。

這是一本爲教學需要而主編的讀本，對象是大學生，雖然目前開設此類課程的系所仍屬有限，但相信未來乃大勢所趨。除了修課的大學本科生，本書其實也很適合一般人閱讀，不僅可藉由閱讀過程而偕同作者神遊一番，而且也可因此欣賞到不少美文佳篇，涵泳在開闊的文學天地裡。是爲序。

孟樊

目錄

紀遊詞

遊記散文 73

遊記散文 181

旅行小說 295

導讀／旅行文學作爲一種文類

孟樊

壹、前言

旅行文學（travel literature）作爲一個文類而受到學者的注意已是一九六〇年代以後的事了。大部分有關旅遊的文化及歷史評論或研究都在一九八〇年代以後才出現；受到注意的《諾頓版旅行書》（*The Norton Book of Travel*）係於一九八七年出版。但這二十多年來旅行文學，或更廣義一點的說法，旅行寫作（travel writing），卻成了出版寵兒，光是希．孟（William L. Heat-Moon）一九八二年出版的《藍色高速公路》（*Blue Highways*），迄今已銷售一百二十五萬冊以上（陳長房，1998:8），暢銷書排行榜上更不乏有旅遊作家。台灣的情形亦類似，一九九〇年代以來，旅行文學日益受到重視，出版市場上也開出紅盤，而《中外文學》分別於一九九七年及一九九九年製作二個有關旅行文學的專輯，開啓旅行文學研究的風氣，旅行文學作爲一種文類似乎也是不證自明了。

貳、旅行文學的興起與發展

一、西方的旅行文學

旅行文學或旅行寫作，無論是在東西方，可謂是源遠流長。就西方而言，最早的旅行寫作，根據文史家亞當斯（Percy G. Adams）的考察，可追溯到西元前四、五百年的希臘歷史學家希羅多德（Herodotus）所著的《歷史》（*Histories*），儘管仍被質疑，惟該書曾記載希氏遊歷埃及、非洲等地的見聞，使其被視爲「第一位旅行作家」（1983:45-46）。事實上，還有一部遠較希羅多德的《歷史》更早的旅行文學作品，那就是西元前八百年的大詩人荷馬（Homeros）的名著《奧德賽》（*Odyssey*）。現已成爲西方經典文學作品的《奧德賽》，是一部歌詠特洛依（Troy）戰後主角攸里西斯（Ulyses）長期飄泊之旅的史詩（epic），由於這部經典膾炙人口，「奧德賽」一字在洋字典上，已演變爲一具獨立意義的字，即「長途飄泊之旅或冒險旅行」之意，而非僅爲原來的一個專有名詞。《奧》書容或爲一具「驚異大奇航」性質的虛構性作品，且恐怕亦非一人獨力寫成，但「虛構」正是文學的特色之一；而它某種程度更反映了當時庶民的想像世界，非中國古代文人士族的遊仙詩可以比擬。

然而，旅行寫作眞正受到作家與讀者的青睞，也得等到地理大發現的「航海紀」（十五、六世紀）以後，甚至要一直等到十八世紀鐵道鋪設開始慢慢普及以後，才眞正勃興，蓋旅行寫作或旅行文學總是基於旅行而來，而旅行能否蔚然成風，則又和交通條件的是否發達以至臻於成熟息息相關。有謂十四世紀中葉的《曼德維爾遊記》（*Mandeville's Travels*）一書係早期最受矚目的一部遊記，後雖被證明是一項「僞作」（賴維菁，1998:70），但此亦足以佐證，文藝復興時期以前，在各種交通條件未至完善的情況下，旅行者不易成行，旅行寫作或旅行文學也就難以形成一個被接受的文類。即便到了文藝復興時期，當時的旅遊記聞仍不脫中古傳奇的框架，即宋美瑋所說的：「多爲怪譚虛構，題材不外海難遇救、囚虜逃生和異域奇士等陳腐老套」（1997:4），不脫「奧德賽式」旅遊的翻版，易言之，證諸旅遊的實際經驗者少，而出之於作者的想像成分者多。

旅行寫作以至於旅行文學逐漸成爲一個被接受的「通俗的敘事文類」，時在十八世紀小說開始興盛以及觀光事業崛起之際。新古典主義的信徒艾迪生（Joseph Addison）於一六九九年夏天到義大利與歐陸其他國家所做的「壯遊」（The Grand Tour）之後回到英國寫成的《義大利之遊紀事》（*Remarks on Several Parts of Italy*）一書，被視爲是旅行寫作文類建制的嚆矢（宋美瑋，1997:4），往後的十八世紀則被認爲是「經常進行長途與長篇小說創作的年代」，直到維多利亞時代（1837-1901），更由於旅行風氣的大開，例如當時裴迭克旅行指南（Baedeker's guides）與庫克觀光旅遊（Cook's tours）的盛行，爲旅行寫作及旅行文學添增活力情趣，尤其是前者的出版，滋助了不少旅行小說的寫作。流風所及，此時旅行文學的寫作逐漸強調「親眼目睹的記述」（陳長房，1998:10-11），文本與地理的疆界雖也虛實交錯，但是現實的地理空間仍須以旅行經驗做基礎。到了二十世紀，交通工具與設施日益改良，不僅文人旅遊之風日盛，旅行文學作品產量更因之大爲增加，重要的經典旅行小說如托瑪斯．曼（Thomas Mann）

的《魂斷威尼斯》、佛斯特（E. M. Forster）的《印度之旅》，以及喬伊斯（James Joyce）的《攸里西斯》等，皆紛紛於世紀初期出現，足可見一斑。

二、中國的旅行文學

就中國而言，旅行寫作勃興於唐代之後即奠立了一悠久的歷史傳統。中國自唐以來即有相當蓬勃之遊記文學，這遊記文學包括了遊記小品（散文）、紀遊詩及紀遊詞等——這是中國自成傳統的旅行文學。以遊記爲例，在唐以前實不多見，專詳山川物產的《禹貢》、《山海經》只能視爲地理志而非遊記；漢魏之際詩賦繁興，《文選》書中賦作雖有「紀行」、「遊覽」等名目，惟依楊蔭深與黃逸之二氏之考究，實多爲「感興之作」，至如孫綽〈遊天台山賦〉，既稱之爲「遊」，當屬遊記才是，但其實他自己並未到過天台山，只是「使人圖其形狀，遙爲之賦而已」，故實多爲想像之辭，自不能目爲遊記；而後魏酈道元的《水經注》、楊衒之的《洛陽伽藍記》，性亦近之，與親身遊歷者頗爲不同，仍屬地理志一類（楊蔭深、黃逸之，1973:2-3）。

除了遊記之外，促成並豐富中國旅行文學之發展的山水詩，亦扮演相當重要之角色。山水詩，顧名思義，乃是指「模山範水」一類的詩，其取材自大自然的山山水水，乃至草木花卉鳥獸者，換言之，它的內容包括大自然的一切現象；既爲如此，則所謂山水詩，不啻就是「寫風景之詩」，即「風景詩」（林文月，1996:25-26）。而「寫風景」之山水詩——就像山水詩之祖的謝靈運一樣——大抵作於「肆意遨遊，尋山陟嶺」之際，申言之，「山水詩從其孕育胎動之日起，就跟旅遊結下不解之緣：山水詩的興盛嬗變與旅遊風俗的發展同趨共步，山水詩的意蘊體式與旅遊審美觀相契互應。」（章尚正，1997:73）山水詩之勃興略早於山水遊記，劉勰《文心雕龍．明詩篇》曰：「宋初文詠，體有因革，莊老告退，而山水方滋」，此一「起於晉宋」之說，如今已成定論①。如林文月氏即言，追溯其源，應始於劉勰上述此說（1996:26）②。

山水詩的鼻祖如上所述係晉宋之際的謝靈運，而山水遊記（小品）的宗師則非以〈永州八記〉聞名的柳宗元莫屬了，而唐代也因而成了「遊記文學的勃興時期，也是山水小品臻於成熟的階段」（蔣松源，1994:2）。唐代初起，便為中國旅行文學的高峰，遊記方面，除了柳宗元的〈永州八記〉（及其之前元結的〈右溪記〉、〈寒亭記〉）之外，玄奘的《大唐西域記》也是一部極佳的作者親歷的遊記（而不只是一般的地理志書而已）；在紀遊的山水詩方面，成就更為非凡，詩仙李白詩聖杜甫者流不談外，孟浩然、王維、劉長卿、韋應物、孟郊、元稹、白居易、劉禹錫……，以至於「大歷十才子」、若干「邊塞詩詩人」等等，都有流傳千古、膾炙人口的山水紀遊詩。

旅行文學到了宋代，更為發揚光大，不僅是多元化發展，如新起的紀遊詞的盛行③，以及如陸游〈入蜀記〉、范成大〈吳船錄〉等日記體遊記之初興；且富創新立奇之作迭有出現，如王安石的〈遊褒禪山記〉、蘇軾的〈石鐘山記〉、蘇轍的〈黃州快哉亭記〉等，均係「借山水繹理，立意於議論之作」（蔣松源，1994:2）。至若山水紀遊詩，在宋詩中比重，雖不如唐之山水紀遊詩在唐詩中所占之位置，但如遊記散文一樣，其議論化的傾向亦有突出的表現（所謂「宋人言理而不言情」，於此可見）（丁成泉，1995:142-143）④。而論其成就，仍可與唐詩分庭抗禮。

唐宋之後經過金元時期短暫的沈寂，至明代又出現旅行文學高度繁榮的燦爛局面，尤其是遊記散文大放異彩。山水紀遊詩雖然表現不如前代，既沒出現名家，也沒有在自然美的認識與藝術表現上取得突破性進展（同上引，270-271）；惟其山水遊記成就甚高，誠如余光中指出的，「從大手筆的鉅製《徐霞客遊記》到眞性情的山水小品，遊記的天地愈益廣闊，作者的陣容，除了徐宏祖（徐霞客本名）和公安的三袁、竟陵的鍾惺、譚元春之外，還包括王思任、李流芳、張岱、錢謙益等」（1994:13），他們審視山水勝景，尤都注重自我性靈的眞實呈現，不僅追求對審美客體本色化的「傳神寫照」，而且在意象營造的過程中，表現出一種滲透人生的睿智與性命相守的意趣（蔣松源，1994:3）。

至有清一代，旅行文學創作仍不嫌少，各家不同風格也頗能爭奇鬥妍，如主「神韻說」的王士禎，寫景如畫，極富詩情；主「性靈說」的袁枚，長於直抒性情，出語新巧，「最得小品簡而有致之妙」（同上引）；而講求義理、辭章、考據三者合一的桐城派，雖亦不乏有情趣之作，筆墨雅淡不傷風采（同上引），惟就遊記散文而言，如余光中所說，其雖平易穩健有之，但總不夠暢快淋漓，加上考證成癖，反而疏於寫景抒情，其成績自然受到影響，所以「清代遊記雖多，進展卻少」——這是余光中所下的結論（1994:17）。

民國肇造，白話詩人所創作之新詩，較少有旅遊題材之作；但民初作家倒有不少山水遊記，尤其是放洋遊覽外國的遊記，多不勝數，儘管余光中認爲這些域外遊記中眞正的佳作不多（蓋民初文人的文筆不如古人，而這和初起的白話文正値青黃不接的時期有關），但像徐志摩、朱自清、郁達夫等人的若干遊記，其實仍有可觀哉，較諸今人並不遜色。至於當代台灣旅行文學的發展，由於民智大開、國民生活水準提高，以及交通條件大為改良的情況下，可謂「今非昔比」了，旅遊作家及作品數量大為增加，尤其在一九七九年開放出國觀光（該年元月政府核發了第一本「觀光護照」），以及一九八七年八月開放人民赴大陸探親（詩人的返鄉旅遊詩首先對此做了回應）之後，觀光及旅行風氣日益盛行，不僅航空公司（如長榮、華航）主辦各種旅行文學獎的甄選，大大小小的出版社更一窩蜂地投入各種旅行書（travel book）的出版，而這些五顏六色、爭奇鬥妍的旅行書，無論美編、印刷或裝幀，在包裝上在在都比以前更為講究，以致連一些旅行文學書也都「彩妝」上場，不僅如此，一些作家如鍾文音、褚士瑩、張維中等更是將其創作重心投注在旅遊寫作上，也出現專門出版旅遊作品的出版社（如馬可孛羅）；而向為冷門書的遊記作品，如今已搖身一變，炙手可熱，不啻亦說明台灣「旅行時代」的來臨。誠如雷班（Jonathan Raban）所說：「旅遊的普及釋放文學的力量」（1987:259）。

參、旅行文學的界說與正名

一、旅行文學的界說

旅行文學的由來與發展，如上所述，源遠流長，但眞正興盛起來還是在二十世紀以後⑤；然而，什麼是旅行文學？例如前所舉《奧德賽》一書算不算旅行文學？騎士小說《唐吉訶德》，以及伏爾泰（Voltaire）的思想小說《戇第德》（*Candide*）是否也是旅行文學？或者像陳子昂的〈登幽州台歌〉以及張繼的〈楓橋夜泊〉可否視之爲紀遊詩？凡此種種皆涉及如何定義「旅行文學」一詞。

旅行文學，顧名思義，乃是由旅行而來的文學，或者是與旅行有關的文學，簡言之，即「旅行」加「文學」。所以，旅行和文學兩樣對旅行文學來說，缺一不可。就前者而言，旅行文學的內容應該是來自作者個人旅行的體驗，也就是它是從旅行經驗所產生的文學，並非「純想像的遊記」，誠如楊萬里詩云：「山思江情不負伊，雨姿晴態總成奇。閉門覓句非詩法，只是征行自有詩。」（〈下橫山灘頭望金華山〉）；就後者而言，旅行文學固然和作者的旅行經驗不無關係，卻也不能背負紀實的包袱而變成「流水帳式的筆記」，它需要有作者文學的想像，也因此或多或少不無虛構的色彩——尤其是對旅行小說來說（下詳）。所以，如果旅行文學被界定爲「指藉有關旅遊報導之作品，包括旅遊手冊，或是學術性旅遊報導，或是文學作品中作家藉著自己旅遊之經驗，針對異國狀況之描述而寫成的旅行文學」，那麼旅行文學也就無須冠上「文學」的字眼，倒不如直接以「旅行書」來稱呼更妥（郝譽翔，2000:282）。

對於什麼是「文學」，易於獲取共識，但對什麼是「旅行」，說法便較爲分歧了，惟如何界說「旅行文學」，首要之義就須先指出什麼是「旅行」，畢竟旅行文學如前所述是從「旅行」而來的。旅行不同於一般所謂的「觀光」（tourism），「觀光」一詞，按一般英文字典的解釋是指「爲了娛樂的旅遊的實踐」（the practice of traveling for recreation）；但是「旅行」一詞字典上的解釋則是說「從一個地方到另一個地方的移動或所經歷的傳輸」（to move or undergo transmission from one place to another），或「一個特定方向或路途的移動，或經由一特定距離的移動」（to move in a given direction or path or through a given distance），這樣的定義基本上是較中性的，不像觀光是爲了娛樂的目的。字典上對「旅行」的解釋，雖然有時也附帶說明其移動（從一地至另一地）乃是作爲一個銷售代表或商務代理人（as a sales representative or business agent）而移動，但卻未言其移動是和取樂（for fun）有關，故應與「觀光」一詞有所區隔。所以尤瑞（John Urry）在《觀光客的凝視》（*The Tourist Gaze*）一書中對「觀光」所下的定義是：觀光是一項休閒的活動，換言之，它事先即假定自身與具規律性與組織性的工作相對立；它是對工作與休閒二個領域分開的一種宣示（1990:2）。觀光的時間、目的是既有限又固定，「觀光者可以舒適安然地享受事先安排好的節目」，但也變成「只是照本宣科地重複預先設定好的論述結構與邏輯」（李鴻瓊，1997:84）。而晚近觀光事業的發達，雖然將觀光活動推向頂峰，但也將觀光塑造成一種集體性（觀光團）的旅遊活動。旅行本身應是自然的，所以帶點野性和率性，但觀光事業發達的結果，恐將取代旅行（的自然與野性），使旅行逐漸變得不可能（同上引）。

如斯一來，旅行本身就不是那種「上車睡覺，下車尿尿」，忙著在觀光景點拍照留念以資證明「到此一遊」的觀光團遊覽方式，所以惟「當旅行是在追尋一場心靈的放逐、反省與思考，而不只是拿著相機，囫圇饕餮異國風景的時候，『旅行』方才有進入『文學』的可能性」（郝譽翔，2000:289）。詹宏志便認爲，不管是出生入死、冒險犯難的「硬派」旅行家，或者是內斂深刻、感受性強的「軟派」旅行家，「他們的旅行其實都不輕鬆，都不是休閒或尋歡的觀光客之旅，他們大都是意志堅定的尋覓者，追求內在或外在答案的人」（轉引自上引文），而這樣的「旅行家」所創作的文學才不是僅記錄外在客觀經驗或事件的「報導文學」。所以，旅行文學是「旅行的」而不是「觀光的」文學，它以「旅行」作爲手段進入「文學」的世界，是作家內在心靈的省思、洗滌，是旅人心智、體力與耐力的考驗（同上引）。

二、旅行文學的正名

1. 旅行文學與旅遊文學

旅行，英文字為travel，依其字源（travail）即有「勞頓」之意，也即不是為了「取樂」的觀光度假，所以法索說它是「一種辛苦費力追尋的新形式」，甚至是一種介乎「驚奇之惡」與「驚奇之善」間艱辛的冒險（1990:128）。話雖如此，旅行本身即便辛苦，其中卻也不乏有「遊」（或「遊歷」）的「樂趣」，比如從歷次旅行文學獎的評審觀點中所歸納出來的一個共同看法是：「旅行應該是一件快樂的事」（郝譽翔，2000:283）。那麼，快樂與否似乎不應成為旅行與觀光的差別，它們的不同點在於「觀光是對某個地點慕名已久的到此一遊，因此它是一種對既有印象的印證與反芻；而旅行則更加重整個旅遊過程的意義。」（同上引，294）誠如詩人席慕蓉在〈祝福〉一文中所說：「旅行的意義在脫離日常生活的軌道、在撤除界線、在放鬆自我、在溶入他鄉、在嬉遊中的觀察與反省。」（轉引自上引文，284）這裡，席慕蓉指出了今人（當代台灣）對旅行所側重的一個面向：嬉遊中的觀察與反省——而這也是旅行與觀光主要不同的所在。旅行與觀光一樣，或者都有嬉遊的成分，但除了一樣「脫離日常生活的軌道」之外，旅行更強調「他者」（異鄉、異地、異國、異民、異族）與自我「界線的撤除」，尤其是在「嬉遊」中的反省。

然而，在此，「嬉遊」的成分不僅不被忽視，反而還被多數人所特別看重，所以travel一字，在台灣有時也被稱爲「旅遊」，「旅行文學」一詞因而也常被「旅遊文學」所取代，以一九九九年三月由東海大學中文系主辦的「旅遊文學」研討會爲例，從會議名稱即能明瞭，而進一步從會議中發表的論文所使用的詞彙有「旅遊文學」和「旅行文學」觀之，可以說這二個詞彙已被視爲同一而互爲使用，「旅行文學」亦即「旅遊文學」，英文字都是 travel literature。

2. 旅行文學與遊記

如果從強調「遊」的角度而將「旅行文學」也稱之爲「旅遊文學」，那麼如前所述，中國向來即擁有相當可觀的旅行文學作品，例如唐以後的遊記，即有爲人樂道的作品。遊記向來被認爲是雜記體的一種文字，雜記範圍很廣，遊記的範疇其實也不小，不但遊覽山水可作爲遊記，即如遊覽一宮室一亭台也可作爲遊記；遊覽一名都一大城如上海、北京之類，其所記錄的文字，當然也算是遊記。「但如只記山水宮室亭台名都大城，而並非是作者親身遊覽的記錄，那卻不能算做遊記」，畢竟遊記應與地理志一類的記事文字有所區別（楊蔭深、黃逸之，1973:1-2）。所以，遊記就不能只是純客觀的記錄文字，蓋其乃「記遊而作」。既是如此，儘管它是「最寫實的文字」，但總不免帶些想像，正是因爲它是「遊」記，「則目有所觸，耳有所聞，然後始筆之書」（同上引，5），所以上所舉酈道元的《水經注》與楊衒之的《洛陽伽藍記》皆不在遊記之列，蓋前書乃根據經籍，廣搜舊聞彙輯而成；後書係爲追述當時京城著名寺觀的盛況而作（同上引，3）。遊記既包含在旅行文學之內，則不能脫離「旅遊之人」（也即作者本人）因經驗而興起之思想與想像，有了「人」味，山川文物才會因此之遊而有「文學」的可能。

3.旅行文學與山水詩

廣義而言，遊記除了散文（小品）之外，還應包括屬紀遊性質之山水詩。山水詩如前所述也就是「風景詩」，其所指之「風景」當不止山和水而已，而是包括大自然的一切景物，皆可成爲山水詩的題材。依丁成泉在《中國山水詩史》一書的說法，山水詩須重在客觀形象的描摹，如果僅是借山水名勝爲名抒情言志（如李商隱〈樂遊原〉、陸游〈劍門道中遇微雨〉、趙孟頫〈岳鄂王墓〉等），並非山水詩；不僅如此，詩中如乏生動具體的景物形象（如蘇軾〈題西林壁〉、王安石〈登飛來峰〉等），同樣亦非山水詩，蓋「一首眞正的山水詩，除了題材必須是山水景物，還必須寫出這些山水景物的生動而完整的形象，反映出大自然的某種美」（1994:6-7）。

然而，上述這種「反映出大自然之美」的山水詩，卻不能一概視爲旅行文學，蓋其未必有「遊」，如同遊記與地理志之別，紀遊詩（當然也包括紀遊詞）雖亦有山水詩般之景物描繪，與後者最大的不同在「遊」一字而已，山水再美，如無人遊之，終究還是山水。從這個角度觀之，張繼的〈楓橋夜泊〉：「月落烏啼霜滿天／江楓漁火對愁眠／姑蘇城外寒山寺／夜半鐘聲到客船」，因爲純屬外在景物客觀性之描繪，缺少「人」的「遊歷」，充其量只能目爲山水詩而非旅行文學的紀遊詩了。葉燮《原詩》（卷四外篇下）遂有如下之語：

遊覽詩切不可作應酬山水語，如一幅畫，名手各各自有筆法，不可錯雜。又名山五嶽，亦各各

> 自有性情氣象，不可移換。作詩者以此二種心法，默契神會，又須步步不可忘我是遊山人，然後山水之性情氣象，種種狀貌變態影響，皆從我目所見耳所聽足所履而出，是之謂遊覽。且天地之生是山水也，其幽遠奇險，天地亦不能一一自剖其妙，自有此人之耳目手足一歷之，而山水之妙始泄，如此方無愧於遊覽，方無愧於遊覽之詩。

山水景物雖皆「從我目所見耳所聽足所履而出」，卻也不能只借題抒情言志，完全不涉山水景物之美，如陳子昂〈登幽州台歌〉、杜甫〈鳳凰台〉等詩；外在風物之描摹，於紀遊詩（詞）必不可少，不論詩人初起涉及的是隱逸、求仙、游宦、行旅、贈別、懷古、思鄉等動機或目的，既爲「紀遊」，則遊之「所在」不能不記上一筆。雖然紀遊詩因爲受限於「詩」的體制，比起遊記散文來，「在寫實的骨架上總不免多發揮想像與感慨」（余光中，1994:12），但寫景狀物的功夫仍不可少，關於這方面，紀遊之現代詩由於體制之變革（如字數、行數不限，可自由發揮）以及特重意象之營造，反而有更好的表現。總之，山水詩未必盡爲紀遊詩，故亦不能和旅行文學完全劃上等號，必其爲紀遊之山水詩，方屬旅行文學之林。

4. 旅行文學、旅行寫作與旅行書

從上述看來，紀遊之山水詩以及遊記散文（小品）皆屬旅行文學，顯而易見，旅行文學之概念範圍要大於前二者；此外，與旅行文學相關的概念且指涉範圍又較其大者，尚有旅行寫作與旅行書。在後兩者，旅行書的概念範圍又大於旅行寫作。然而，在台灣學界（尤其是外文系出身的學者），這三個相關的詞彙卻常被混淆，彼此之間的界限並未被劃分清楚，旅行寫作往往被視爲旅行文學，而旅行書則亦常等同於旅行寫作（以至旅行文學）。這恐怕也出於洋人在論述中亦未予之加以釐清有關。

旅行文學如上所述，不管「旅行」的界定如何，「文學」是其必要條件，所以只是旅行寫作但其寫作中卻無文學成分，則其非屬旅行文學殆無疑義。而旅行寫作——又稱爲「旅行書寫」，乃是指有關旅行的各種記述與描繪——但這樣的定義又很難與另一名詞「旅行見聞錄」（travelogue）區隔——而這可以用文學的或非文學的手法來加以表現。出以文學手法的旅行書寫，就是旅行文學；反之，則只是一般的旅行寫作。所以，旅行作家也分文學家與非文學家。然而，以「是否具文學特質」或「有無文學否」作爲衡判的依據，有時也很難劃分，蓋因一部作品到底具備多少文學特性，恐怕不只一般讀者，連專業的評論家大概也不易說清楚，例如狄福（Daniel Defoe）前後經八次刪訂的《大不列顛全島遊記》（*A Tour Thro' the Whole Island of Great Britain*），導致「全書最後成爲不折不扣的導遊手冊」（刪節本據說是爲了市場的考量）（宋美瑋，1997:6），但是全書到處充斥的寫景段落，卻也不乏文學性的筆法（如他把英國描述爲「一座精工栽育的花園」）（同上引，11），這種介在文學與非文學之間的書寫最難被界定，難怪不少人乾脆將之直呼爲旅行寫作以至於旅行書了。

雷班認爲旅行寫作包括私人日記、散文、短篇故事、散文詩、未經雕琢的摘錄，或是進餐時主人慇懃有加，待客雅興的閒聊（1987:253）。這樣的界定範圍則又和旅行書的概念有相互重疊之處。嚴格而言，不管是不是文學，也不論其是否爲寫作，凡是以旅行爲主題或與旅遊有關的書籍或作品皆屬旅行書；換言之，旅行書包括的除了是旅行文學及旅行寫作的作品外，還包括和文學、寫作無關的各種旅行文字的記載，如摘錄、圖片文案、介紹文字等（各種旅行指南書籍），以及各種以圖片編纂爲主的旅行寫眞集等——這些不僅不具文學價值，也不具嚴格的「寫作」的意義。

肆、旅行文學的內涵與範疇

文類（genre）指的是文學作品的一種形式，而不同的分類標準就會有各種不同的文類。每一種文類皆有一套規範和密碼，其形成在作者與讀者之間有一種不言而喻的默契。文類並非永久固定不變的，它會隨著時代的不同而改變，譬如現今走紅的小說（novel），直到十八世紀才勃興，瓦特（Lan Watt）在《小說的興起》（*The Rise of the Novel*）一書中即指出，「小說」這個詞彙係遲至十八世紀末才被確認（1957）；相形之下，盛行於古希臘時代的史詩，到今天已成爲一種死文類。文類的盛衰，不只和讀者的接受度如何密切相關，更和作家創作量多寡有關，即一種文類之所以能夠產生以致確定，除其自身須形成一種形制特徵外，尙須多數作家的投入創作，累積一定數量的作品，才能爲自己樹立一個文類的地位。

旅行文學，如前所述，其實自古已有之，但作爲一個嚴格而言不算太新的文類，一向不受嚴謹理論的探討，所以它到底該具備哪些內涵，又涵蓋什麼樣的範疇，擁有何種文體特色？就少有人深究了。中國的詩話論及山水、紀遊詩者，對此偶有主張，如喬億《劍溪說詩》卷下有云：「景有神遇，有目接。

神遇者，虛擬以成辭，屈宋以下皆然，所謂五城十二樓，縹緲俱在空際也。目接則語貴徵實，如靖節田園，謝公山水，皆可以識曲聽眞也。」一語道破神（臥）遊與實地旅遊之作在語言表現上的差別，即前者要「虛擬以成辭」，後者則在「語貴徵實」；又如朱庭珍《筱園詩話》卷一如下之主張：「夫文貴有內心，詩家亦然，而於山水詩尤要。蓋有內心，則不惟寫山水之形勝，並傳山水之性情，兼得山水之精神。探天根而入月窟，冥契眞詮，立躋聖域矣。」詩紀山水之遊，貴從內心出發⑥，始能「寫山水之形勝」、「傳山水之性情」及「得山水之精神」，簡言之，既要狀寫景物之形，也要表現景物之神。

按「旅行」之字義，既非指短期遊樂之觀光活動，那麼其所涵蓋之範疇，誠如杜國清所說的，包括：官僚巡視、驛站道中、寺廟參拜、僧侶托缽、軍旅戎馬、江湖賣唱等等，皆可產生旅行文學的作品。他更進一步指出：「中國歷代騷人墨客，遊山玩水、仕宦謫遷、天涯淪落，甚至西方的民族遷移、殖民開拓、海外探險、原野調查、聖地巡禮、宗教遠征等等，都使人遠離家鄉而激發寫作，在中外文學史上可以說是屢見不鮮。」（2003）

旅行文學涵蓋的範圍如此之大，然則它又應該具備哪些內容呢？余光中在〈杖底煙霞——山水遊記的藝術〉一文中提及，遊記內容須「有時有地更有人」，至其表現則可寫景、敘事、抒情，以至於議論，這四者或有所偏重或兼容並蓄，但應以寫景與敘事爲主，且得「這兩種基本功夫到了家，才能情融於景，情寄於事，三者交流，達到抒情之境」（1994:26）。他進一步闡釋道：

遊必有地，亦必以時。地有景色，時分先後，所以遊記不可能不寫景敘事。至於情，則因景與

> 事而起，景在眼前，事經身歷，俯仰流連之際，自然而然已抒情過半，只須在緊要關頭，畫龍點睛，吐露胸中的感想，抒情便達到了高潮。……至於議論，則可發可不發，發也不宜太長或太抽象。（同上引，27-28）

> 遊記有時有地，當然更有人。有了人，當然要敘事、抒情、議論。沒有人，也可以專寫景色，論形勢，便成了山水記或地方志，屬於輿地學了。《水經注》不但考述地理人文，而且善於寫景，饒有詩意，常為後人詩文寫景的依據……但是山水之中沒有人物的活動，所以仍是山水記而非遊記。（同上引，28）

遊記要以寫景、敘事爲主，乃因「有人」爲之——而這也是本文前頭即特別強調的；既然「有人」，則抒情言志也在所難免。余光中上述的見解係針對遊記散文而發，惟散文本身涵蓋的類別極爲繁雜，以感性、知性分，即有所謂的「抒情文」與「議論文」，則以「旅遊」爲主題論述的議論散文，亦宜爲廣義的旅行文學所接納，不獨抒情遊記爲然。當然，議論散文還是散文，不是學術論文，則其中亦往往帶有抒情與敘事的成分，因爲即便是議論，那往往也是出諸個人主觀的見解與體驗，難免帶有感情的色彩。

不僅如此，旅行文學作爲一個文類，還應包括詩與小說。有關紀遊詩之見解，已如前述；但受限於文體本身的性質，紀遊詩較難以在敘事上發揮所長，「言志」反而常成爲它主要的訴求，當然，寫景功夫的高低仍然是作爲一首好詩的評判準據。出色的寫景係紀遊詩不可少的要件，雖然紀遊詩不能完全等於山水詩（風景詩）。至於旅行小說由於內容較爲豐富，所以其表現遠較紀遊詩駁雜，諸如顧肇森的《冬日之旅》、曾麗華的《旅途冰涼》、王宣一的《旅行》、朱天心的《漫遊者》、李昂的《漂流の旅》，以至於駱以軍的《遠方》等等，不僅內容不同，風格互異，表現手法亦各有千秋。小說長於敘事，想來應較散文與詩更近眞實。其實不然，恰恰相反，它甚至較前兩者更爲虛構，而遊記散文與紀遊詩所著重的寫景部分，往往只後退爲敘事（人物與情節發展）的背景（自然主義風格的小說例外），如同電影中作爲過場交代的空鏡頭。小說中主人翁的旅行經驗甚至是虛構的，寫景自然退居「幕後」了。杜國清即言：

> 旅行經驗可能是一篇小說情節的一部分或一個插曲，也可能只是敘述結構中的一個母題或主題。有時，在一篇小說中，整個旅行經驗可能都是虛構的，因為作者的目的是在創作小說，而不是在做旅行報告。虛構的旅行，可能包括或納入種種旅行的經驗，而作者的寫作態度可能從實際的觀察轉入社會批評，以虛構的旅行經驗或是對理想樂土的描繪來諷刺某一社會現實（2003）。

儘管有人主張旅行文學本質上與虛構文學不同，因爲對於旅行文學的閱讀，「可以視爲閱讀非虛構性事實資料傳述的經驗」（陳長房，1997:30）；然而，除非將小說創作剔除在旅行文學之外，否則即便是「紀實」性質甚濃的旅行文學，或多或少亦不無虛構的成分，其中旅行小說的虛構成分比例更高。例如托瑪斯·曼的《魂斷威尼斯》，固然有如下「紀實」的描寫：

> 就是這裡沒錯，奧森巴哈（小說中的主人翁）又將踏上威尼斯的碼頭了，這個揉合幻象、迷離、精彩建築物的勝地，曾讓多少歷史上的航海家們歎為觀止——精緻壯麗的典雅宮殿、嘆息橋、岸邊的列柱、獅子與聖人石雕、神殿東西兩翼奢華的凸窗建築、宮殿宏偉的正門和巨大的古鐘。這幅壯麗動人的美景，讓奧森巴哈不得不承認，以前他慣於搭火車來威尼斯，簡直就像是從後面走進這華麗的宮殿，只有走海路從正面登岸，才能充分體悟到這座城市的美。（蔡靜如譯，2001:50-51）

> 船在海濱的鹽水湖上平靜地行駛，經過了聖馬可廣場，來到大運河。奧森巴哈坐在船頭的圓形長椅上，手臂倚著欄杆，手放在眼睛上以遮蔽陽光。船很快地經過幾個公園旁，小廣場以公主般的優雅風貌迎接他，隨即便消失在他身後，接著是雄偉的宮殿接二連三地成排出現在眼前，在運河的轉彎處，「麗雅多」橋華麗精緻的大理石映入眼簾。（同上引，86）

但是被刻劃成「痴戀水中倒影的納西色斯（Narcissus）」的同性戀作家奧森巴哈，因迷戀小說中的美少年而產生的自抑心理，才是托瑪斯·曼小說的主題。當然，這部分係出自作者虛構的創作，而這部旅行小說卻也是旅行文學的經典之一，殆無疑義。

綜合以觀，不論是紀遊詩（詞）、遊記散文，抑或旅行小說，其紀實與虛構的程度容或有差別，誠如陳長房所說的，畢竟每部旅行文本皆在處理旅人與地理、旅人與「他者」，以及旅人與自我之間的關係（1997:31），而這也是旅行文學涉及的主要內涵。旅行包括出走與回歸，在這過程之中，旅人必須面對「新的」地理、他者與自我的「辯證」，從遭遇的衝擊與反省中形成新的體驗；而讀者藉由文學作品的「臥遊」，可能亦因此和作者「同時」經歷了一場「生命之旅」，心靈重新被洗滌了一次。

伍、結語

旅行文學在台灣雖係於一九八〇年代末至一九九〇年代初始受到文壇的注意，但是它在當代台灣的發展，即肇始於戒嚴的一九五〇、一九六〇年代。受限於蕭殺的時空環境，當時僅有的遊記如陳之藩的《旅美小簡》、《劍河倒影》，鍾梅音的《海天遊蹤》等，都不免呈現「黯然神傷」的調子，旅人的海外之遊似乎難以瀟灑起來，要到一九六〇年代末林文月《京都一年》的出現，其冷靜的文字敘述，始將旅行文學「告別憂傷」，真正展開「旅人之心翅」，而這當和其時台灣經濟起飛的社會環境的變化不無關係，一九七〇及一九八〇年代的旅行文學便能甩開之前沈重的包袱，不復有「黯然神傷」的調子，三毛《撒哈拉的故事》系列所刮起的旋風，足堪代表，尤其如上所述，一九七九年的開放觀光與一九八七年的開放探親掀起的旅遊熱潮，對於旅行文學的發展更有推波助瀾的效果，以致一九九〇年代以來有華航、長榮文學獎的舉辦，並促成旅行書出版熱的盛行，使得旅行甚至是成了作家時髦的玩意兒，而一九九〇年代旅行文學所具有的「浪漫主義的精神」則由此可見（阮桃園，2000:166-179）。

儘管如此，如前所述，有關旅行文學的研究直至一九九〇年代後期才受到關注，除了開頭所說《中外文學》推出專輯討論外，一九九八年與一九九九年分別由中國青年寫作協會及東海大學中文系舉辦了二場關於「旅行（遊）文學研討會」，惟對照此時大量的旅行文學作品，如斯零星的研究只能算是起步而已，亟待開拓。邇來大學院校也陸續開設此類課程，更說明進一步的研究確屬必要。作爲一個獨立的文類，旅行文學業已成熟，相關的研究則須持續進行，作爲教材與讀本，本書只是一個起步，將來學界勢必會有更多人的投入，旅行文學輝煌的研究成果指日可待。

【註釋】

①例如千載之後，清初詩人王士禎在他的《漁洋詩話》中即有這樣一則記載：「劉勰《文心雕龍》論晉宋間詩云，莊老告退，山水方滋，余取其語，以序宋牧仲太宰詩，牧仲遂鐫子印曰：『山水方滋』。」從王士禎這段話（王本身亦作不少山水詩）足見，自晉宋之後，山水詩此一名目已被沿用定型了（丁成泉，1995:3-4）。

②林文月甚至認爲，「山水詩」（她特別加了引號）係指「南朝宋齊那一段時期的風景詩而言；更具體的說，乃是指以謝靈運爲代表的那種模山範水的詩而言。」雖然在謝氏之前亦有以山水草木鳥獸等自然景

象入詩者，不過「因爲那些詩的作者描寫大自然的目的多數只在於借爲抒情寫志的比興或陪襯而已，在寫作的分量上既顯得貧乏單薄，而在態度上也不夠深入熱烈，因此只能視爲山水詩的準備期或醞釀期之作，卻不能視爲眞正的山水詩。」（1996:26）

③紀遊詞雖初起於唐（如白居易〈憶江南〉、張志和〈漁歌子〉），但作品數量極少，其眞正勃興在宋代。以于紹卿選註的《紀遊詞珍品——此身天地一浮萍》（1995）一書爲例，是書所輯錄的九十九首紀遊詞作品中，出自宋人之手即有五十首之多，正好是全書半數，足可見一斑。

④宋詩自歐陽修始，即有議論化之傾向；至黃庭堅一派詩人，更使「以議論爲詩，以才學爲詩」的習氣，達到了登峰造極的境地（丁成泉，1995:142）。

⑤像批評家法索（Paul Fussell）便認爲，眞正的旅行文學是在第一及第二次世界大戰期間的幾年最爲精彩（1980:215）。而這和法索本人對「旅行」所強調的苦苦追尋與探險的意涵有關。旅行與輕鬆的觀光度假無涉。旅行文學雖在二十世紀以後興盛，但是如同雷班所指出的，直到現在文學批評仍避談旅遊（1987:253），只在文化研究（cultural studies）的領域有少許的觸及。

⑥正如劉勰《文心雕龍》中所謂：「登山則情滿於山，觀海則意溢於海。」（〈神思〉）。

【引用書目】

丁成泉，1995。《中國山水詩史》，台北：文津。

于紹卿選註，1995。《紀遊詞珍品——此身天地一浮萍》，北京：東方。

余光中，1994。《從徐霞客到梵谷》，台北：九歌。

宋美瑋，1997。〈自我主體、階級認同與國族建構——論狄福、菲爾定和包士威爾的旅行書〉，《中外文學》第 26 卷第 4 期，頁 4-28。

阮桃園，2000。〈從憂傷到浪漫——現代台灣旅遊文學中的情懷轉折〉，東海大學中文系編，《旅遊文學論集》，台北：文津。

杜國清，2003。〈旅遊與還鄉〉，http://www.eastasian.ucsb.edu/projects/fswlc/tlsd/research/Journal07/foreword7c.html（2003/10/31 瀏覽）。

李鴻瓊，1997。〈空間、旅行、後現代——波西亞與海德格〉，《中外文學》第 26 卷第 4 期，頁 83-117。

林文月，1996。《山水與古典》，台北：三民。

郝譽翔，2000。〈「旅行」？或是「文學」？——論當代旅行文學的書寫困境〉，東海大學中文系編，《旅遊文學論文集》，台北：文津。

章尚正，1997。《中國山水文學研究》，上海：學林。

陳長房，1997。〈建構東方與追尋主體——論當代英美旅行文學〉，《中外文學》第 26 卷第 4 期，頁 29-69。

——，1998。〈疆域越界——論後現代英文旅行文學〉，《中外文學》第 27 卷第 5 期，頁 6-39。

楊蔭深、黃逸之選註，1973。《古今名人遊記選》，台北：台灣商務。

蔣松源主編，1994。《歷代山水小品》，武漢：湖北辭書。

賴維菁，1998。〈不列顛之外的粉紅色世界——試讀安東尼．崔珞普的《澳洲行》〉，《中外文學》第 27 卷第 5 期，頁 136-159。

Adams, Percy G. 1983. *Travel Literature and the Evolution of the Novel*. Lexington: UP Kentucky.

Fussell, Paul. 1980. *Abroad: British Literary Traveling Between the Wars*. Oxford: Oxford UP.

——. 1990. "Travel, Tourism." *Thank God for the Atom Bomb*. New York: Ballantine Books.

Mann, Thomas 著，蔡靜如譯，2001。《魂斷威尼斯》，台北：小知堂文化。

Raban, Jonathan. 1987. *For Love and Money*. London: Pan Books.

Urry, John. 1990. *The Tourist Gaze: Leisure and Travel in Contemporary Societies*. London: SAGE Publications.

Watt, Lan. 1957. *The Rise of the Novel*. Berkeley and Los Angeles: University of California Press.

古文篇

1

纪遊詩・纪遊詞

中國山水紀遊詩自謝靈運以下，已自成傳統。謝靈運這類山水詩，每每從紀遊、寫景入手，最後則轉而興情、悟理，〈石壁精舍還湖中作〉及〈從斤竹澗越嶺溪行〉二詩即爲顯例。南朝江淹的〈遊黃蘗山〉一詩，除可見其辭采華美之特色，末段之借景言志，亦爲其時文人常用之表現手法。至唐代所選錄李白、杜甫、白居易與杜牧之流，皆爲當時大家。李白的紀遊詩大開大闔，寫景抒情，如行雲流水，人稱詩仙，當之無愧。而杜甫的〈登岳陽樓〉如其多數紀遊詩作，頗有「苦吟」的味道，不若李白之灑脫。白居易曾爲杭州刺史，在西湖修築白堤，〈錢塘湖春行〉一詩可視爲此時西湖紀遊之作；〈宿湖中〉一詩則爲其守吳郡時，夜泛太湖之作。而杜牧的〈泊秦淮〉乃一反風景詩之寫法，轉而諷刺歌舞樓台的風流韻事，一句「商女不知亡國恨，隔江猶唱『後庭花』」竟被傳誦千古。

同樣是寫岳陽樓的景色，到了北宋歐陽修的手裏，卻有不同的表現與感受，白居易的「華堂張與富人看」變成歐陽修的「輕舟短楫去如飛」。蘇軾的紀遊詩，此處所選四首均係耳熟能詳的名作，是爲宋詩的高峰，而西湖及廬山反倒因此成了景色以詩聞名的例子。南宋朝則選了陸放翁泛舟遊蔭鏡湖所寫的一首詩作，直抒其踏青飲酒的悠閒情懷。元代吳澄的〈采石渡〉乃在借景抒懷，憂國憂時，慨嘆江山之昨是今非，則其所紀已不在「遊」了。至明代于謙、申涵光及清代袁枚三詩，率皆爲寫景之「小詩」，親切可讀；而徐蘭的〈出關〉一如吳澄〈采石渡〉，意不在寫景，而是在抒懷，惟其以疑問的語氣表之。

紀遊詞從唐大歷詩人張志和的〈漁歌子〉選起。詩從樂府變而爲詞，除了更向市民文學靠近而日趨通俗化之外，也走回到歌的道路上來，所以紀遊詞當能與音樂更爲合拍。又稱爲「長短句」、「倚聲」的詞，有著各種不同的詞牌，因而也有各種不同的節奏與表現，這裏所選的除辛棄疾與許有壬兩首〈水龍吟〉之外，皆爲不同的詞牌，以盡量顯示紀遊詞不同的風格特色。詞初興於唐，盛行於宋，故此處所選宋詞最多，柳永、蘇軾、周邦彥、辛棄疾等人皆爲名家；餘自五代至清朝各代亦均有選文。詞性溫婉綺麗，此處所輯紀遊之作亦多屬之，其中辛棄疾與許有壬的〈水龍吟〉以及段克己的〈滿江紅〉，或因詞牌性屬不同之故，表現了相異的情思，辛棄疾的「可惜流年，憂愁風雨，樹猶如此」，有悲忿之嘆；許有壬的「有建安遺瓦，張吾筆陣，把奸雄掃」，則難掩慷慨情緒；段克己的「問長河，都不管興亡，東流急」，也透露了傷逝懷舊的國仇家恨之情，而這也都拓寬了紀遊詞所能表現之領域。

石壁精舍還湖中作①

謝靈運

昏旦變氣候，山水含清暉。清暉能娛人，遊子憺忘歸②。出谷日尚早，入舟陽已微。林壑斂暝色，雲霞收夕霏。芰荷迭映蔚③，蒲稗相因依④。披拂趨南徑⑤，愉悅偃東扉。慮澹物自輕，意愜理無違。寄言攝生客⑥，試用此道推。

【註釋】

①詩中所寫的景物在會稽。
②憺：安適。
③映蔚：言芰荷光色相映照。
④稗：植物名，草之似穀者。
⑤披拂：扇動。
⑥攝生客：注重保養生命的人。

從斤竹澗越嶺溪行①

謝靈運

猿鳴誠知曙，谷幽光未顯。巖下雲方合，花上露猶泫。逶迤傍隈隩②，迢遞陟陘峴③。過澗既厲急，登棧亦陵緬④。川渚屢逕復，乘流翫迴轉。蘋萍泛沈深，菰蒲冒清淺⑤。企石挹飛泉⑥，攀林摘葉卷。想見山阿人⑦，薜蘿若在眼。握蘭勤徒結⑧，折麻心莫展。情用賞為美，事昧竟誰辨。觀此遺物慮，一悟得所遣。

【註釋】

①斤竹澗在今浙江樂清縣東。
②隈隩：山曲。
③迢遞：遙遠貌。陘：連山中斷處。峴：山嶺小高。
④陵：越。緬：遠。
⑤冒：覆蓋。
⑥企：舉踵。挹：酌。
⑦山阿人：就是《楚辭》的山鬼，指作者所懷思的人。

⑧握蘭：言手持香草。

【作者介紹】

謝靈運，晉宋人氏，爲陳郡陽夏人，世居會稽，爲晉車騎將軍謝玄之孫，晉時曾襲封康樂公，人稱「謝康樂」，入宋後降爲侯。累官至侍中，元嘉十年獲罪，棄市廣州，年四十九。生平喜涉山水，以山水詩著稱。

遊黃蘗山①

江淹

長望竟何極？閩雲連越邊。南州饒奇怪，赤縣多靈仙②。金峰各虧日③，銅石共臨天。陽岫照鸞采，陰溪噴龍泉④。殘杌千代木⑤，廧崒萬古煙⑥。禽鳴丹壁上，猿嘯青崖間。秦皇慕隱淪，漢武願長年。皆負雄豪威，棄劍為名山。況我葵藿志，松朮橫眼前。所若同遠好，臨風載悠然。

【註釋】

①黃蘗山在今福建省福清縣西。
②赤縣：中國的代稱。
③虧日：太陽被遮蔽。
④黃蘗山有龍潭九處。
⑤杌：無枝之木。
⑥廧崒：高峻貌。

【作者介紹】

江淹，字文通，南朝濟陽考城人。出身孤寒，曾仕宋歷齊入梁，爲散騎常侍，遷金紫光祿大夫，封醴陵侯。詩賦均有所成，辭采華美。著有《江文通集》。

清溪行①

李白

清溪清我心，水色異諸水。
借問新安江，見底何如此？
人行明鏡中，鳥度屏風裏。
向晚猩猩啼，空悲遠遊子。

【註釋】

①清溪指新安江，在今安徽省。自黟縣界流入浙江桐廬縣，東流入浙江。

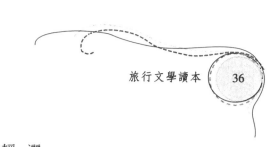

望廬山瀑布二首①

李白

其一

西登香爐峰，南見瀑布水。掛流三百丈，噴壑數千里。欻如飛電來，隱若白虹起。初驚河漢落，半灑雲天裏。仰觀勢轉雄，壯哉造化功！海風吹不斷，江月照還空。空中亂潨射②，左右洗青壁。飛珠散輕霞，流沫沸穹石③。而我遊名山，對之心益閒。無論漱瓊液，且得洗塵顏。且諧宿所好，永願辭人間。

其二

日照香爐生紫煙，遙看瀑布掛前川。飛流直下三千尺，疑是銀河落九天。

【註釋】

①廬山在江西省。

②潨：小水流入大水叫做潨。

③穹石：大石。

上三峽①

李白

巫山夾青天，巴水流若茲。巴水忽可盡，青天無到時。三朝上黃牛②，三暮行太遲。三朝又三暮，不覺鬢成絲。

【註釋】

①指長江三峽。

②黃牛：山名。在今湖北宜昌縣境內。

早發白帝城①

李白

朝辭白帝彩雲間，千里江陵一日還。兩岸猿聲啼不盡，輕舟已過萬重山。

【註釋】

①在長江邊的名城，長江建壩後已淹沒。

【作者介紹】

李白，字太白，自號青蓮居士，唐隴西成紀人氏。長於四川。曾漫遊湖北、湖南、江蘇、山東、山西、安徽、浙江各地。曾爲唐玄宗朝翰林院供奉。安祿山之亂後，被肅宗放逐，後赦免回安徽，卒於當塗。著有《李太白集》。

登岳陽樓①

杜甫

昔聞洞庭水，今上岳陽樓。吳楚東南坼②，乾坤日夜浮。親朋無一字，老病有孤舟。戎馬關山北，憑軒涕泗流。

【註釋】

①岳陽樓：在岳陽縣城西門上，開元中張說所建。

②坼：分裂。

【作者介紹】

杜甫，字子美，唐鞏人。早年生活貧苦，曾於江南、山東一帶遊歷。少時考進士落榜，中年時遇安祿山之亂，逃難至陝西、四川一帶，曾任工部員外郎（掛名差使），故後世又稱杜工部。後輾轉在湖北、湖南等地飄流，至逝世前，生活一直困苦。與李白齊名，並稱「李杜」。著有《杜工部集》。

錢塘湖春行①

白居易

孤山寺北賈亭西②，水面初平雲腳低。幾處早鶯爭暖樹，誰家新燕啄春泥。亂花漸欲迷人眼，淺草才能沒馬蹄。最愛湖東行不足，綠楊陰裏白沙堤。

【註釋】

①錢塘湖：現在浙江省杭州市的西湖。

②孤山：西湖上的一處名勝，在裏湖和外湖之間。

題岳陽樓

白居易

岳陽城下水漫漫，獨上危樓倚曲欄。春岸綠時連夢澤①，夕波紅處近長安②。猿攀樹立啼何苦？雁點湖飛渡亦難。此地唯堪畫圖障，華堂張與富人看。

【註釋】

①夢澤：指雲夢七澤，在今湖北省境內。

②夕波，一作夕陽。

宿湖中①

白居易

水天向晚碧沈沈，樹影霞光重疊深。浸月冷波千頃練，苞霜新橘萬株金。幸無案牘何妨醉，縱有笙歌不廢吟。十隻畫船何處宿，洞庭山腳太湖心。

【註釋】

①白居易守吳郡時，夜泛太湖。

【作者介紹】

白居易，字樂天，唐下邽人。貞元十六年進士，授祕書省校書郎，累官至左贊善大夫，後因上疏爲執宰所忌，貶爲江州司馬，遷忠州刺史等官。

泊秦淮①

杜牧

煙籠寒水月籠沙②，夜泊秦淮近酒家。商女不知亡國恨③，隔江猶唱「後庭花」④。

【註釋】

①秦淮：秦淮河，在南京。

②籠：籠罩。

③商女：賣唱的女子。

④江：指秦淮河。

【作者介紹】

杜牧，字牧之，唐京兆萬年人，晚唐重要詩人，曾中進士。

晚泊岳陽

歐陽修

臥聞岳陽城裏鐘，繫舟岳陽城下樹。正見空江明月來，雲水蒼茫失江路。夜深江月弄清輝，水上人歌月下歸；一闋聲長聽不盡，輕舟短楫去如飛。

【作者介紹】

歐陽修，字永叔，自號醉翁，晚年更號六一居士，謚號文忠，世稱歐陽文忠公，宋吉州永豐人，官至參知政事，為北宋著名經學家、史學家、文學家、金石學家。領導北宋詩人革新運動，與晏殊齊名，並稱「晏歐」。著有《歐陽文忠公文集》、《六一詞》等。

飲湖上初晴後雨①

蘇軾

水光瀲灩晴方好②，山色空濛雨亦奇。欲把西湖比西子，淡粧濃抹總相宜。

【註釋】

①原二首，選一首。湖指杭州西湖。

②瀲灩：水滿貌。

題西林壁①

蘇軾

橫看成嶺側成峰，遠近高低各不同。不識廬山眞面目，只緣身在此山中。

【註釋】

①西林寺，在廬山。

廬山二勝

蘇軾

余遊廬山南北得十五六，奇勝殆不可勝紀，而懶不作詩，獨擇其尤佳者作二首。

開先漱玉亭

高巖下赤日，深谷來悲風，擘開青玉峽，飛出兩白龍①，亂沫散霜雪，潭古搖清空，餘流滑無聲，快瀉雙石硔②。我來不忍去，月出飛橋東，蕩蕩白銀闕，沈沈水精宮。願隨琴高生③，腳踏赤鯶公④，手持白芙蕖⑤，跳下清泠中。

棲賢三峽橋

吾聞太山石⑥，積日穿線溜，況此百雷霆，萬世與石鬥。深行九地底，險出三峽右，長輸不盡溪⑦，欲滿無底竇，跳波翻潛魚，震響落飛狖。清寒入山骨，草木盡堅瘦，空濛煙靄間，澒洞金石奏⑧。彎彎飛橋出，瀲瀲半月彀，玉淵神龍近，兩雹亂晴晝。垂缾得清甘，可嚥不可漱。

【註釋】

①兩白龍：兩道瀑布。

②硔：大壑。

③琴高生：《列仙傳》中所記載的趙人得道仙去者，後一度乘赤鯉復現於人間。

④鯶：鯉魚。宋代稱供放生用的紅鯉魚爲赤鯶公。

⑤芙蕖：荷花。

⑥太山：即泰山。

⑦輸：流。

⑧澒洞：水流洶湧。

【作者介紹】

蘇軾，字子瞻，自號東坡居士，宋眉州眉山人，進士出身，曾任翰林學士，但一生官運不濟，長任地方官吏。與辛棄疾並稱「蘇辛」。著有《東坡集》、《後集》、《續集》。詩、詞、文俱有成就，影響後世甚深。

九月三日泛舟湖中作①

陸游

兒童隨笑放翁狂，又向湖邊上野航。魚市人家滿斜日，菊花天氣近新霜。重重紅樹秋山晚，獵獵青帘社酒香②。鄰曲莫辭同一醉③，十年客裏過重陽。

【註釋】

①泛舟之湖指蔭鏡湖。

②青帘：指酒家青色旗招。社酒：村社的酒。

③鄰曲：鄰舍。

【作者介紹】

陸游，字務觀，號放翁，宋越州山陰人，賜進士出身，官至寶章閣待制。爲南宋著名愛國詩人，有「南宋宗匠」之稱。著有《劍南詩稿》、《渭南文集》。

采石渡①

吳澄

流波萬斛忠臣淚，遺跡千年采石磯。南北於今失天限，江山如昨愴人非。新潮寂寞陰風怒，舊塚荒涼落月輝。一去不來虞雍國②，當時渡馬更秋肥。

【註釋】

①采石：采石磯，在安徽當塗縣西北牛渚山下，突出於長江中。

②虞雍國：宋虞允文大敗金兵於采石磯，被封雍國公。

【作者介紹】

吳澄，字幼清，元撫州崇仁人，曾官至翰林學士，同修國史。著有《草廬集》。

夏日憶西湖風景

于謙

湧金門外柳如煙①，西子湖頭水拍天②。玉腕羅裙雙蕩槳，鴛鴦飛近採蓮船。

【註釋】

①湧金門：舊杭州城門。

②水拍天：水天相接，水浪好像拍到天空。

【作者介紹】

于謙，字廷益，明浙江錢塘人。明初傑出的政治家與軍事家。現存《于肅愍公集》中收有六百十四首詩作。

泛舟明湖①

申涵光

女牆倒影下寒空②，樹杪飛橋渡遠虹。歷下人家十萬戶③，秋來都在雁聲中。

【註釋】

①明湖：在山東歷城縣。一名大明湖。

②女牆：城上的短牆。

③歷下：故城在山東歷城縣治西，以在歷山之下，故名歷下。

【作者介紹】

申涵光，字孚孟，號鳧盟，明永年人，與殷岳、張蓋稱「畿南三才子」，屢薦不仕。著有《聰山集》、《荊園小語》。

桐江①

袁枚

桐江春水綠如油，兩岸青山送客舟。明秀漸多奇險少，分明山色近杭州。

【註釋】

①桐江：係浙江在桐盧縣境合桐溪之名。

【作者介紹】

袁枚，字子才，號簡齋，別號隨園老人，清浙江錢塘人。乾隆進士，官至翰林院庶吉士，曾任江蘇溧水、江浦、沭陽、江寧等地知縣。年三十八辭官告歸於江寧小倉山下，築別墅，名隨園，授徒講學與著述。擅古文、駢體，尤工於詩；論詩主張直抒性情，倡「性靈說」。著有《小倉山房集》、《隨園詩話》等。

出關①

徐蘭

憑山俯海古邊州②，旆影風翻見戍樓③；馬後桃花馬前雪，出關爭得不回頭④？

【註釋】

①關：指山海關，即河北臨榆縣的東門，又稱天下第一關。

②古邊州：指臨榆，爲邊境重地，故稱古邊州。

③旆：旗。

④爭得：怎得。

【作者介紹】

徐蘭，字芬若，一字芝仙，清江蘇常熟人。曾學詩於王士禎。後流寓北通州以終。著有《出塞集》。

漁歌子

張志和

西塞山前白鷺飛①，桃花流水鱖魚肥②。青箬笠③，綠蓑衣，斜風細雨不須歸。

【註釋】

①西塞山：在浙江吳興縣西南。

②鱖魚：也稱「石桂魚」。一種口大鱗細，黃綠色帶黑色斑點的魚。

③箬笠：用箬竹葉編成的帽子。箬，竹名，又作「篛」。

【作者介紹】

張志和，字子同，自號煙波釣徒，又號玄眞子，唐婺州金華人。曾因事貶官，後赦還，遁居江湖。現存詞〈漁歌子〉等五首。

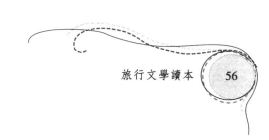

南鄉子（二首）

歐陽炯

路入南中①，桄榔葉暗蓼花紅②。兩岸人家微雨後，收紅豆，樹底纖纖抬素手。

岸遠沙平，日斜歸路晚霞明。孔雀自憐金翠尾，臨水，認得行人驚不起。

【註釋】

①南中：古人對雲、貴、川一帶的泛稱。

②桄榔：南方常綠喬木，果實名桄榔子。花汁可製糖，莖髓可製澱粉。蓼：植物名，一年生草本。種類不一，或生水中，或生原野。

【作者介紹】

歐陽炯，五代時益州華陽人，事蜀帝王衍爲舍人；後歸宋，授左散騎常侍。曾爲《花間集》做序。

望海潮

柳永

東南形勝①，三吳都會②，錢塘自古繁華。煙柳畫橋，風簾翠幕，參差十萬人家。雲樹繞堤沙，怒濤捲霜雪，天塹無涯。市列珠璣，戶盈羅綺，競豪奢③。

重湖疊巘清嘉④。有三秋桂子，十里荷花。羌管弄晴，菱歌泛夜，嬉嬉釣叟蓮娃⑤。千騎擁高牙⑥。乘醉聽簫鼓，吟賞煙霞。異日圖將好景，歸去鳳池誇⑦。

【註釋】

①形勝：地理形勢優越便利。
②三吳：吳興郡、吳郡、會稽郡，「世號三吳」。
③珠璣：泛指珍貴的珠寶飾物。競豪奢：賽豪華，比奢侈。
④重湖：西湖以白堤爲界，分爲裏湖、外湖，故云。疊巘：指錢塘周圍的靈隱山、南屏山、北高峰等重重疊疊的山峰。清嘉：形容湖山秀美。
⑤羌管：笛子，出產於羌地，故名。弄：吹奏。蓮娃：採蓮女。
⑥高牙：用象牙做旗杆裝飾的大旗，此指長官的儀仗。
⑦鳳池：即鳳凰池，古代宰相衙門所在地。

少年遊

柳永

參差煙樹灞陵橋，風物盡前朝。衰楊古柳，幾經攀折，憔悴楚宮腰。
夕陽閒淡秋光老，離思滿蘅皋①。一曲陽關，斷腸聲盡，獨自憑蘭橈②。

【註釋】

①蘅：即杜蘅，香草名。皋：水邊高地。

②橈：彎曲的木頭。

【作者介紹】

柳永，初名三變，字景莊，後改名永，字耆卿，宋福建崇安人，景祐元年及第，官至屯田員外郎，後潦倒以終。曾爲妓女作詞，流傳甚廣。著有詞集《樂章集》。

望江南　超然台作①

蘇軾

春未老②，風細柳斜斜。試上超然台上望，半壕春水一城花。煙雨暗千家。
寒食後③，酒醒卻咨嗟④。休對故人思故國，且將新火試新茶。詩酒趁年華。

【註釋】

①超然台：在密州（今山東諸城縣）北城上。蘇軾曾將舊台修葺一新，作爲登覽遊憩的地方。
②春未老：言春天還沒有過去。
③寒食：寒食節，在農曆清明前二日。
④咨嗟：歎氣聲。

【作者介紹】

蘇軾，字子瞻，自號東坡居士，宋眉州眉山人，進士出身，曾任翰林學士，但一生官運不濟，長任地方官吏。與辛棄疾並稱「蘇辛」。著有《東坡集》、《後集》、《續集》。詩、詞、文俱有成就，影響後世甚深。

滿庭芳　夏日溧水無想山作①

周邦彥

風老鶯雛，雨肥梅子，午陰嘉時清圓。地卑山近，衣潤費爐煙②。人靜烏鳶自樂，小橋外，新綠濺濺③。憑欄久，黃蘆苦竹，疑泛九江船。

年年，如社燕，飄流瀚海，來寄修椽④。且莫思身外，長近尊前⑤。憔悴江南倦客，不堪聽，急管繁弦。歌筵畔，先安簟枕⑥，容我醉時眠。

【註釋】

①溧水：今江蘇縣名。無想山：在溧水縣南十八里。
②卑：指地勢低。費：費時。爐煙：用來燻衣服，去除潮氣。
③濺濺：流水聲。
④社燕：燕子是候鳥，春社時節北飛，秋社時節南下。修椽：承受屋瓦的長椽子，燕子在此築巢。
⑤尊：酒器。
⑥簟：竹席。

【作者介紹】

周邦彥，字美成，號清眞居士，宋浙江錢塘人，徽宗時曾爲大晟府提舉。詞講求格律，組織嚴密。被王國維推崇爲詞中老杜。著有《清眞集》。

水龍吟　登建康賞心亭①

辛棄疾

楚天千里清秋②，水隨天去秋無際。遙岑遠目③，獻愁供恨，玉簪螺髻④。落日樓頭，斷鴻聲裏，江南遊子。把吳鉤看了⑤，欄杆拍遍，無人會，登臨意。

休說鱸魚堪膾，盡西風季鷹歸未⑥？求田問舍⑦，怕應羞見，劉郎才氣。可惜流年，憂愁風雨，樹猶如此。倩何人，喚取紅巾翠袖，搵英雄淚⑧。

【註釋】

①建康：又名金陵，即今江蘇南京。賞心亭：在建康城西的城樓上，遺址在今南京水西門。

②楚天：泛指南方的天空。

③遙岑：即遠山。

④螺髻：古代婦女一種螺旋形的髮髻。

⑤吳鉤：刀名。相傳是吳王闔閭時的寶刀，此處泛指佩刀。

⑥季鷹：指晉代張翰。張翰，字季鷹，曾於洛陽爲官；秋風起時，想起家鄉的鱸魚膾美肴，竟棄官歸鄉。

⑦求田問舍：指買地置屋。

⑧倩：請。搵：擦掉。

【作者介紹】

辛棄疾，字幼安，號稼軒，宋山東歷城人，官至湖北、江西、湖南、福建、浙東安撫使；惟因見忌於南方官僚，屢遭彈劾。詞慷慨激昂，頗有成就；詩與蘇軾齊名，人稱「蘇辛」。著有《稼軒詞》。

風入松

俞國寶

一春長費買花錢，日日醉花邊。玉驄慣識西湖路①，驕嘶過，沽酒壚前。紅杏香中簫鼓，綠楊影裏秋千。

暖風十里麗人天，花壓鬢雲偏。畫船載取春歸去，餘情付，湖水湖煙。明日重扶殘醉，來尋陌上花鈿②。

【註釋】

①玉驄：白馬。

②花鈿：用金翠珠寶等製成的形如花朵的首飾。

【作者介紹】

俞國寶，宋撫州臨川人，南宋淳熙年間的太學生。《全宋詞》中存其詞五首。

水調歌頭　與李長源遊龍門①

元好問

灘聲盪高壁，秋氣靜雲林。回頭洛陽城闕，塵土一何深。前日神光牛背②，今日春風馬耳③，因見古人心。一笑青山底，未受二毛侵④。問龍門，何所似，似山陰。平生夢想佳處，留眼更登臨。我有一卮芳酒，喚取山花山鳥，伴我醉時吟。何必絲與竹，山水有清音。

【註釋】

①李長源：名汾，太原平晉人，爲元好問「平生三知己」之一。龍門：又稱伊闕，在今河南洛陽市南。

②神光牛背：典出《世說新語・雅量》，言晉人王衍被族人侮辱，用肴盒擲面而不以爲意，盥洗後，照著鏡子對丞相王導說：「汝看我眼光，乃出牛背上。」意謂自己風神英俊，不與人計較。

③春風馬耳：李白〈答王十二寒夜獨酌有懷〉詩云：「世人聞此皆掉頭，有如東風射馬耳」，比喻對外界事物漠然無所動心。

④二毛：指頭髮斑白。

【作者介紹】

元好問，字裕之，號遺山，金太原秀容人，曾爲鎭平、內鄉、南陽三縣縣令，累官至行尚書省左司員外郎。爲金代著名學者，詩文冠金元二代，金亡後不仕。著有《遺山集》（四十卷）。

滿江紅　登河中鸛雀樓①

段克己

古堞憑空，煙霏外，危樓高矗。人道是，宇文遺址②，至今相續。夢斷繁華無覓處，朱甍碧甃空陳跡③。問長河，都不管興亡，東流急。

儂本是，乘槎客。因一念，仙凡隔。向人間俯仰，已成今昔。條華橫陳供望眼，水天上下涵空碧。對西風，舞袖障飛塵，滄溟窄④。

【註釋】

①河中：河中府，治所在今山西永濟縣。鸛雀樓：在河中府城西南城上，俯臨黃河。傳說曾有鸛雀棲於樓上，因取名鸛雀樓。

②宇文：指宇文泰。宇文泰，字黑獺，代郡武川人，鮮卑族。曾建立北周政權。

③甍：屋背。甃：井壁。

④滄溟：幽邈的天空。

【作者介紹】

段克己，字復之，號遯庵，金絳州稷山人，為金代進士，入元不仕。著有《遯齋樂府》（一卷）。

水龍吟　遊三台①

許有壬

幾年幾到三台，往年不似今年好。故人雲集，遠山屏列，蔚藍清曉。趙舞燕歌，一時奇絕，百壺傾倒。對山川如昔，風煙不減，但人比，當時老。

放眼秋容無際，碧澄澄，雁天霜早。曹瞞事業②，悠悠斜日，茫茫衰草。為問漳流，古來豪傑，浪淘多少。有建安遺瓦，張吾筆陣，把奸雄掃。

【註釋】

①三台：即鄴城銅雀台、金虎台、冰井台。舊址在今河北臨漳縣西南。

②曹瞞：曹操小名阿瞞。

【作者介紹】

許有壬，字可用，元河南湯陰人，累官至集賢大學士。著有《圭塘小稿》一卷。

錦堂春　燕子磯①

歸莊

半壁橫江矗起，一舟載雨孤行。憑空怒浪兼天湧，不盡六朝聲。
隔岸荒雲遠斷，繞磯小樹微明。舊時燕子還飛否？今古不勝情。

【註釋】

①燕子磯：在今江蘇南京觀音門外觀音山。

【作者介紹】

歸莊，一名祚明，字爾禮，又字玄恭，號恆軒，明江蘇昆山人。為明散文家歸有光之曾孫。與顧炎武齊名，世稱「歸奇顧怪」。著有《恆軒集》。

浣溪沙（二首）①

王士禎

北郭青溪一帶流，紅橋風物眼中秋。綠楊城郭是揚州。
西望雷塘何處是②，香魂零落使人愁。澹煙芳草舊迷樓。

白鳥朱荷引畫橈③，垂楊影裏見紅橋。欲尋往事已魂銷。
遙指平山山外路④，斷魂無數水迢迢。新愁分付廣陵潮⑤。

【註釋】

①這兩首詞吟詠揚州。
②雷塘：在揚州西北，即漢時雷陂。
③橈：船槳，又作船解。
④平山：即平山堂，爲歐陽修守揚州時所建。
⑤廣陵：即今揚州。

【作者介紹】

王士禎，字貽上，號阮亭，別號漁洋山人，乾隆中賜名士禎，死後謚文簡；清山東新城人，曾官至刑部尚書。論詩主「神韻說」，著有《帶經堂集》、《漁洋詩文集》等。

2 遊記散文

山水遊記從晉宋選起，似成體制，其中袁山松、盛弘之、鮑照諸氏作品，幾成代表。盛弘之〈江水・三峽〉純爲寫景之作，目爲山水小品更爲合宜。與謝靈運、顏延之被稱爲元嘉三大家的鮑照，其〈登大雷岸與妹書〉雖係一封家書，實則爲一篇辭采華麗之遊記散文，對仗工整、意象生動，極騁詞章之能事，自不在話下。山水小品臻於成熟的唐代，限於篇幅，在此只選錄代表性人物元結與柳宗元二氏之作三篇。元結承上〈謝靈運〉啓下〈柳宗元〉的〈右溪記〉，開頭短短數語便將「右溪」之地理環境交代清楚，不費筆墨，言簡意賅，「出手」即不凡。柳宗元的〈永州八記〉篇篇可讀，寫景、敘事、抒情、議論要言不繁，渾然天成，不愧爲山水遊記之鼻祖，其中〈始得西山宴遊記〉一文最爲膾炙人口。

宋代所選歐陽修〈醉翁亭記〉、王安石〈遊褒禪山記〉及蘇轍〈黃州快哉亭記〉三文，均爲遊記名作，三文共同特色爲：寫景之餘兼有議論，而宋人爲文向來好發議論，由此可見一斑。以遊記散文的成就論，歐陽文要大於蘇文，而蘇文則優於王文。王文與蘇文似志在議論，惟後者以事取譬，合於題旨，猶勝前者泛泛之慨嘆。至若元代麻革之〈遊龍山記〉，實係遊記美文一篇，乍看似只平鋪直敘，但文章肌理清楚，敘事、寫景與議論均有可觀哉；徐宏祖之筆調庶幾近之。

明初劉基之〈松風閣記〉，潦潦數語卻力道萬鈞，將松風之聲自紙筆傳出，栩栩如生，令人莫名所以。袁宏道的〈虎丘記〉寫蘇州虎丘盛會，循序漸進的描繪，異常生動。徐霞客日記體的〈遊黃山日記〉，對於遊程交代鉅細靡遺，文筆仍遒勁有力，以致屢用奇筆（如「冉冉僧一群從天而下」），其文已成遊記一絕。張岱著名遊記多篇，此處選〈西湖七月半〉一文，有別開生面的意味，乃在其旨在寫「人景」而非「風景」，描繪的是「看西湖七月半的人」。錢謙益的〈遊黃山記〉與施閏章的〈遊九華記〉二文皆擅於寫景，錢文寫黃山的雲、松奇景，尤令人神往。袁枚的〈浙西三瀑布記〉寫三瀑三異，層次分明，前後互爲對比，一目瞭然。而姚鼐的〈登泰山記〉爲遊泰山之名篇，文中所記日出之景，最爲人所樂道，此文亦可見桐城派「味淡聲希，整潔從容」的文體特色。

西陵峽①

袁山松

自黃牛灘東入西陵界②，至峽口一百許里。山水紆曲，而兩岸高山重嶂，非日中夜半不見日月。絕壁或千許丈，其石彩色形容，多所象類。林木高茂，略盡冬春。猿鳴至清，山谷傳響，泛泛不絕。所謂三峽，此其一也。

常聞峽中水疾，書記及口傳悉以臨懼相戒，曾無稱有山水之美也。及余來踐躋此境，既至欣然，始信之耳聞不如親見矣。其疊崿秀峰③，奇構異形，固難以辭敘。林木蕭森，離離蔚蔚④，乃在霞氣之表，仰矚俯映，彌習彌佳⑤。流連信宿⑥，不覺忘返，目所履歷，未嘗有也。既自欣得此奇觀，山水有靈亦當驚知己於千古矣。

【註釋】

①西陵峽：長江三峽之一，又名巴峽；在湖北宜昌市西北，西起巴東縣官渡口，東至宜昌南津關。本篇爲《水經注》引錄《宜都記》的一段佚文。

②黃牛灘：在宜昌市西黃牛山下。

③崿：山崖。

④離離蔚蔚：草木茂盛的樣子。
⑤彌習：更加接近。
⑥信宿：連宿兩夜。

【作者介紹】

袁山松，晉陳郡陽夏人，少有才名，又善音律。晉安帝時爲祕書丞，歷任宜都太守、吳郡內史，孫恩起義時守瀆城被殺。著有《宜都記》，惜今已散佚。

江水·三峽①

盛弘之

自三峽七百里中②，兩岸連山，略無闕處③。重岩迭嶂，隱天蔽日，自非停午夜分④，不見曦月⑤。至於夏水襄陵⑥，沿泝阻絕⑦。或王命急宣⑧，有時朝發白帝，暮到江陵，其間千二百里，雖乘奔御風，不以疾也。春冬之時，則素湍綠潭，回清倒影。絕巘多生怪柏，懸泉瀑布，飛漱其間，清榮峻茂，良多趣味。每至晴初霜旦，林寒澗肅，常有高猿長嘯，屬引淒異，空谷傳響，哀轉久絕。故漁者歌曰：「巴東三峽巫峽長，猿鳴三聲淚沾裳！」

【註釋】

①三峽：瞿塘峽、巫峽和西陵峽的合稱。

②七百里：是古人對三峽長度的估計。

③略：大略。

④自非：如果不是。停午：正午。夜分：夜半。

⑤曦：日光。

⑥襄陵：水漫上山陵。

⑦泝：同「溯」字。
⑧王命：皇帝的命令。急宣：急於要宣布。

【作者介紹】

盛弘之，南朝宋文學家。曾任臨川王劉義慶侍郎，與鮑照相友善。著有《荊州記》。

登大雷岸與妹書①

鮑照

吾自發寒雨，全行日少。加秋潦浩汗②，山溪猥至③。渡泝無邊④，險徑遊歷。棧石星飯，結荷水宿。旅客貧辛，波路壯闊。始以今日食時，僅及大雷。途登千里，日逾十晨，嚴霜慘節⑤，悲風斷肌，去親為客，如何如何！

向因涉頓⑥，憑觀川陸，遨神清渚，流睇方潨⑦。東顧五洲之隔，西眺九派之分。窺地門之絕景，望天際之孤雲。長圖大念，隱心者久矣。

南則積山萬狀，負氣爭高，含霞飲景，參差代雄⑧，凌跨長隴，前後相屬。帶天有匝⑨，橫地無窮。東則砥原遠隰⑩，亡端靡際，寒蓬夕捲⑪，古樹雲平。旋風四起，思鳥群歸。靜聽無聞，極視不見。北則陂池潛演⑫，湖脈通連。苧蒿攸積⑬，菰蘆所繁⑭。棲波之鳥，水化之蟲⑮，以智吞愚，以強捕小，號噪驚聒，紛牣其中⑯。西則迴江永指⑰，長波天合。滔滔何窮，漫漫安竭！創古迄今，舳艫相接⑱，思盡波濤，悲滿潭壑，煙歸八表⑲，終為野塵，而是注集，長寫不測⑳。修靈浩蕩㉑，知其何故哉！

西南望廬山，又特驚異。基壓江潮㉒，峰與辰漢連接。上常積雲霞，雕錦縟。若華夕曜，岩澤氣通，傳明散彩，赫似絳天。左右青靄，表裏紫霄。從嶺而上，氣盡金光；半山以下，純為黛色。信可以神居帝郊，鎮控湘漢者也。

若潨洞所積㉓，溪壑所射，鼓怒之所㕄擊㉔，湧澓之所宕滌㉕，則上窮荻浦㉖，下至狶洲㉗，南薄燕氐㉘，北極雷澱㉙，削長埤短㉚，可數百里。其中騰波觸天，高浪灌日。吞吐百川，寫泄萬壑。輕煙不流，華濎振沓㉛。弱草朱靡，洪漣隴蹙㉜。散渙長驚，電透箭疾。穹溘崩聚，坻飛嶺覆㉝。回沫冠山，奔濤空谷。砧石爲之摧碎㉞，碕岸爲之齏落㉟。仰視大火㊱，俯聽波聲，愁魄脅息，心驚慄矣！至於繁化殊育㊲，詭質怪章㊳，則有江鵝、海鴨、魚鮫、水虎之類㊴，豚首、象鼻、芒須、針尾之族㊵，石蟹、土蜂、燕箕、雀蛤之儔㊶，拆甲、曲牙、逆鱗、反舌之屬㊷：掩沙漲，被草渚；浴雨排風，吹澇弄翮。夕景欲沈，曉霧將合，孤鶴寒嘯，遊鴻遠吟；樵蘇一嘆㊸，舟子再泣。誠足悲憂，不可說也！

風吹雷飆，夜戒前路㊹。下弦內外，望達所屆㊺。寒暑難適，汝專自慎！夙夜戒護，勿我爲念！恐欲知之，聊書所睹。臨途草蹙，辭意不周。

【註釋】

①大雷：地名，在今安徽省望江縣。妹：鮑照妹鮑令暉。

②潦：積水。

③猥：多。

④泝：同「溯」，逆流而上。

⑤憯節：刺痛骨節。
⑥涉頓：指行旅。涉：徒步過水。頓：止宿。
⑦流睇：顧盼流覽。潨：小水流進大水裡。
⑧參差代雄：高高低低，互相更替著逞雄稱霸。
⑨帶天有匝：沿著天邊可以繞一周。
⑩砥原：平原。隰：低下的濕地。
⑪寒蓬夕捲：蓬草被傍晚的寒風吹得飛轉。
⑫陂池：池沼。潛演：伏流之水。
⑬苧：苧麻，一種多年生草本植物。攸：所。
⑭菰：一種水生草本植物。
⑮水化之蟲：指魚。
⑯牣：充滿。
⑰永指：流向遠方。
⑱舳艫：船尾和船頭。
⑲八表：八極之外。
⑳寫：同「瀉」。
㉑修靈：水神。這裏指江河。

㉒基：山腳。
㉓潨：眾水匯合的地方。洞：疾流。
㉔鼓怒：沖起的怒濤。豗擊：沖擊。
㉕湧澓：奔湧的回流。宕滌：蕩滌，沖刷。
㉖荻浦：生長蘆葦的水邊。
㉗豨洲：野豬出沒的荒洲。
㉘薄：迫近。燕辰：地名。辰：「派」本字。
㉙雷澱：地名。
㉚埤：同「裨」，補。
㉛華鼎：有花紋的水波。振沓：振盪錯雜。
㉜蹙：壓迫。
㉝穹溘：大水。坻：水中高地。
㉞砧石：搗衣石。
㉟碕岸：曲岸。齏落：粉碎散落。
㊱大火：星名。
㊲繁化殊育：喻眾多不同的生物。
㊳詭質怪章：奇異的身軀和外表。

㊴江鵝、海鴨：都是水鳥。魚鮫：鯊魚。水虎：鱷魚。

㊵豚首：江豚。象鼻：鯨魚。芒須：須，通「鬚」字，芒須指蝦。針尾：尾上有刺的魚。

㊶土蜂：蜂江，一種大蟹。燕箕：魟魚。儔：類。

㊷折甲：鱉類。曲牙：一種海獸。逆鱗：龍。反舌：蝦蟆之類。

㊸樵蘇：打柴爲樵，取草爲蘇。

㊹夜戒前路：夜間行路，還須小心戒備。

㊺所屆：所至，所到的地方；指江州。

【作者介紹】

鮑照，字明遠，東海人，南朝宋文學家。曾任臨川王劉義慶侍郎，後歷任太學博士、中書舍人、秣陵令等官。因曾任臨海王劉子瑣前軍參軍，故世稱鮑參軍。著有《鮑參軍集》。

右溪記①

元結

道州城西百餘步②，有小溪，南流數十步，合營溪③。水抵兩岸，悉皆怪石，攲嵌盤屈④，不可名狀。清流觸石，洄懸激注。佳木異竹，垂陰相蔭。

此溪若在山野，則宜逸民退士之所遊處；在人間⑤，則可爲都邑之勝境，靜者之林亭。而置州以來，無人賞愛。徘徊溪上，爲之悵然。乃疏鑿蕪穢⑥，俾爲亭宇，植松與桂，兼之香草，以裨形勝。爲溪在州右，遂命之曰「右溪」。刻銘石上，彰示來者。

【註釋】

①右溪：唐時在道州城西，道州的治所在今湖南道縣。
②步：五尺爲一步。
③營溪：即營水。
④攲嵌盤屈：形容怪石的各種形態。攲：傾斜。嵌：凹陷。盤屈：盤繞彎曲，這裏形容石頭形狀極不規則。
⑤人間：指市朝，即人煙稠密的地方。

⑥蕪穢：指雜亂的草木。

【作者介紹】

元結，字次山，自稱浪士，號漫郎，唐河南魯縣人。曾官至道州刺史、容州刺史，頗有政績。爲韓愈以前唐代重要的詩文家。山水遊記上承謝靈運，下啓柳宗元，卓有成就。著有《元次山集》。

始得西山宴遊記

柳宗元

自余爲僇人①，居是州，恆惴慄。其隙也，則施施而行，漫漫而遊。日與其徒上高山，入深林，窮回溪，幽泉怪石，無遠不到。到則披草而坐，傾壺而醉，醉則更相枕以臥。臥而夢，意有所極，夢亦同趣。覺而起，起而歸。以爲凡是州之山水有異態者，皆我有也，而未始知西山之怪特②。

今年九月二十八日，因坐法華西亭③，望西山，始指異之。遂命僕人過湘江，緣染溪④，斫榛莽⑤，焚茅茷⑥，窮山之高而止。攀援而登，箕踞而遨，則凡數州之土壤，皆在衽席之下⑦。其高下之勢，岈然洼然⑧，若垤若穴⑨，尺寸千里，攢蹙累積⑩，莫得遁隱。縈青繚白，外與天際，四望如一。然後知是山之特立，不與培塿爲類⑪。悠悠乎與顥氣俱而莫得其涯，洋洋乎與造物者遊而不知其所窮⑫。引觴滿酌，頹然就醉，不知日之入。蒼然暮色，自遠而至。至無所見，而猶不欲歸。心凝形釋，與萬化冥合⑬。然後知吾向之未始遊，遊於是乎始。故爲之文以志。

是歲，元和四年也。

【註釋】

①僇：僇民，遭到刑辱的罪人，這裏指遭貶謫的人。

②西山：在永州西瀟水邊上。
③法華西亭：柳宗元貶永州時所建，並寫有〈永州法華寺新作西亭記〉。
④染溪：瀟水的支流。
⑤榛莽：雜亂叢生的草木。
⑥茷：草葉茂盛。
⑦衽席；坐臥用的席子。
⑧岈然：山深的樣子。
⑨垤：指小土堆。
⑩攢蹙累積：將景物聚集收攏在一起。
⑪培塿：小土堆。
⑫洋洋：完美的樣子。
⑬萬化：指變化不停的萬物。

石澗記

柳宗元

石渠之事既窮①，上由橋西北下土山之陰，民又橋焉。其水之大，倍石渠三之②，亙石爲底③，達於兩涯。若床若堂④，若陳筵席，若限閫奧⑤。水平布其上，流若織文⑥，響若操琴。揭跣而往⑦，折竹掃陳葉，排腐木，可羅胡床十八九⑧。居之，交絡之流⑨，觸激之音，皆在床下；翠羽之木，龍鱗之石，均蔭其上。古之人其有樂乎此耶？後之來者有能追予之踐履耶？得之日，與石渠同。

由渴而來者，先石渠，後石澗；由百家瀨上而來者，先石澗，後石渠。澗之可究者，皆出石城村東南，其間可樂者數焉。其上深山幽林逾峭險，道狹不可窮也。

【註釋】

①石渠之事：指修整石渠的事情。

②倍石渠三之：指石澗的水比石渠的水大三倍。

③亙石：橫著的石頭。

④堂：正屋，這裏指屋基。

⑤若限閫奧：像用門檻分隔的內屋。

⑥文：同「紋」。

⑦揭跣：拎起衣裳打著赤腳。跣：赤腳。

⑧胡床：交椅。

⑨交絡：指水紋交織如紋理。

【作者介紹】

柳宗元，字子厚，唐河東人。唐代古文運動的倡導者。於永州十年的貶謫期間，寫出著名的山水遊記作品〈永州八記〉。著有《柳河東集》。

醉翁亭記①

歐陽修

環滁皆山也。其西南諸峰，林壑尤美。望之蔚然而深秀者，琅琊也。山行六七里，漸聞水聲潺潺，而瀉出於兩峰之間者，釀泉也②。峰回路轉，有亭翼然臨於泉上者③，醉翁亭也。作亭者誰？山之僧智仙也。名之者誰？太守自謂也。太守與客來飲於此，飲少輒醉，而年又最高，故自號曰醉翁也。醉翁之意不在酒，在乎山水之間也。山水之樂，得之心而寓之酒也。

若夫日出而林霏開，雲歸而岩穴暝，晦明變化者，山間之朝暮也。野芳發而幽香，佳木秀而繁陰，風霜高潔，水落而石出者，山間之四時也。朝而往，暮而歸，四時之景不同，而樂亦無窮也。

至於負者歌於途，行者休於樹，前者呼，後者應，傴僂提攜④，往來而不絕者，滁人遊也。臨溪而漁，溪深而魚肥；釀泉爲酒，泉香而酒洌；山肴野蔌⑤，雜然而前陳者，太守宴也。宴酣之樂，非絲非竹；射者中，弈者勝，觥籌交錯，坐起而喧嘩者，眾賓歡也。蒼顏白髮，頹乎其中者，太守醉也。

已而夕陽在山，人影散亂，太守歸而賓客眾也。樹林陰翳，鳴聲上下，遊人去而禽鳥樂也。然而禽鳥知山林之樂，而不知人之樂；人知從太守遊而樂，而不知太守之樂其樂也。醉能同其樂，醒能述以文者，太守也。太守謂誰？廬陵歐陽修也。

【註釋】

①醉翁亭：在今安徽省滁縣西南的琅琊山上。

②釀泉：一名醴泉，琅琊溪的源頭之一。在醉翁亭下。

③翼然：像飛鳥展翅蓄勢欲飛的樣子。

④傴僂：彎腰曲背，指老人。提攜：牽引而行，指小孩。

⑤山肴：野味。野蔌：野菜。

【作者介紹】

歐陽修，字永叔，自號醉翁，晚年更號六一居士，諡號文忠，世稱歐陽文忠公，宋吉州永豐人，官至參知政事，爲北宋著名經學家、史學家、文學家、金石學家。領導北宋詩人革新運動，與晏殊齊名，並稱「晏歐」。著有《歐陽文忠公文集》、《六一詞》等。

遊褒禪山記①

王安石

褒禪山亦謂之華山。唐浮圖慧褒始舍於其址②，而卒葬之；以故其後名之曰「褒禪」。今所謂慧空禪院者，褒之廬冢也。距其院東五里，所謂華山洞者，以其乃華山之陽名之也。距洞百餘步，有碑仆道，其文漫滅，獨其爲文猶可識，曰「花山」。今言「華」如「華實」之「華」者，蓋音謬也。

其下平曠，有泉側出，而記遊者甚眾，所謂「前洞」也。由山以上五六里，有穴窈然，入之甚寒，問其深，則其好遊者不能窮也，謂之「後洞」。予與四人擁火以入，入之愈深，其進愈難，而其見愈奇。有怠而欲出者，曰：「不出，火且盡。」遂與之俱出。蓋予所至，比好遊者尚不能十一，然視其左右，來而記之者已少。蓋其又深，則其至又加少矣。方是時，予之力尚足以入，火尚足以明也。既其出，則或咎其欲出者，而予亦悔其隨之，而不得極夫遊之樂也。

於是予有嘆焉。古人之觀於天地、山川、草木、蟲魚、鳥獸，往往有得，以其求思之深而無不在也。夫夷以近，則遊者眾；險以遠，則至者少。而世之奇偉瑰怪非常之觀，常在於險遠，而人之所罕至焉。故非有志者，不能至也。有志矣，不隨以止也，然力不足者，亦不能至也。有志與力，而又不隨以怠，至於幽暗昏惑，而無物以相之③，亦不能至也。然力足以至焉，於人爲可譏，而在己爲有悔；盡吾志也而不能至者，可以無悔矣，其孰能譏之乎？此予之所得也。

予於仆碑，又有悲夫古書之不存，後世之謬其傳而莫能名者，何可勝道也哉！此所以學者不可以不深思而慎取之也。

四人者，廬陵蕭君圭君玉，長樂王回深父，予弟安國平父、安上純父。

至和元年七月某日，臨川王某記。

【註釋】

①褒禪山：在今安徽省含山縣北。

②浮圖：又作「浮屠」或「佛圖」，梵語（古印度語）的音譯，有佛教、佛經、寺廟、佛塔、和尚等多種意義，這裏指僧人。

③相：輔助。

【作者介紹】

王安石，字介甫，號半山，封荊國公，人稱王荊公，宋江西臨川人。神宗時為相，推行新法；新政失敗後被罷相，後抑鬱以終，謚號文，又稱王文公，為唐宋八大家之一。著有《臨川集》

黃州快哉亭記

蘇轍

江出西陵，始得平地，其流奔放肆大。南合沅湘①，北合漢沔②，其勢益張。至於赤壁之下，波流浸灌，與海相若。清河張君夢得③，謫居齊安④。即其廬之西南爲亭，以覽觀江流之勝。而余兄子瞻，名之曰「快哉」。

蓋亭之所見，南北百里，東西一舍⑤。濤瀾洶湧，風雲開闔。晝則舟楫出沒於其前，夜則魚龍悲嘯於其下，變化倏忽，動心駭目，不可久視。今乃得翫之几席之上，舉目而足。西望武昌諸山，岡陵起伏，草木行列，煙消日出，漁夫樵父之舍，皆可指數；此其所以爲快哉者也。至於長洲之濱，故城之墟，曹孟德、孫仲謀之所睥睨⑥；周瑜、陸遜之所騁鶩。其流風遺跡，亦足以稱快世俗。

昔楚襄王從宋玉、景差於蘭臺之宮⑦，有風颯然至者。王披襟當之，曰：「快哉此風！寡人所與庶人共者耶？」宋玉曰：「此獨大王之雄風耳，庶人安得共之！」玉之言，蓋有諷焉。夫風無雌雄之異，而人有遇不遇之變。楚王之所以爲樂，與庶人之所以爲憂，此則人之變也，而風何與焉？士生於世，使其中不自得，將何往而非病？使其中坦然，不以物傷性，將何適而非快？今張君不以謫爲患，竊會計之餘功⑧，而自放山水之間，此其中宜有以過人者。將蓬戶甕牖⑨，無所不快；而況乎濯長江之清流，揖西山之白雲，窮耳目之勝以自適也哉！不然，連山絕壑，長林古木，振之以清風，照之以明月，此皆騷人思士之所以悲傷憔悴而不能勝者⑩，烏睹其爲快也哉？

元豐六年十一月朔日，趙郡蘇轍記。

【註釋】

①沅湘：沅水和湘水。
②漢沔：漢水和沔水。
③清河：今河北清河縣。
④齊安：即黃州，宋時爲齊安郡。
⑤一舍：三十里。
⑥睥睨：傲慢斜視的樣子。
⑦蘭臺：地名，在今湖北鍾祥縣東。
⑧會計：即總計和考核，引申爲日常政務。
⑨甕牖：拿破甕來做窗户，形容貧陋的房子。
⑩騷人思士：詩人和深思的人士。

【作者介紹】

蘇轍，字子由，號欒城，宋眉州眉山人。爲蘇軾之弟，十九歲時與兄同中進士，官至尚書門下侍郎。文以策論見長，與兄蘇軾俱爲唐宋八大家之一。著有《欒城集》。

遊龍山記①

麻革

余生中條王官五老之下②，長侍先人西觀太華③，迤邐東遊洛④，因避地家焉。如女几、烏權、白馬諸峰，固已厭登飽經，窮極幽深矣。革代以來⑤，自鴈門踰代嶺之北⑥，風壤陡異，多山而阻，色往往如死灰，凡草木亦無粹容。嘗切慨歎，南北之分，何限此一嶺，地脈遽斷絕不相屬如是耶！越既留滯居延⑦，吾友渾源劉京叔嘗以詩來，盛稱其鄉泉石林麓之勝。渾源實居代北，余始而疑之；雖然，吾友著書立言，鄿信於天下後世者⑧，必非誇言之也，獨恨未嘗一遊焉。

今年夏，因赴試武川歸，道渾水，修謁於玉峰先生魏公。公野服蕭然，見余於前軒，語未周浹⑨，驟及是邦諸山，若南山，若柏山，業已遊矣；惟龍山爲絕勝，姑缺茲以須諸文士同之，子幸來，殊可喜。乃選日爲具，拉諸賓友，騎自治城西南行十餘里，抵山下。山無麓，乍入谷，未有奇。沿溪曲折行數里，草木漸秀潤；山竦出，嶄然露芒角⑩；水聲鏘然鳴兩峰間，心始異之。又盤山行十許里，四山忽合，若拱而提環而衛者，嘉木奇卉被之，蔥蒨醲郁⑪。風自木杪起，紛披震蕩，山與木若相顧而聳者，使人神駭目眩。又行數里，得泉之泓澄渟溜者焉；湫出石罅⑫，激而爲迅流者焉。陰木蔭其顚，幽草繚其趾。賓欲休，咸曰：「莫此地爲宜。」即下馬，披草踞石列坐，諸生瀹觴以進。酒數行，客有指其西大石曰：「此可識。」因命余，余乃援筆書凡遊者名氏及遊之歲月而去。又行十許里，大抵一峰一盤，一溪一曲，山勢益奇峭，樹林亦多杉檜栝柏，而無他凡木也。溪花種種，金間玉錯，芬香入鼻，幽遠可愛。木蘿松鬣⑬，罥人衣袖⑭。又縈紆行數里，得岡之高，遽陟而上，馬力殆不能勝。行茂林下，又五里，兩嶺若歧，中得浮屠氏之居，曰大雲寺。有僧數輩來迎，延入，館於寺之東軒。林巒樹石，櫛比楯立，皆在几席之下。

憩過午，謁主僧英公，相與步西嶺，過文殊巖。巖前長杉數本挺立，有磴懸焉⑮。下瞰無底之壑，危峰怪石，巑岏巧鬬⑯，試一臨之，毛骨森豎。南望五臺諸峰，若相聯絡無間斷。西北而望，峰豁而川明，村墟井邑，隱約微茫，如弈局然，徜徉者久之。夤緣入西方丈⑰，觀故候同知運使雷君詩石，及京叔諸人留題。迴乃徑北嶺，登萱草坡，蓋龍山絕頂也。嶺勢峻絕，無路可躋，步草而往，深弱且滑甚，攀條捫蘿，疲極乃得登。四望群木，皆翠杉蒼檜，凌雲千尺，與山無窮；此龍山勝概之大全也。降乃復坐文殊巖下，置酒小酌。

日既入，輕煙浮雲，與暝色會。少焉月出，寒陰微明，散布石上，松聲翛然，自萬壑來。客皆悚視寂聽，覺境逾清，思逾遠。已而相與言曰：「世其有樂乎此者與？」酒醺，談辯蠭起，各主其家山爲勝更嘲迭難不少屈。玉峰坐上坐，亦怡然一笑。詩所謂「善戲謔兮，不爲虐兮」者是也⑱。至二鼓，乃歸臥東軒。

明旦復來，各有詩識於右。午，飯主僧丈室。已乃循嶺而東，徑甚微，木甚茂密，僅可通馬行。又五里，至玉泉寺，山勢漸頗隘，樹林漸稀闊，顧非龍山比。寺西峰曰望景臺，險甚。主僧導客以登，歷嶔崟⑲，坐盤石，其傍諸峰羅列，或偃或立，或將仆墜，或屬而合，或離而分，賈奇獻異，不一狀。北望川口最寬肆，金城原野，分畫條列，歷歷可數；桑乾一水，紆繞如玦。觀覽曠達，此玉泉勝處也。從此歸，路嶮不可騎，皆步而下，重溪峻嶺，愈出愈有。抵暮，迺得平地，宿李氏山家。

臥念茲遊之富，與夫昔所經見，而不能寐。若太華之雄尊，五老之巧秀，女几之婉嚴，烏權白馬之端重，茲山固無之。至於奧密淵邃，樹林薈蔚繁阜，不一覽而得，則茲山亦豈可少哉！人之情大抵得於此而遺於彼，用於所見而不用於所未見，此通患也。不知天壤之間，六合之內，復有幾龍山也。因觀山於是乎有得。徒以文思淺狹，且遊之亟，無以盡發山水之祕。異時當同二三友，幅巾藜杖，于于而行⑳，遇佳處輒留，更以筆札自隨，隨得隨紀，庶幾茲山之髣髴云。己亥歲七夕後三日，王官廝革記。

【註釋】

①龍山：在今山西渾源縣西南四十里，亦名封龍山。
②中條：山名，在今山西永濟縣東南。王官：谷名，在中條山中。五老：山名，在虞鄉縣西南。
③太華：西嶽華山。
④洛：洛水。
⑤革代：指金哀宗爲元所滅。
⑥鴈門：指雁門山，在山西代縣西北。踰：越過。
⑦居延：漢縣名。
⑧蘄：通「祈」，祈求。

⑨周浹：言前語猶未完也。

⑩嶄然：山高聳峭貌。

⑪蔥蒨醲郁：草木繁茂華盛貌。

⑫洑：伏流。

⑬松鬣：松針。

⑭罥：音絹，掛也。

⑮磴：用石頭鋪成的階梯。

⑯巑岏：山銳貌。

⑰夤緣：攀附而上。

⑱語出《詩經‧衛風‧淇奧篇》。

⑲嶔崟：山勢高峻貌。

⑳于于：行走貌。

【作者介紹】

麻革，字信之，元虞鄉人。嘗隱居內鄉山中教授生徒，並以作詩爲業，人稱貽溪先生。著有《貽溪集》。

松風閣記

劉基

松風閣在金雞峰①下活水源②上，予今春始至，留再宿，皆值雨，但聞波濤聲徹晝夜，未盡閱其妙也。至是，往來止閣上，凡十餘日，因得備悉其變態。

蓋閣後之峰，獨高於群峰，而松又在峰頂，仰視如幢葆臨頭上③。當日正中時，有風拂其枝，如龍鳳翔舞，離褷蜿蜒④，轇轕徘徊⑤，影落簷瓦間，金碧相組繡，觀之者，目爲之明。有聲如吹塤篪⑥，如過雨，又如水激崖石，或如鐵馬馳驟⑦，劍槊相磨⑧；戛忽又作草蟲鳴切切，乍大乍小，若遠若近，莫可名狀，聽之者耳爲之聰。予以問上人。上人曰：「不知也；我佛以清淨六塵爲明心之本⑨，凡耳目之入，皆虛妄耳。」予曰：「然則上人以是而名其閣，何也？」上人笑曰：「偶然耳。」留閣上又三日。乃歸，至正十五年七月二十三日記。

【註釋】

①金雞峰：在今浙江紹興縣境。

②活水源：劉基〈活水源記〉有云：「松風閣有泉焉，深不踰尺，而澄徹可鑑，俯視則崖上松竹華木皆在水底。故祕書卿白野公恆來遊，終日坐水傍，名之曰活水源。」即知活水源乃松風閣下之泉水。

③幢葆：指儀仗中之旌旗華蓋。
④離褷：鳥毛羽始生貌。
⑤轇轕：雜亂貌。
⑥塤篪：樂器名。
⑦鐵馬：簷馬也，懸於簷間，風起則琮琤有聲，猶似今之風鈴。
⑧槊：長矛，古兵器。
⑨六塵：佛家語，謂聲、色、香、味、觸、法六境也，此六境與六根接，則坌污淨心，故謂之塵。

【作者介紹】

劉基，字伯溫，明青田人。元末進士，官至丞相，後棄官歸鄉。曾從明太祖平天下。封誠意伯，卒年六十五，謚文成。著有《誠意伯集》。

虎丘記①

袁宏道

虎丘去城可七八里②，其山無高巖邃壑，獨以近城，故簫鼓樓船，無日無之。凡月之夜，花之晨，雪之夕，遊人往來，紛錯如織，而中秋爲尤勝。

每至是日，傾城闔戶，連臂而至；衣冠士女，下迨蔀屋③，莫不靚妝麗服，重茵累席④，置酒交衢間。從千人石上至山門，櫛比如鱗，檀板丘積⑤，樽罍雲瀉⑥。遠而望之，如雁落平沙，霞鋪江上，雷輥電霍⑦，無得而狀。布席之初，唱者千百，聲若聚蚊，不可辨識。分曹部署⑧，競以歌喉相鬬，雅俗既陳，妍媸自別⑨。未幾而搖首頓足者，得數十人而已。已而明月浮空，石光如練，一切瓦釜⑩，寂然停聲；屬而和者，纔三四人。一簫，一寸管，一人緩板而歌，竹肉相發⑪，清聲亮徹，聽者魂銷。比至夜深，月影橫斜，荇藻凌亂，則簫板亦不復用。一夫登場，四座屏息；音若細髮，響徹雲際；每度一字，幾盡一刻⑫；飛鳥爲之徘徊，壯士聽而下淚矣。

劍泉深不可測，飛巖如削。千頃雲得天池諸山作案⑬，巒壑競秀，最可觴客；但過午則日光射人，不堪久坐耳。文昌閣亦佳，晚樹尤可觀。面北爲平遠堂舊址，空曠無際，僅虞山一點在望⑭。堂廢已久，余與江進之謀所以復之，欲祠韋蘇州、白樂天諸公於其中；而病尋作，余既乞歸，恐進之興亦闌矣。山川興廢，信有時哉！

吏吳兩載，登虎丘者六；最後與江進之、方子公同登，遲月生公石上⑮。歌者聞令來，皆避匿去。

余因謂進之曰：「甚矣，烏紗之橫，皂隸之俗哉！他日去官，有不聽曲此石上者，如月！」今余幸得解官稱吳客矣。虎丘之月，不知尚識余言否耶？

【註釋】

①虎丘：一名海湧山，在今江蘇蘇州西北閶門外七里處。
②可：約。
③蔀屋：光線暗淡的房子，此代指貧窮人家。
④茵：指墊子或褥子。
⑤檀板丘積：用檀木製成以打節拍的板子堆積如山。
⑥樽罍：酒器。
⑦雷輥電霍：車聲如雷鳴，迅如閃電。
⑧分曹：分部配置。曹：群。
⑨妍媸：美醜，此指動聽與刺耳。
⑩瓦釜：粗俗的樂聲。
⑪竹肉：簫管和歌喉。
⑫刻：古分一晝夜爲一自刻。

⑬千頃雲、天池：皆山名。千頃雲在虎丘山上；天池在蘇州閶門外三十里。

⑭虞山：在江蘇常熟市西北。

⑮遲月生公石：遲，等待。生公石，即竺道生講法之石。

【作者介紹】

袁宏道，字中郎，號石公，明萬曆年間進士，曾任國子監助教、禮部儀制、清吏司主事，累官至吏部郎中，與兄弟宗道、中道並稱「三袁」，是公安派文學革新運動的領袖。主張「獨抒性靈，不拘格套」的創作。著有《袁中郎全集》。

遊黃山日記 徽州府

徐霞客

初二日 自白岳下山，十里，循麓而西，抵南溪橋。渡大溪，循別溪，依山北行，十里，兩山峭逼如門，溪爲之束。越而下，平疇頗廣。二十里，爲豬坑。由小路覓虎嶺，路甚峻。十里，至嶺；五里，越其麓。北望黃山諸峰，片片可掇。又三里，爲古樓坳，溪其闊，水漲無梁，木片彌布一溪，涉之甚難。二里，宿高橋。

初三日 隨樵者行，久之，越嶺二重，下而復上，又越一重。兩嶺俱峻，曰雙嶺。共十五里，過江村。二十里，抵湯口，香溪、溫泉諸水所由出者。折而入山，沿溪漸上，雪且沒趾。五里，抵祥符寺。湯泉在隔溪，遂俱解衣赴湯池。池前臨溪，後倚壁，三面石甃①，上環石如橋。湯深三尺，時凝寒未解，而湯氣郁然，水泡池底汩汩起，氣本香冽。黃盧貞父謂其不及盤山，以湯口、焦村孔道，浴者太雜遝也。浴畢，返寺。僧揮印引登蓮花庵，躡雪循澗以上。澗水三轉：下注而深泓者，曰白龍潭；再上而停涵石間者，曰丹井。井旁有石突起，曰藥臼，曰藥銚②。宛轉隨溪，群峰環聳，木石掩映。如此一里，得一庵，僧印我他出，不能登其堂。堂中香爐及鐘鼓架，俱天然古木根所爲。遂返寺宿。

初四日 兀坐聽雪溜竟日。

初五日 雲氣甚惡，余強臥至午起。揮印言慈光寺頗近，令其徒引。過湯池，仰見一崖，中懸鳥道，兩旁泉瀉如練。余即從此攀躋上；泉光雲氣，撩繞衣裾。已轉而右，則茅庵上下，磬韻香煙，穿石而出，即慈光寺也。寺舊名硃砂庵。比丘為余言：「山頂諸靜室，徑為雪封者兩月。今早遣人送糧，山半，雪沒腰而返。」余興大阻，由大路二里下山，遂引被臥。

初六日　天色甚朗，覓導者各攜筇上山③，過慈光寺，從左上。石峰環夾，其中石級為積雪所平，一望如玉。疏木茸茸中，仰見群峰盤結，天都獨巍然上挺。數里，級愈峻，雪愈深，其陰處凍雪成冰，堅滑不容著趾。余獨前，持杖鑿冰，得一孔，置前趾，再鑿一孔，以移後趾；從行者俱循此法得度。上至平岡，則蓮花、雲門諸峰，爭奇競秀，若為天都擁衛者。由此而入，絕巘危崖，盡皆怪松懸結，高者不盈丈，低僅數寸，平頂短鬣，盤根虬幹，愈短愈老，愈小愈奇，不意奇山中又有此奇品也！松石交映間，冉冉僧一群從天而下，俱合掌言：「阻雪山中已三月，今以覓糧勉到此。公等何由得上也？」且言：「我等前海諸庵，俱已下山，後海山路尚未通，惟蓮花洞可行耳。」已而從天都峰側攀而上，透峰罅而下，東轉，即蓮花洞路也。余急於光明頂、石筍矼之勝④，遂循蓮花峰而北，上下數次，至天門。兩壁夾立，中闊摩肩，高數十丈，仰面而度，陰森悚骨。其內積雪更深，鑿冰上躋；過此，得平頂，即所謂前海也。由此更上一峰，至平天矼。矼之兀突獨聳者，為光明頂。由矼而下，即所謂後海也。蓋平天矼陽為前海，陰為後海，乃極高處；四面皆峻塢，此獨若平地。前海之前，天都、蓮花二峰最峻；其陽屬徽之歙，其陰屬寧之太平⑤。

余至平天矼，欲望光明頂而上，路已三十里，腹甚枵⑥，遂入矼後一庵。庵僧俱踞石向陽，主僧曰智空，見客色飢，先以粥饗。且曰：「新日太皎，恐非老晴。」因指一僧謂余曰：「公有餘力，可先登光明頂而後中食，則今日獨可抵石筍矼，宿是師處矣。」余如言登頂，則天都、蓮花並肩其前，翠微、三海門環繞於後；下瞰絕壁峭岫，羅列塢中，即丞相原也。頂前一石伏而復起，勢若中斷，獨懸塢中。上有怪松盤蓋。余側身攀踞其上，而潯陽踞大頂相對，各誇勝絕。下入庵，黃粱已熟。飯後，北向過一嶺，躑躅菁莽中，入一庵，曰獅子林，即智空所指宿處。主僧霞光，已待我庵前矣。遂指庵北二峰曰：「公可先了此勝。」從之。俯窺其陰，則亂峰列岫，爭奇並起；循之西，崖忽中斷，架木連之，上有松一株，可攀引而度，所謂接引崖也。度崖，穿石罅而上，亂石危綴間，構木爲室，其中亦可置足，然不如踞石下窺更雄勝耳。下崖，循而東，里許，爲石筍矼。矼脊斜亙，兩夾懸塢中，亂峰森羅，其西一面，即接引崖所窺者。矼側一峰突起，多奇石怪松，登之俯瞰壑中，正與接引崖對瞰，峰回岫轉，頓改前觀。

下峰，則落照擁樹，謂明晴可卜，踴躍歸庵。霞光設茶，引登前樓。西望碧痕一縷，余疑山影，僧謂：「山影夜望甚近，此當是雲氣。」余默然，知爲雨兆也。

初七日　四山霧合。少頃，庵之東北已開，西南膩甚，若以庵爲界者；即獅子峰亦在時出時沒間。晨餐後，由接引崖踐雪下。塢半一峰突起，上有一松，裂石而出，巨幹高不及二尺，而斜拖曲結，蟠翠三丈餘，其根穿石上下，幾與峰等，所謂「擾龍松」是也。

攀玩移時，望獅子峰已出，遂杖而西。是峰在庵西南，爲案山。二里，躡其巔，則三面撥立塢中，其下森峰列岫，自石筍、接引兩塢，迤邐至此，環結又成一勝。登眺間，沈霧漸爽，急由石筍矼北轉而下，正昨日峰頭所望森陰徑也。群峰或上或下，或巨或纖，或直或欹，與身穿繞而過，俯窺輾顧，步步生奇，但壑深雪厚，一步一悚。

行五里，左峰腋一竇透明，曰「天窗」。又前，峰旁一石突起，作面壁狀，則「僧坐石」也。下五里，徑稍夷，循澗而行。忽前澗亂石縱橫，路為之塞。越石久之，一闕新崩，片片欲墮，始得路。仰視峰頂，黃痕一方，中間綠字，宛然可辨，是謂「天牌」，亦謂「仙人榜」。又前，鯉魚石；又前，白龍池；共十五里。一茅出澗邊，為松谷庵舊基。再五里，循溪東西行，又過五水，則松谷庵矣。再循溪下，溪邊香氣襲人，則一梅亭亭正發，山寒稽雪，至是始芳！抵青龍潭，一泓深碧，更會兩溪，比白龍潭勢既雄壯，而大石磊落，奔流亂注，遠近群峰環拱，亦佳境也。還餐松谷，往宿舊庵。余初至松谷，疑已平地，及是詢之，須下嶺二重，二十里方得平地，至太平縣共三十五里云。

初八日 擬尋石筍奧境，竟為天奪，濃霧迷漫。抵獅子林，風愈大，霧亦愈厚。余急欲趨煉丹台，遂轉西南。三里，為霧所迷；偶得一庵，入焉。雨大至，遂宿此。

初九日 逾午少霽。庵僧慈明甚誇西南一帶峰岫，不減石筍矼，有「禿顱朝天」、「達摩面壁」諸名。余拉潯陽踏亂流至壑中，北向即翠微諸巒，南向即丹台諸塢，大抵可與獅峰競駕，未得比肩石筍也。雨踵至，急返庵。

初十日 晨雨如注，午少停。策杖二里，過飛來峰，此平天矼之西北嶺也。其陽塢中，峰壁森峭，正與丹台環繞。二里抵台。一峰西垂，頂頗平伏。三里壁翠合沓，前一小峰起塢中，其外則翠微峰、三海門蹄股拱峙，登眺久之。東南一里，繞出平天矼下，雨復大至，急下天門。兩崖隘肩，崖額飛泉，俱從人頂潑下。出天門，危崖懸疊，路緣崖半，比後海一帶森峰峭壁，又轉一境。「海螺石」即在崖旁，宛轉酷肖，來時忽不及察，今行雨中，頗稔其異，詢之始知。已趨大悲庵，由其旁復趨一庵，宿悟空上人處。

十一日　上百步雲梯。梯磴插天，足趾及腮，而磴石傾側硆岈⑦，兀兀欲動；前下時以雪掩其險，至此骨意俱悚。上雲梯，即登蓮花峰道。又下轉，由峰側而入，即文殊院、蓮花洞道也。以雨不止，乃下山，入湯院，復浴。由湯口出，二十里，抵芳村；十五里，抵東潭，溪漲不能渡而止。黃山之流，如松谷、焦村，俱北出太平；即南流如湯口，亦北轉太平入江；惟湯口西有流，至芳村而巨，南趨岩鎮，至府西北與績溪會。

【註釋】

①石甃：以磚砌成的石壁。
②銚：一種有柄的小型烹煮器。
③筇：竹名，即筇竹。
④光明頂、石筍矼：兩處皆黃山勝景。矼：石橋。
⑤歙：徽州之歙縣。太平：江寧之太平縣。
⑥枵：空虛。腹枵，腹餓而空虛。
⑦硆岈：山勢突起。

【作者介紹】

徐霞客，名宏祖，字振之，霞客乃其號，晚明江陰人。少時博覽古今史籍、方輿地志及山海圖經。及長，不滿閹黨專權，絕意仕進，許身山水，自二十二歲始足跡遍遊大江南北，尋幽訪勝，無不詳記，以日記體形式寫成的《徐霞客遊記》一書，被譽爲「世間眞文字、大文字、奇文字，古今紀遊第一」。

西湖七月半①

張岱

西湖七月半，一無可看，止可看看七月半之人。看七月半之人，以五類看之：其一，樓船簫鼓，峨冠盛筵②，燈火優傒③，聲光相亂，名為看月而實不見月者，看之。其一，亦船亦樓，名娃閨秀④，攜及童孌⑤，笑啼雜之，環坐露台⑥，左右盼望，身在月下而實不看月者，看之。其一，亦船亦聲歌，名妓閒僧，淺斟低唱，弱管輕絲⑦，竹肉相發⑧，亦在月下，亦看月而欲人看其看月者，看之。其一，不舟不車，不衫不幘，酒醉飯飽，呼群三五，躋入人叢⑨，昭慶、斷橋⑩，嘄呼嘈雜⑪，裝假醉，唱無腔曲，月亦看，看月者亦看，不看月者亦看，而實無一看者，看之。其一，小船輕幌⑫，淨几暖爐，茶鐺旋煮⑬，素瓷靜遞，好友佳人，邀月同坐，或匿影樹下，或逃囂裏湖，看月而人不見其看月之態，亦不作意看月者，看之。

杭人遊湖，巳出酉歸⑭，避月如仇。是夕好名，逐隊爭出，多犒門軍酒錢⑮。轎夫擎燎⑯，列俟岸上⑰。一入舟，速舟子急放斷橋⑱，趕入勝會。以故二鼓以前⑲，人聲鼓吹，如沸如撼，如魘如囈⑳，如聾如啞。大船小船一齊湊岸，一無所見，止見篙擊篙，舟觸舟，肩摩肩，面看面而已。少刻興盡，官府席散，皂隸喝道去㉑。轎夫叫船上人，怖以關門，燈籠火把如列星，一一簇擁而去。岸上人亦逐隊趕門，漸稀漸薄，頃刻散盡矣。

吾輩始艤舟近岸㉒，斷橋石磴始涼，席其上，呼客縱飲。此時月如鏡新磨，山復整妝，湖復頮面

㉓，向之淺斟低唱者出，匿影樹下者亦出。吾輩往通聲氣㉔，拉與同坐。韻友來，名妓至，杯箸安，竹肉發。月色蒼涼，東方將白，客方散去。吾輩縱舟酣睡於十里荷花之中，香氣拍人，清夢甚愜。

【註釋】

①七月半：陰曆七月十五日爲中元節。

②峨冠：頭戴高冠，指士大夫。

③優傒：優伶和僕役。

④名娃：名門美女。

⑤童孌：容貌美好的家僮。

⑥露台：樓船上供賞景或歇息用的平台。

⑦弱管輕絲：形容演奏的管樂和弦樂聲輕細柔弱。

⑧竹肉：指管樂和歌喉。

⑨躋：通「擠」。

⑩昭慶：昭慶寺，在西湖東北角。斷橋：在西湖白堤東端。

⑪嘄呼：大喊大叫。

⑫輕幌：細薄的帷幔。

⑬鐺：煮茶、溫酒的器具。
⑭巳：巳時，上午九時至十一時。酉：酉時，下午五時至七時。
⑮門軍：把守城門的士兵。
⑯擎燎：舉著火把。
⑰列俟：排隊等候。
⑱速：催促。
⑲二鼓：二更，約爲夜裏十一時。
⑳魘：夢中驚叫。
㉑皀隸：衙門的差役。
㉒艤：停船靠岸。
㉓頮：洗面。
㉔通聲氣：即打招呼溝通感情。

【作者介紹】

張岱，字宗子，又字石公，號陶庵，又號蝶庵。明山陰人。明亡後避跡山居，專事著述。文取公安、竟陵兩派之長，晚明小品藝術由其拓展至精美純熟之境地。著有《陶庵夢憶》、《西湖夢尋》。

遊黃山記

錢謙益

山之奇，以泉、以雲、以松；水之奇，莫奇於白龍潭；泉之奇，莫奇於湯泉；皆在山麓。桃源溪水流入湯泉，乳水源、白雲溪東流入桃花溪，二十四溪皆流注山足，山空中，水實其腹，水之激射奔注，皆自腹以下，故山下有泉而山上無泉也。

山極高則雷雨在下，雲之聚而出，旅而歸，皆在腰膂間。每見天都諸峰，雲生如帶，不能至其冢①；久之，滃然四合，雲氣蔽翳其下，而峰頂故在雲外也。鋪海之雲②，彌望如海，忽焉迸散，如鳧驚兔逝。山高出雲外，天宇曠然，雲無所附麗故也。

湯寺以上，山皆直松，名材檜、榧、楩、楠，藤絡莎被，幽蔭薈蔚③。陟老人峰，懸崖多異松，負石絕出。過此以往，無樹非松，無松不奇：有幹大如脛而根蟠屈以畝計者；有根只尋丈而枝扶疏蔽道旁者；有循崖度壑因依於懸度者；有穿罅冗縫崩迸如側生者；有幢幢如羽葆者④；有矯矯如蛟龍者；有臥而起，起而復臥者；有橫而斷，斷而復橫者。文殊院之左，雲梯之背，山形下絕，皆有松踞之，倚傾還會，與人俯仰，此尤奇也。

始信峰之北崖，一松被南崖，援其枝以度，俗所謂接引松也。其西巨石屏立，一松高三尺許，廣一畝，曲幹撐石崖而出，自上穿下，石爲中裂，糾結攫拏，所謂擾龍松也。石筍矼、煉丹台峰石特出離立，無支隴，無贅阜⑤，一石一松，如首之有笄⑥，如車之有蓋，參差入雲，遙望如薺，奇矣，詭矣，不可以名言矣。松無土，以石爲土，其身與皮幹皆石也。滋雲雨，殺霜雪⑦，勾喬元氣，甲拆太古⑧，殆亦金膏水、碧上藥、靈草之屬⑨，非凡草木也。顧欲斫而取之，作盆盎近玩，不亦陋乎！

度雲梯而東，有長松夭矯，雷劈之仆地，橫亙數十丈，鱗鬣偃蹇怒張⑩，過者惜之。余笑曰：「此造物者爲此戲劇，逆而折之，使之更百千年，不知如何槎枒輪囷⑪，蔚爲奇觀也。吳人賣花者，揀梅之老枝，屈折之，約結之，獻春則爲瓶花之尤異者以相誇焉。茲松也，其亦造物之折枝也與！」千年而後，必有徵無吾言而一笑者。

【註釋】

①冢：指山頂。
②鋪海之雲：黃山奇觀之一。
③薈蔚：形容草木繁多，蔚然生秀。
④羽葆：用鳥羽裝飾的車蓋。此處形容松樹枝葉茂密。
⑤無支隴：沒有分出的山崗。無贅阜：沒有多餘的支脈。
⑥笄：用來盤頭髮的簪。
⑦殺霜雪：經受霜雪洗禮。
⑧勾：屈曲。甲折：同「甲坼」，指草木種子外皮開裂而萌芽。太古：極古之時。

⑨金膏水：相傳是山川和氣所生的漿液，喝了可以長生。靈草：即靈芝。
⑩鬣：指松樹像鬣鬚般的松針。
⑪槎枒：枝條向旁伸展。輪囷：屈曲盤旋貌。

【作者介紹】

錢謙益，字受之，一字牧齋，別號蒙叟、絳雲老人、東澗遺老、格下先生，晚明常熟人。明萬曆年間進士，授翰林院編修。崇禎時，官至禮部侍郎；南明福王弘光時，爲禮部尚書。降清後，曾任禮部侍郎，管祕書院事，主修《明史》副總裁。順治四年曾因黃毓祺案繫獄，後獲釋。著有《初學集》、《有學集》、《杜詩箋注》等書。

遊九華記①

施閏章

昔劉夢得嘗愛終南、太華、女几、荊山②，以爲此外無奇秀，及見九華，始自悔其失言。是說也，嘗竊疑之。而李太白以山有蓮花峰，改九子爲九華。予舟過江上，望數峰空翠可數，約略如八九仙人云③。

其山，外峻中夷④。由青陽西南行⑤，則峰攢岫復，環奇百出；而入其中，則曠以隱。由山麓褰裳，則寒泉數十百道，噴激沙石，碎玉哀弦；而入其中，則奧以靜。蓋岩壑盤旋，白雲蓊鬱，道士之所族處者，是爲化城⑥。一峰屹然，四山雲合，若群龍之攫明珠者，是爲金地藏塔⑦。循檐送目，虛白之氣⑧，遠接江海。而四方數千里來禮塔者，踵接角崩⑨，叫號動山谷，若疾痛之呼父母，蹈湯火之求救援。道士爭緣爲市⑩，幾以山爲壟斷矣，寧復知有雲壑乎⑪？

於是擇其可遊者，曰東岩。其上有堆雲洞，師子石，僧屋數間，刻王文成手書⑫。文成聚徒講學，遊憩於斯，有東岩燕坐詩。今求其講堂，無復知者。天柱峰最高，俯視化城爲一盂。絕壁矗立，亂山無數，所謂九十九峰者⑬。迷離莫辨，如海潮湧起，作層波巨浪。青則結綠⑭，紫則珊瑚，夕陽倒蒸⑮，意眩目奪。蓋至此而九華之勝乃具。惜非閒人，不得坐臥十日，招太白、夢得輩於雲霧間相共語耳。

遊以甲午歲十月，從之者查子素先，徐子道林。

【註釋】

①九華：九華山，在安徽青陽縣西南；原名九子山，唐詩人李白以山有九峰攢如蓮花，改爲今名。

②女几：山名，俗稱石雞山，在今河南宜陽縣。荊山：似指安徽境內荊山。

③仙人：此謂仙女。

④外峻中夷：外圍險峻而中間平坦。

⑤青陽：即今安徽青陽縣。

⑥化城：寺名，在九華山西南部。

⑦金地藏塔：在化城寺西神光嶺上。

⑧虛白之氣：指金地藏塔發出的吉祥之氣。

⑨角崩：形容信徒以額觸地，譬如山崩。

⑩爭緣：爭相化緣。

⑪雲壑：指山中勝境。

⑫王文成：即明代理學家王守仁，死後諡文成，故稱。

⑬九十九峰：形容九華山外圍山峰之多。

⑭結綠：寶玉名。

⑮倒蒸：因山勢高聳，夕陽從下向上照射，水氣蒸騰上升之貌。

【作者介紹】

施閏章，字尚白，號愚山，又號蠖齋，清安徽宣城人。順治朝進士，歷任刑部主事、山東學政、翰林院侍讀。曾任《明史》纂修官。山水小品主意淡遠，風格清新淡雅，筆法簡潔生動。著有《施愚山全集》。

浙西三瀑布記

袁枚

甚矣，造物之才也。同一自高而下之水，而浙西三瀑三異，卒無復筆。

壬寅歲，余遊天台石梁①，四面崒者㢩巖②，重者甗隒③，皆環梁遮迣④。梁長二丈，寬三尺許，若鰲脊跨山腰⑤。其下嵌空，水來自華頂⑥，平疊四層，至此會合，如萬馬結隊，穿梁狂奔。凡水被石撓必怒，怒必叫號，以崩落千尺之勢，為群碟砢所擋扰⑦，自然拗怒郁勃⑧，喧聲雷震，人相對不聞言語。余坐石梁，恍若身騎瀑布上。走山腳仰觀，則飛沫濺頂，目光炫亂，坐立俱不能牢，疑此身將與水俱去矣。瀑上寺曰上方廣，下寺曰下方廣，以愛瀑故，遂兩宿矣。

後十日，至雁蕩之大龍湫⑨。未到三里許，一匹練從天下，恰無聲響。及前諦視，則二十丈以上是瀑，二十丈以下非瀑也，盡化為煙，為霧，為輕綃，為玉塵，為珠屑，為玻璃絲，為楊白花。既墜矣，又似上升；既疏矣，又似密織。風來搖之，飄散無著；日光照之，五色昳麗⑩。或遠立而濡其首，或逼視而衣無沾。其故由於落處太高，崖腹中洼，絕無憑藉，不得不隨風作幻，又少所抵觸，不能助威揚聲，較石梁絕不相似。大抵石梁武，龍湫文；石梁喧，龍湫靜；石梁急，龍湫緩；石梁沖蕩無前，龍湫如往而復。此其所以異也。初觀石梁時，以為瀑狀不過爾爾，龍湫可以不到。及至此，而後知耳目所未及者，不可以臆測也。

後半月，過青田之石門洞，疑造物雖巧，不能再作狡獪矣。乃其瀑在石洞中，如巨蚌張口，可吞數百人。愛瀑處，池寬畝餘，深百丈。疑蛟龍欲起，激蕩之聲，如考鐘鼓於瓮內⑪。此又石梁、龍湫所無也。

昔人有言曰：「讀易者如無詩，讀詩者如無書，讀易詩書者，如無禮記春秋。」余觀於浙西之三瀑也，信。

【註釋】

①天台：山名，在今浙江天台縣北，爲浙西遊覽勝地。石梁：在石橋山，是天台山第一絕勝處。

②崒者：高聳的險峰。厜㕒：同「崔嵬」，山峰高峻的樣子。

③甗隒：謂山形如累兩甗。甗：古代炊器，多爲上下兩層，蒸食用。

④遮泄：遮攔。

⑤鰲：大魚。

⑥華頂：山峰名。

⑦磥砢：同「磊砢」，累積的大石。扻：推擊。

⑧郁勃：形容水勢旺盛。

⑨大龍湫：大瀑布，在雁蕩山西谷，高八十餘米。

⑩昳麗：光采動人。

⑪考：敲。

【作者介紹】

袁枚，字子才，號簡齋，別號隨園老人，清浙江錢塘人。乾隆進士，官至翰林院庶吉士，曾任溧水、江浦、沐陽、江寧等地知縣。年三十八辭官告歸於江寧小倉山下，築別墅，名隨園，授徒講學與著述。擅古文、駢體，尤工於詩；論詩主張直抒性情，倡「性靈說」。著有《小倉山房集》、《隨園詩話》等。

登泰山記

姚鼐

泰山之陽，汶水西流①；其陰，濟水東流②，陽谷皆入汶，陰谷皆入濟。當其南北分者，古長城也。最高日觀峰，在長城南十五里。

余以乾隆三十九年十二月自京師乘風雪，歷齊河長清③，穿泰山西北谷，越長城之限，至於泰安。是月丁未④，與知府朱孝純子穎由南麓登。四十五里，道皆砌石為磴，其級七千有餘。泰山正南面有三谷：中谷繞泰安城下，酈道元所謂環水也。余始循以入，道少半，越中嶺，復循西谷，遂至其巔。古時登山，循東谷入，道有天門。東谷者，古謂之天門溪水，余所不至也。今所經中嶺，及山巔崖限當道者，世皆謂之天門云。道中迷霧冰滑，磴幾不可登。及既上，蒼山負雪，明燭天南。望晚日照城郭，汶水、徂徠如畫⑤，而半山居霧若帶然。

戊申晦⑥，五鼓，與子穎坐日觀亭，待日出。大風揚積雪擊面。亭東自足下皆雲漫，稍見雲中白若樗蒱數十立者⑦，山也。極天雲一線異色，須臾成五彩。日上，正赤如丹，下有紅光，動搖承之。或曰：「此東海也。」回視日觀以西峰，或得日，或否，絳皜駁色，而皆若僂⑧。

亭西有岱祠，又有碧霞元君祠。皇帝行宮在碧霞元君祠東。是日，觀道中石刻，自唐顯慶以來，其遠古刻盡漫失。僻不當道者，皆不及往。

山多石，少土。石蒼黑色，多平方，少圓。少雜樹，多松，生石罅，皆平頂。冰雪，無瀑水，無鳥獸音跡。至日觀數里內無樹，而雪與人膝齊。桐城姚鼐記。

【註釋】

①汶水：即大汶河，發源於山東省萊蕪縣東北原山，流經泰安縣。

②濟水：發源於河南省，東流至山東。

③齊河、長清：山東省的兩個縣。

④是月丁未：即十二月二十八日。

⑤徂徠：山名。

⑥戊申晦：指二十九日。晦：爲農曆每月最後一天。

⑦樗蒱：古代的一種博具。

⑧若僂：像彎腰、曲背的樣子。

【作者介紹】

姚鼐，字姬傳，一字夢谷，號惜抱，清安徽桐城人。乾隆朝進士，官至刑部郎中。後辭官，於梅花、鍾山、紫陽、敬敷等書院講授達四十年之久，是桐城派之集大成者，主張文必兼義理、考據、詞章之長。著有《惜抱軒詩文集》，並編有《古文辭類纂》。

3

小說

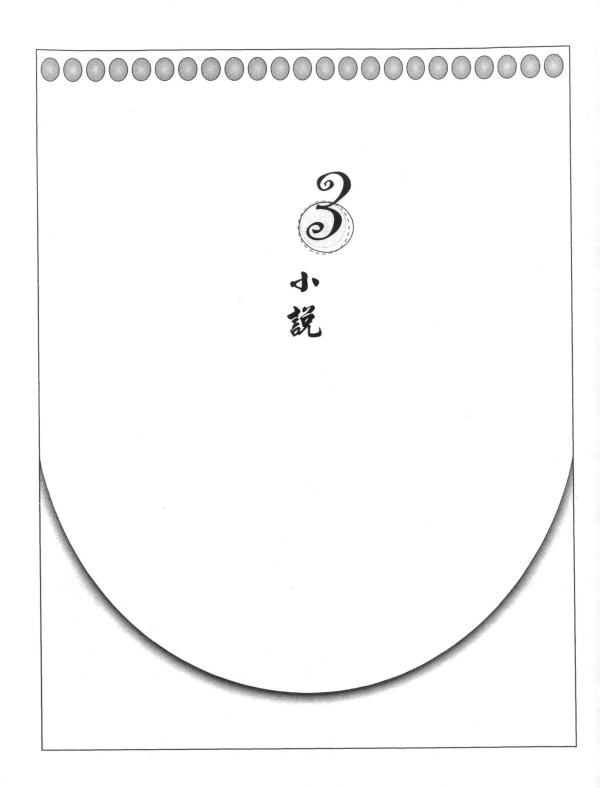

劉鶚的《老殘遊記》曾被夏志清稱爲「中國第一本政治小說」（見〈《老殘遊記》新論〉），確實作者在這本小說中表達了他對當時（晚清）政治黑暗面的不滿，譬如他對「清官政治」的不吝批判即爲顯例；劉鶚甚至認爲清官比贓官更爲可恨。透過書中文字，讀者的確可以清楚地感受到作者憂國憂時以及滿腔的悲憤之情。

雖然可以從政治小說的角度來解讀以致歸類劉鶚的這部《老殘遊記》，但是無疑的，其亦當爲一部遊記小說，乃不證自明。在紀遊部分，其文字之運用常力求創新，避用套語爛調，此處所節選的第二回，只看王小玉說書那段描述，即可見之，他用具象的譬喻來形容抽象的感覺，尤其是對音樂形象化的描繪，令人歎爲觀止，已將文字美學表現到極致；另如未選錄的第十回「犀牛一角聲叶箜篌」一節，描寫璵姑與黃龍子等人合奏〈姑桑引〉一曲的情節，其對聲音刻劃之入微，亦如第二回那段描述，精采絕倫。

除此之外，劉鶚對於山水風景的描摹亦極爲生動鮮活，較著名的段落例如寫大明湖風景、金線與黑虎二泉尋蹤、桃花山月夜、泰山日出、黃河結冰等等，都栩栩如生，令人印象深刻，這可謂是小說中附帶的遊記散文。以紀遊來貫穿整部小說，當中雖不乏有諷喻的寓意，視爲典型的旅遊小說，殆無疑義。或受此體制影響，今人則有劉紹銘氏化名「二殘」，寫了留學生遊記小說，名爲《二殘遊記》，傳爲美談。

老殘遊記（節選）

劉鶚

第二回　歷山山下古帝遺蹤　明湖湖邊美人絕調

話說老殘在漁船上被眾人砸得沈下海去，自知萬無生理，只好閉著眼睛，聽他怎樣，覺得身體如落葉一般，飄飄蕩蕩，頃刻工夫，沈了底了。只聽耳邊有人叫道：「先生，起來罷；先生，起來罷。天已黑了。飯廳上飯已擺好多時了。」老殘慌忙睜開眼睛，愣了一愣，道：「呀！原來是一夢！」

自從那日起，又過了幾天，老殘向管事的道：「現在天氣漸寒，貴居停的病也不會再發①，明年如有委用之處，再來效勞。目下鄙人要往濟南府去看看大明湖的風景。」管事的再三挽留不住，只好當晚設酒餞行，封了一千兩銀子奉給老殘，算是醫生的酬勞。

老殘略道一聲謝謝，也就收入箱籠，告辭動身上車去了。一路秋山紅葉，老圃黃花，頗不寂寞。到了濟南府，進得城來，家家泉水，戶戶垂楊，比那江南風景覺得更為有趣。到了小布政司街，覓了一家客店，名叫高陞店，將行李卸下，開發了車價酒錢，胡亂吃點晚飯，也就睡了。

次日清晨起來，喫點兒點心，便搖著串鈴滿街了一趟②，虛應一應故事。午後便步行至鵲華橋邊，雇了一隻小船，盪起雙槳，朝北不遠，便到歷下亭前，止船進去。入了大門，便是一個亭子，油漆已大半剝蝕。亭子上懸了一副對聯，寫的是：「歷下此亭古，濟南名士多」；上寫著「杜工部句」，下寫著

「道州何紹基書」。亭子旁邊雖有幾間房屋，也沒有甚麼意思。復行下船，向西盪去，不甚遠，又到了鐵公祠畔。

你道鐵公是誰？就是明初與燕王爲難的那位鐵鉉。後人敬他的忠義，所以至今，春秋時節，土人尚不斷的來此進香。

到了鐵公祠前，朝南一望，只見對面千佛山上，梵宇僧樓，與那蒼松翠柏，高下相間，紅的火紅，白的雪白，青的靛青，綠的碧綠；更有一株半株的丹楓夾在裏面，彷彿宋人趙千里的一幅大畫，做了一架數十里長的屏風。

正在歎賞不絕，忽聽一聲漁唱，響遏行雲，低頭看去，誰知那明湖業已澄淨得同鏡子一般。那千佛山的倒影映在湖裏，顯得明明白白。那樓臺樹木格外光彩，覺得比上頭的一個千佛山還要好看，還要清楚。這湖的南岸，上去便是街市，卻有一層蘆葦，密密遮住。現在正是開花的時候，一片白花映著帶水氣的斜陽，好似一條粉紅絨毯，做了上下兩個山的墊子，實在奇絕！

老殘心裏想道：「如此佳景，爲何沒有甚麼遊人？」看了一會兒，回轉身來看那大門裏面楹柱上有副對聯，寫的是「四面荷花三面柳，一城山色半城湖」，暗暗點頭道：「眞正不錯！」進了大門，正面便是鐵公享堂③，朝東便是一個荷池。繞著曲折的迴廊，到了荷池東面，就是個圓門。圓門東邊有三間舊房，有個破匾，上題「古水仙祠」四個字。祠前一副破舊對聯，寫的是「一盞寒泉薦秋菊，三更畫船穿藕花」。過了水仙祠，仍舊下了船，盪到歷下亭的後面。兩邊荷葉荷花將船夾住。那荷葉初枯，擦的船嗤嗤價響。那水鳥被人驚起，格格價飛。那已老的蓮蓬不斷的綳到船窗裏面來。

老殘隨手摘了幾個蓮蓬，一面喫著，一面船已到了鵲華橋畔了。到了鵲華橋纔覺得人煙稠密，也有挑擔子的，也有推小車的，也有坐二人抬小藍呢轎子的。轎子後面一個跟班的戴個紅纓帽子，膀子底下夾個護書④，拚命價奔，一面用手巾擦汗，一面低著頭跑。街上五六歲的孩子不知避人，被那轎夫無意踢倒一個，他便哇哇的哭起。他的母親趕忙跑來問：「誰碰倒你的？誰碰倒你的？」那個孩子只是哇哇的哭，並不說話，問了半天，纔帶哭說了一句道：「抬轎子的！」他母親抬頭看時，轎子早已跑的有二里多遠了。那婦人牽了孩子，嘴裏不住咭咭咕咕的罵著，就回去了。

老殘從鵲華橋往南緩緩的向小布政司街走去，一抬頭，見那牆上貼了一張黃紙，有一尺長，七八寸寬的光景，居中寫著「說鼓書」三個大字，旁邊一行小字是「二十四日明湖居」。那紙還未十分乾，心知是方纔貼的，只不知道這是甚麼事情，別處也沒見過這樣招紙⑤。一路走著，一路盤算。只聽得耳邊有兩個挑擔子的說道：「明兒白妞說書，我們可以不必做生意，來聽書罷。」又走到街上，聽鋪子裏櫃檯上有人說道：「前次白妞說書是你告假的；明兒的書，應該我告假了。」一路行來，街談巷議，大半都是這話，心裏詫異道：「白妞是何許人？說的是何等樣書？爲甚一紙招貼便舉國若狂如此？」信步走來，不知不覺，已到高陞店口。進得店去，茶房便來回道：「客人，用甚麼夜膳？」

老殘一一說過，就順便問道：「你們此地說鼓書是個甚麼頑意兒？何以驚動這麼許多的人？」茶房說：「客人，你不知道。這說鼓書本是山東鄉下的土調，用一面鼓，兩片梨花簡，名叫梨花大鼓，演說些前人的故事，本也沒甚稀奇；自從王家出了這個白妞、黑妞姊妹兩個，這白妞名字叫做王小玉，此人是天生的怪物！他十二三歲時就學會了這說書的本事；他卻嫌這鄉下的調兒沒甚麼出奇，他就常到戲園裏看戲，所有甚麼西皮、二簧、梆子腔等調，一聽就會，甚麼余三勝、程長庚、張二奎等人的調子，他一聽也就會唱。仗著他的喉嚨，要多高有多高；他的中氣，要多長有多長。他又把那南方的甚麼崑腔小曲，種種的腔調，他都拿來裝在這大鼓書的調兒裏面，不過二三年工夫，創出這個調兒，竟至無論南北高下的人，聽了他唱書，無不神魂顛倒。現在已有招紙，明兒就唱。你不信，去聽一聽就知道了。只是要聽還要早去，他雖是一點鐘開唱，若到十點鐘去便沒有座位了。」

老殘聽了，也不甚相信。次日六點鐘起，先到南門內看了舜井，又出南門，到歷山腳下，看看相傳大舜昔日耕田的地方。及至回店，已有九點鐘的光景，趕忙喫了飯，走到明湖居，纔不過十點鐘時候。那明湖居本是個大戲園子，戲臺前有一百多張桌子。那知進了園門，園子裏面已經坐得滿滿的了，只有中間七八張桌子還無人坐。桌子卻都貼著「撫院定」「學院定」等類紅紙條兒。

老殘看了半天，無處落腳，只好袖子裏拏了二百錢，送了看坐兒的⑥，纔弄了一張短板櫈在人縫裏坐下。看那戲臺上只擺了一張半桌，桌子上放了一面板鼓，鼓上放了兩個鐵片兒，心裏知道這就是所謂「梨花簡」了，旁邊放了一個三弦子，半桌後面放了兩張椅子，並無一個人在臺上。偌大的個戲臺，空空洞洞，別無他物，看了不覺有些好笑。園子裏面頂著籃子賣燒餅油條的有一二十個，都是爲那不喫飯來的人買了充飢的。

到了十一點鐘，只見門口轎子漸漸擁擠，許多官員都著了便衣，帶著家人，陸續進來。不到十二點鐘，前面幾張空桌俱已滿了，不斷還有人來，看坐兒的也只是搬張短櫈在夾縫中安插。這一群人來了，彼此招呼，有打千兒的⑦，有作揖的，大半打千兒的多，高談闊論，說笑自如。這十幾張桌子外，看來都是做生意的人，又有些像是本地讀書人的樣子，大家都嘁嘁喳喳⑧的在那裏說閒話。因爲人太多了，所以說的甚麼話都聽不清楚，也不去管他。

到了十二點半鐘，看那臺上，從後臺簾子裏面出來了一個男人，穿了一件藍布長衫，長長的臉兒，一臉肐膱⑨，彷彿風乾福橘皮似的，甚爲醜陋。但覺得那人氣味倒還沈靜，出得臺來，並無一語，就往半桌後面左手一張椅子上坐下，慢慢的將三弦子取來，隨便和了和弦，彈了一兩個小調，人也不甚留神去聽；後來彈了一枝大調，也不知道叫甚麼牌子；只是到後來，全用輪指⑩，那抑揚頓挫，入耳動心，恍若有幾十根弦，幾百個指頭，在那裏彈似的。這時臺下叫好的聲音不絕於耳，卻也壓不下那弦子去。這曲彈罷，就歇了手。旁邊有人送上茶來。

停了數分鐘時，簾子裏面出來一個姑娘，約有十六七歲，長長鴨蛋臉兒，梳了一個抓髻，戴了一副銀耳環，穿了一件藍布外褂兒，一條藍布褲子，都是黑布鑲滾的；雖是粗布衣裳，倒十分潔淨；來到半桌後面右手椅子上坐下。那彈弦子的便取了弦子錚錚鏦鏦彈起。這姑娘便立起身來，左手取了梨花簡夾在指頭縫裏，便丁丁當當的敲，與那弦子聲音相應，右手持了鼓捶子，凝神聽那弦子的節奏；忽羯鼓一聲，歌喉遽發，字字清脆，聲聲宛轉，如新鶯出谷，乳燕歸巢。每句七字，每段數十句，或緩或急，忽高忽低。其中轉腔換調之處，百變不窮，覺一切歌曲腔調俱出其下，以爲觀止矣。

旁坐有兩人，其中一人低聲問那人道：「此想必是白妞了罷？」其一人道：「不是；這人叫黑妞，是白妞的妹子。他的調門兒都是白妞教的；若比白妞，還不曉得差多遠呢！他的好處人說得出，白妞的好處人說不出。他的好處人學得到，白妞的好處人學不到。你想，這幾年來好頑耍的誰不學他們的調兒呢？就是窯子裏的姑娘也人人都學，只是頂多有一兩句到黑妞的地步；若白妞的好處，從沒有一個人能及他十分裏的一分的！」

說著的時候，黑妞早唱完，後面去了。這時滿園子裏的人，談心的談心，說笑的說笑。賣瓜子、落花生、山裏紅、核桃仁的，高聲喊叫著賣。滿園子裏聽來都是人聲。

正在熱鬧哄哄的時候，只見那後臺裏又出來了一位姑娘，年紀約十八九歲，裝束與前一個毫無分別；瓜子臉兒，白淨面皮，相貌不過中人以上之姿，只覺得秀而不媚，清而不寒，半低著頭出來，立在半桌後面，把梨花簡丁當了幾聲，煞是奇怪，只是兩片頑鐵，到他手裏便有了五音十二律似的！又將鼓捶子輕輕的點了兩下，方抬起頭來，向臺下一盼。那雙眼睛，如秋水，如寒星，如寶珠，如白水銀裏頭養著兩丸黑水銀，左右一顧一看，連那坐在遠遠牆角子裏的人都覺得王小玉看見我了。那坐得近的，更不必說，就這一眼，滿園子裏便鴉雀無聲，比皇帝出來還要靜悄得多呢！連一根針掉在地下都聽得見響！

王小玉便啓朱脣，發皓齒，唱了幾句書兒。聲音初不甚大，只覺入耳有說不出來的妙境，五臟六腑裏像熨斗熨過，無一處不伏貼，三萬六千個毛孔，像吃了人參果，無一個毛孔不暢快。唱了十數句之後，漸漸的越唱越高，忽然拔了一個尖兒，像一線鋼絲抛入天際，不禁暗暗叫絕。那知他於那極高的地方，尚能迴環轉折。幾轉之後，又高一層，接連有三四疊，節節高起。恍如由傲來峰西面攀登泰山的景象，初看傲來峰削壁千仞，以為上與天通，及至翻到傲來峰頂，纔見扇子崖更在傲來峰上；及至翻到扇子崖，又見南天門更在扇子崖上——愈翻愈險，愈險愈奇！

那王小玉唱到極高三四疊後，陡然一落，又極力騁其千迴百折的精神，如一條飛蛇在黃山三十六峰半中腰裏盤旋穿插，頃刻之間，周匝數遍。從此以後，愈唱愈低，愈低愈細，那聲音漸漸的就聽不見了。滿園子的人都屏氣凝神，不敢少動。約有兩三分鐘之久，彷彿有一點聲音從地底下發出。這一出之後，忽又揚起，像放那東洋煙火，一個彈子上天，隨化作千百道五色火光，縱橫散亂。這一聲飛起即有無限聲音俱來並發。那彈弦子的亦全用輪指，忽大忽小，同他那聲音相和相合，有如花塢春曉，好鳥亂鳴。耳朵忙不過來，不曉得聽那一聲的爲是。正在撩亂之際，忽聽霍然一聲，人弦俱寂，這時臺下叫好之聲轟然雷動。

停了一會，鬧聲稍定，只聽那臺下正座上，有一個少年人，不到三十歲光景，是湖南口音，說道：「當年讀書，見古人形容歌聲的好處，有那『餘音繞梁，三日不絕』的話，我總不懂。空中設想，餘音怎樣會得繞梁呢？又怎會三日不絕呢？及至聽了小玉先生說書，纔知古人措辭之妙。每次聽他說書之後，總有好幾天耳朵裏無非都是他的書音，無論做甚麼事，總不入神，反覺得『三日不絕』這『三日』二字下得太少，還是孔子『三月不知肉味』『三月』二字形容得透徹些！」旁邊人都說道：「夢湘先生論得透闢極了！『於我心有戚戚焉！』」

說著，那黑妞又上來說了一段，底下便又是白妞上場。這一段，聞旁邊人說，叫做「黑驢段」。聽了去，不過是一個士子見一個美人，騎了一個黑驢走過去的故事。將形容那美人，先形容那黑驢怎樣怎樣好法；待鋪敘到美人的好處，不過數語，這段書也就完了。其音節全是快板，越說越快。白香山詩云：「大珠小珠落玉盤」，可以盡之。其妙處，在說得極快的時候，聽的人彷彿都趕不上聽，他卻字字清楚，無一字不送到人耳輪深處。這是他的獨到。然比著前一段卻未免遜一籌了。這時不過五點鐘光景，算計王小玉應該還有一段。不知那一段又是怎樣好法。究竟如何，且聽下回分解。

【註釋】

①居停：指寄寓之所的主人。
②踅：盤旋，兜圈子。
③享堂：祭堂。
④護書：即今之公文皮包。
⑤招紙：招貼。
⑥看坐兒的：舊時戲園中茶役的俗稱。
⑦打千兒：屈一膝行半跪禮，請安之意。
⑧噱噱喳喳：低語聲。
⑨肐膸：即疙瘩。
⑩輪指：彈奏快板的指法。

【作者介紹】

劉鶚，原名夢鵬，字鐵雲，署名鴻都百鍊生，清咸豐七年生於江蘇六合，光緒三十四年爲袁世凱所陷，被流放新疆，病死於迪化（今爲烏魯木齊），享年五十三歲。幼時即潛心向學，博覽群書。二十九歲時曾於上海開設石昌書局。光緒年間曾投效河工，於河南、山東之間整治黃河氾濫，防洪有功。又曾應湖廣總督張之洞之召赴湖北籌劃興築蘆漢鐵路，後觸怒同道，轉而棄官從商。光緒二十九年起著手撰寫《老殘遊記》，前後約花四、五年時間始完成。劉鶚本人著述甚豐，除《老殘遊記》之外，尚有《治河七說》、《黃河變遷圖考》、《勾股天元草》、《鐵雲藏印》、《鐵雲藏龜》、《抱殘守缺齋藏器目》、《人命安和集》等書。

今文篇

1

纪遊詩

現代紀遊詩選，主要出自當代台灣詩人手筆；民國初年詩人之作品，在此只選錄著名新月派詩人徐志摩的兩首詩作，其中〈再別康橋〉早被編成校園民歌傳唱，膾炙人口；〈西伯利亞〉一詩以臥遊與親歷兩相對照，陰寒與春暖，鬼域與綠洲，兩組矛盾的意象，前後輝映反而營構出極強的張力，使得西伯利亞兼具天使與魔鬼的形象呼之欲出。

當代台灣詩人的紀遊詩爲數不少，佳作連篇，前行代詩人更勤於筆耕。羅門的〈紐約〉係屬他倡導的都市詩之一，有他慣用的並置式語法，尤可見其主客易位的詩想，當中有他對第二自然（人造文明）的反思。洛夫的〈登黃鶴樓〉，意象層層疊進，與傳聞的古詩相互應和，寫景更抒情。晚年的張默對紀遊詩似乎情有獨鍾，〈黃山四詠〉一詩堪稱代表，意象生動之外，更兼有一種理趣，令人不覺莞爾。而林泠的〈在〈無定點的〉途中〉則頗如一首在星夜的原野上清唱的牧歌，敘事勝於寫景與抒情，一反洛夫、張默的紀遊風格。另一位女詩人朵思的〈遊弋香榭大道〉，平鋪直敘的寫景，直到結尾「萬馬奔騰」戛然而止，始令人動容，結束得有點「狡猾」。至於李魁賢的〈薩摩斯島〉，平緩的寫景敘事中，仍見驚奇的詩思與意象，前末兩段更兼具反諷的味道。

中壯輩詩人張錯的〈山旅〉（組詩三首），巧妙的譬喻（山男水女），足見其濃郁的情思，也決定了其由景寄情的筆法（第三首）。簡政珍的〈下江行〉難能可貴的是，把聲音從動人的景致中給描摹了出來，音景交融，堪稱一絕。白靈的〈大戈壁〉將大戈壁比喻爲「一張經文寫就的毯子」，除了巧喻，還有引人哲思的意象，裏頭寓有「不可說」的佛經奧義，宛如也讀了一則偈語。最後所選的孟樊的〈西湖泛舟〉則營造出一幅虛實交映的情景，令人感到「詩中有畫」、「畫中有聲」，並嵌入蘇軾詩句，臻至「詩中有詩」之境。

西伯利亞

徐志摩

西伯利亞：我早年時想像
你不是受上天恩情的地域——
荒涼，嚴肅，不可比況的冷酷。
在凍霧裏，在無邊的雪地裏，
有局促的生靈們，半像鬼，枯瘦，
黑面目，痀僂，默無聲的工作：
在他們，這地面是寒冷的地獄，
天空不留一絲霞采的希冀，
更不問人事的恩情，人情的旖旎；
這是爲怨鬱的人間淤藏怨鬱，
茫茫的白雪裏渲染人道的鮮血，
西伯利亞，你象徵的是恐怖，荒虛。
但今天，我面對這異樣的風光——
不是荒原，這春夏間的西伯利亞，

更不見嚴冬時的堅冰，枯枝，寒鴉；
在這烏拉爾東來的草田，茂旺，蔥秀；
牛馬的樂園，幾千里無際的綠洲，
更有那重疊的森林，赤松與白楊，
灌屬的小叢林，手挽手的滋長；
那赤皮松，像鉅萬赭衣的戰士，
森森的，悄悄的，等待衝鋒的號示，
那白楊，婀娜的多姿，最是那樹皮，
白如霜，依稀林中仙女們的輕衣；
就這天——這天也不是尋常的開朗：
看，藍空中往來的是輕快的仙航——
那不是雲彩，那是天神們的微笑，
瓊花似的幻化在這圓穹的周遭……

——選自《徐志摩短詩選》．聯合文學

再別康橋

徐志摩

輕輕的我走了，
　正如我輕輕的來；
我輕輕的招手，
　作別西天的雲彩。

那河畔的金柳，
　是夕陽中的新娘；
波光裏的豔影，
　在我的心頭蕩漾。

軟泥上的青荇，
　油油的在水底招搖：
在康河的柔波裏，
　我甘心做一條水草！

那榆蔭下的一潭，
　不是清泉，是天上虹
揉碎在浮藻間，
　沈澱著彩虹似的夢。

尋夢？撐一支長篙，
　向青草更青處漫溯，
滿載一船星輝，
　在星輝斑爛裏放歌。

但我不能放歌，
　悄悄是別離的笙簫；
夏蟲也爲我沈默
　沈默是今晚的康橋！

悄悄的我走了，
　正如我悄悄的來；

我揮一揮衣袖，
不帶走一片雲彩。

——選自《徐志摩短詩選》．聯合文學

【作者介紹】

徐志摩，浙江寧海人，曾就讀北京大學，美國哥倫比亞大學碩士。先後任教於北京大學、清華大學、上海光華大學、南京中央大學。與聞一多主編《晨報．詩鐫》副刊；並與胡適等人創辦新月書店、主編《新月》月刊，爲民初新月派的代表性詩人，著有《志摩的詩》、《猛虎集》、《雲遊》等書。

紐約（NEW YORK）

旅美詩抄之二

羅門

天國下著雨
帝國大廈將天空
　撐開成一把傘
N．Y．你躲在傘下

要想把海樹起來看
　請去看帝國大廈
要想把海旋起來看
　請用眼睛旋轉帝國大廈的看臺
要想在雲上走
　請將眼睛從帝國大廈的看臺上
　　　　　　投下來

一張目　層次已疊成組曲

一伸耳　響聲已叫成千乳
N．Y．　你從各種顏色的眼睛中
　　讀出各種方言的驚讚
你是一隻菓核
　被傳說成四方的菓園
你是示出一切動作的手
　於揮動之間　成爲普遍的秩序
　　成爲流行的風向
你是走在那風向上的火
　被火喊出的最冷的名字
　　寫在夢露燃燒過後的臥姿裏
藍寶石擠掉眼珠而入
一盞燈熄在遠方
N．Y．　你即使瞎成夜
　也能看見計算機猛跑著的那條路
齒輪與腳將前面踩成
　沿車窗而去的那陣風

要看錶　請看旋轉門裏的那張臉
要對時　請將指針對斑馬線上的兩條腿
要趕　便趕時髦

當機器鳥已飛成天空
摩天樓已圍成深淵
電梯已磨成峭壁
地下車已奔成急流
銀河已流成鑽石街
海在傾銷日已出生
眼睛已張開成荒野
N．Y．　你就這樣在馬蒂斯的複目裏
　　塑成那座大自然的浮彫
被赫德遜河上的渡輪拖成一首進行曲
太陽在狂笑中
　　用左手將歲月擊碎在時間方場上
　　用右手放出一陣風

將格林威治村嬉皮們的亂髮
吹成原始的叢林

——選自《羅門詩選》．洪範

【作者介紹】

羅門，海南島文昌縣人。美國民航中心受訓畢業，曾任空軍飛行官校飛行員，後在民航局服務，退休後專事寫作，曾任藍星詩社社長、世界華人詩人協會會長，入選《中國當代十大詩人選集》，獲獎無數，近半世紀的著作已彙編成《羅門創作大系》（十卷）出版。

登黃鶴樓——寄湖濱詩人C·T·

洛夫

遠處望樓
我們同時聽到一聲淒厲的鶴唳
秋意
如刀吻

自有其絕對之必要當我問你要不要登樓
去尋訪
那隻幾幾乎死於大火中的
鶴。那隻膚髮枯焦欲飛無翼
只剩下一付
嶙峋的骨架，懸在空中
養傷的自己

於是拾級而上，再上

極目盡是
由龜山、長江、鸚鵡洲羅列而成的
一層層驚心的風景
最高的一層
自始便宿命地
擱淺在
崔顥那片空悠悠了千載的白雲上
不清
不楚的
一群過雁的悄聲對話中
你說：不能再高了
再高，就不堪負荷淚水結冰後的重量
俯身遠眺
胯下，江水浩浩而東
夢一般在冬天棉被中翻滾的大江啊
我們心中的漣漪
都被你的險灘一一逼成了漩渦

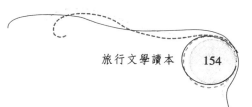

江面如此明亮而又
如此陌生
千帆過盡
卻找不到一幅辨識的臉
只聞兩岸爭相傳誦：
……此處空餘　黃　鶴　樓
而樓，永遠高不過鶴唳
鶴唳
高不過我們的憂愁
午后，我已預見
落日終將沿著你蒼涼的脊梁
滑向大雪即降的漢陽
但落日
永遠高不過你
青髮森然的頭顱

千百次日升月落

千百次樓起樓塌
當掌中的殘灰猶溫
一聲鶴唳
又驚醒了你宿夜不眠的燈火
一切沒有終止
也似乎從未開始
我們在此負手看大江滾滾
讓高樓
與廢墟去辯論
讓時間
歸零
該下樓的時候便隨你而下
我甚麼也不參加
只參加你的孤獨

——選自《雪落無聲》．爾雅

【作者介紹】

洛夫，湖南衡陽人，淡江大學英文系畢業，曾任教東吳大學外文系。與張默、瘂弦共創《創世紀》詩刊。作品被譯爲英、法、日、韓、荷、瑞典等文，屢獲各種文學獎，現退休旅居加拿大。出版有《時間之傷》、《隱題詩》、《漂木》等數十本書。

黃山四詠

張默

晨遊始信峰

恍似跌入曠古無人森然的絕境
巨石如一排排洶湧的波濤
側耳、袒胸、伸腿、舉臂
向我的神經末梢急急地圍攏

驀然一轉身，那顆圓溜溜的旭日
刷的一聲，叫我不得不信
輕輕落在那撇拒絕褪色以及招風的眼睫上

飛來石一瞥

她，無聲無息地，巍顫顫地
把頭一甩

在群松前仰後合的訕笑中
在雲海左搓右揉的沐浴中
似乎想抖落些什麼

怕不是遠行人胯下的夕陽吧

排雲亭小立

一山比一山，曲折
一石比一石，高聳
一樹比一樹，蒼鬱
一嶺比一嶺，幽深

啊！那望不盡的，折不斷的，攬不完的
統統扔給青空
啥也不留
要嗎，就是滿座煙雲東倒西歪的影子

初眺夢筆生花

爲何，一根擎天石柱的頂端
卻獨獨矗立著，一尊神采飛揚的奇松
莫非，那是李白如椽的巨筆
在睡夢中，被人偷偷倒置
莫非，他還在苦苦尋索，甚至揮毫
而隔岸一峰五岔的筆架
正以最美最流暢的姿勢

把詩人酒後輕飄飄的身子，穩穩接住。

——選自《落葉滿階》．九歌

【作者介紹】

張默，安徽無爲人，曾創辦《創世紀》詩刊，主編《中華文藝》月刊，著有《愛詩》、《落葉滿階》等詩集，編有《小詩選讀》、《剪成碧玉葉層層——現代女詩人選集》、《新詩三百首》（與蕭蕭合編）等。現爲佛光人文社會學院當代詩學研究中心研究員。

在（無定點的）途中——Lake Hovsgol蒙古·一九九五

林泠

看吧　那樹梢上掛的是
　甚麼——
有人說
是顆羚羊的頭
搖曳在風中
一整夜　唱它自己的歌
我同帳的獵人驚怵了：
他驀然坐起
　隔著氈簾
擦拭刀鞘上撒落的夢囈——
不不　這不像是
沙漠裏低飛的雲雀
那聲音

彷彿小時候聽過
在斡難河
一隻蒼狼和白鹿的對語

而草原的那邊
依舊是新鑄的月輪
古老的暈
十三世紀的蹄花
虛虛地掩著
一隻無頭的小羊：
它的胸膛
開向遠山鷹隼的盤旋
而那心——
那心已脫膺而去：牧人說
在沙暴之夜
大捕食的季節
那心　已隨宿夜的射鹿者逃逸

帶著它所有的歌

註一：Lake Hovsgol位於蒙古共和國北部，距俄國邊境約五十公里，爲亞洲第二大淡水湖，與「貝加爾」共稱爲姐妹湖。湖畔居民泰半屬蒙古布利亞特族，以及土耳其系的圖瓦人（Tuvanian），散居高原森林一帶，以狩獵馴鹿爲生。

註二：據《元朝祕史》記載，大漠先民最早發源於斡難河（Onon）上游，傳說其遠祖爲蒼狼和白鹿的後裔。

——選自《在植物與幽靈之間》．洪範

【作者介紹】

林泠，四川江津人，台大化學系畢業，美國佛吉尼亞大學博士，在美國從事醫藥研究工作多年。爲現代詩社重要成員，著有《林泠詩集》、《在植物與幽靈之間》。

遊弋香榭大道

朶思

夜深下來
香榭里舍大道兩旁的
法國梧桐和野生栗子樹
皆被湮沒它原本蒼綠和赭紅的色澤

黑，統一爲四路燈光擁抱的唯一顏色
行道樹高聳的樹枝
沿路輕拂櫛比鱗次商店的繁華浪漫
露天咖啡座一家家緊挨著
悠閒等待
大量凱旋門至協和廣場的腳步來歇息
而公車、計程車隆隆擦摩地面的交響
恰恰給這都市更添一層熱鬧

在跋涉過二公里半的回程中
我終於坐下來
坐在這都市的中央
名品店、夜總會、銀行、電影院
沙特常流連的露天咖啡座
一一熠熠閃耀
甚至，腳步起程的凱旋門四面浮雕（註）
亦灼灼逼來
霎時，我彷彿聽到一列士兵
萬馬奔騰，高亢激昂

——選自《飛翔咖啡屋》．爾雅

註：四面浮雕爲「凱旋」、「盛名」、「抵抗與和平」、「馬賽進行曲」。

【作者介紹】

朵思，台灣嘉義市人，嘉義女中畢業。曾加入《創世紀》詩社。曾獲《中華日報》小說獎。著有《心痕索驥》、《飛翔咖啡屋》、《斜月遲遲》、《一盤暮色》等書，以詩人聞名，但創作領域橫跨散文及小說。

薩摩斯島

李魁賢

一個小小的瓜棚
就可以出賣
一大半夏季的天空
．
紅藍二色的桌巾
蓋住一個祕密
棋盤花格的桌面
一杯冰透的橘子汁
禁不住唱起歌來
．
海水不休息地藍著
天空剩下
一顆石雕的大眼睛
．

周圍侍者眞多
矮胖的藍繡毯是一個
高瘦的紫藤是一個
．
剩下的都是觀光客
幽魂般在岸上飄浮
夕陽是遊輪
在海上發出的求救信號

——選自《八十六年詩選》．現代詩社

【作者介紹】

李魁賢，台北縣淡水人，台北工專畢業，笠詩社重要成員，曾獲吳濁流新詩獎、巫永福評論獎、笠詩評論獎。現爲台灣筆會理事。出版《枇杷樹》、《赤裸的薔薇》、《永久的版圖》、《台灣詩人作品論》等數十本作品。

山旅（組詩三首）

張錯

一 夜宿冰府（Banff）

猶似知音多年未識
僕僕風塵而欲謀一面
趁月色直赴冰府
一路自有溪聲紅葉相伴
山中歲月淡泊無憂
入夜冰霜寒氣迫人
馴鹿山莊酒肆曰「小桶」
爐火明亮，人嘈聲雜處
依然是一首流浪者的夜歌！
旋律輕快歡樂的下半闋過後
翌晨各人仍需一早趕路。

＝ 露意湖（Lake Louise）

唯有宇宙洪荒設計的天長地久
世間日後才能海誓山盟
因爲是水，所以陰柔
所以善妒
綠松石眼波極善變
那是不可捉摸的女性內涵。
因爲是山，所以沈默
所以眉峰攢聚
意志不爲所動
肉體早已以身相許
所以山是水的如意郎君
倒影長駐湖心！
直至朝霞升起紅暈滿面
兩人依舊相偎而睡

一切的峰頂
一切皆沈寂
誰也不願驚動酣睡的情人。

III

赴千年冰河（Coulmbia Icefield）

樅樹頂上雨雪疏落
猶似鏡中驚心鬢髮
彼此都不再年輕了
季節瞬間由秋入冬
山峰白雪皚皚
麋鹿四處奔跑
山道在雲深處逶迤
轉眼黃葉滿林
轉眼松濤心亂如麻
那是秋天依依不捨的逗留
有如哀樂參半的中年！

再循①號公路轉愛省㊸直赴冰原
據云萬年玄冰來自盤古
那是水的拒絕！
把流動時光凝結成冰河
生命的光輝
愛戀的甜蜜
不隨時光流轉消失
即使最後一滴離別的淚
也要凝聚成湛藍的冰！
以便憶取，不可淡忘。

——選自《流浪地圖》．河童

【作者介紹】
張錯，廣東惠陽人，政大西語系畢業，美國西雅圖華盛頓大學比較文學博士。現為洛杉磯南加州大學比較文學系教授。曾獲國家文藝獎。著有《錯誤十四行》、《漂泊者》、《春夜無聲》等詩集。

下江行

簡政珍

我隨著混濁的江水東行
盛夏撤走了任何的倒影
浪花拍擊兩岸成韻律
那一股黃沙
那一股從岩石粉化的記事
一度是嶄新的碑石
一度飄散成紅塵的文字
如今逐次沈澱給
已不堪負荷的江水
而這一艘「長城」號
冒出二十世紀未能完全燃燒的油煙
除了你我嗅得這一股油味外
峭壁上的猿猴已退回歷史

但巫山的雲
竟凝結成雨點
玻璃上的水珠成串
成一朵朵的水花
鋼琴粒粒的音符
在酒吧裏迴盪
之後，闖出冷氣房
之後，在江山墜落
一個個高聳的山頭
又再預演另一種神話
神女原來早已離開綠燈戶
飄向雲端
放眼所見
群峰盡是掉了旋律的琴音
而你能相信
這是現實眞切的版面嗎？
詩魂給魚感動了什麼？

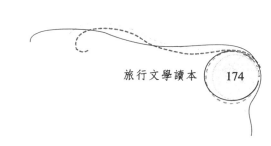

人世總在季節過後標榜詩
你筆中的油墨
能否寫盡山中的浮雲？
你可曾想到
也在山崖處女的面壁上
刻下膚淺的
名姓？

——選自《浮生紀事》．九歌

【作者介紹】

簡政珍，台灣台北縣人。美國奧斯汀德州大學英美比較文學博士。曾任中興大學外文系主任、《創世紀》詩刊主編，現爲中興大學外文系教授。著有《季節過後》、《紙上風雲》、《浮生紀事》、《失樂園》、《詩心與詩學》等十多本書。

大戈壁——敦煌旅次所見

白靈

一張由你經文寫就的
毯子
自你腳前向天邊
抖去
看不懂經文的一粒沙
在其中翻滾
滾向
頓悟
地平線上
果然
滾出一輪
落日
。
但我佛，這是

經書的哪一頁
你指間拈起的一瞬
僅剩落日
與我，二字
面對面
相互凝視
身高等長
中間坐著
好大的
空
。

飛，不如不飛
動，不如不動
駱駝草和小石子啊
那不言不語
即將溶去的落日

就是我啊
側身於你們之間
體會冷成一句經文的
荒涼

——選自《千年之門：學院詩人群年度詩集》．萬卷樓

【作者介紹】

白靈，福建惠安人，現任台北科技大學副教授、《台灣詩學》社務委員。曾獲《中國時報》文學獎（敘事詩）、梁實秋散文獎。著有《後裔》、《大黃河》、《給夢一把梯子》、《一首詩的誕生》等書。

西湖泛舟

孟樊

縱一葦扁舟
自泛黃的紙頁穿出
東坡居士一吹氣
就把我們從民國
盪回元祐年間
龍井猶在唇齒中
低聲朗吟

餘暉傾斜
仿如狂草一揮
灑在波光粼粼的宣紙上
一行斗大的翠綠的
淡妝濃抹總相宜
竟寫在南屏的倒影裏

晚鐘旋即蹁躚而來
弘一大師晚禱前
彈出的最後一闋
送別的琴音

從琴音走出來
是我對座的女子
伊捧讀的聊齋隱隱
殘留有康熙的霉味
側首遂成

一則輕巧的
如夢令綻放在
滿池曲院風荷裏
任煙波搖兀

——選自《九十年詩選》．台灣詩學季刊

【作者介紹】

孟樊，台灣嘉義縣人，台灣大學國家發展研究所法學博士。曾任報社主筆、出版社總編輯。曾獲中國政治學會傑出碩士論文獎。曾加入漢廣詩社。現爲佛光人文社會學院當代詩學研究中心主任。著有《S.L.和寶藍色筆記》、《台灣文學輕批評》、《喝杯下午茶》、《台灣後現代詩的理論與實際》等十多本書。

2 遊記散文

民初的遊記散文選了四篇。徐志摩的〈我所知道的康橋〉、朱自清的〈槳聲燈影裏的秦淮河〉以及郁達夫的〈釣台的春晝〉三文，都是他們個人遊記散文的代表名作。徐志摩浪漫的情懷與奔放的情思在〈我〉文中表露無遺（把它列爲遊記，算是將遊記的定義範圍給擴大了）。朱自清爲民初散文大家，〈槳〉文中對於秦淮河槳聲燈影的描繪，眞切細膩，惜此文贅字贅詞過多（如「的」、「了」、「我們」），但仍瑕不掩瑜。郁達夫〈釣台的春晝〉則擅於敘事，頗有小說家筆法，江中行船酩酊醉後的那一段囈語，寫來更不露聲色；只是若干長句拖得有點累贅，不夠乾淨，是其美中不足之處。比較特別的是朱湘的〈徒步旅行者〉一文，這是以旅行爲主題的一篇隨筆文章（essay），屬議論文性質，亦應列入旅遊散文的行列。

余光中、林文月、陳列、簡媜、莊裕安等人都屬當代台灣散文名家。在〈風吹西班牙〉一文中，可以看到余光中對於字句的琢磨到無以復加的地步，以致其文句、文氣渾然天成幾至完美境界，除了意象生動、譬喻準確之外，還運用了電影倒敘的筆法，往復來回，而且特別將其下功夫所得來的文史知識不露痕跡地嵌進敘事的脈絡裏，手法高超。林文月的〈步過天城隧道〉，在結構上頗吻合「起承轉合」的作文道理，在隧道步行的那一段「獨立的時空」中，融入川端康成與松本清張兩部小說的場景與劇情，將現實與想像結合，製造出懸疑的氣氛，有別於林文月風格向來予人溫文儒雅的印象。余秋雨是中國大陸當代名家，但他的散文著作風行於台灣，在文壇已是家喻户曉的作家。余秋雨以遊記散文聞名，其文體被視爲一種「文化大散文」，造成跟風。〈莫高窟〉一文寫出了文化氣象，足堪代表。他慣用的類疊、對偶、排比以至於層遞的修辭手法，在該文中做了極佳的展示，讀來頗能撩撥人的情緒。

相對於余秋雨的文化大散文，中生代的陳列〈玉山去來〉，可謂是「自然大散文」，文中對於玉山頂峰日出、雲海及山巒千姿百態的描寫，直逼徐霞客、錢謙益諸氏對於黃山的形容，甚至有過之而無不及。陳列的筆觸勾勒細緻卻不失大氣磅礡，端的是大塊文章。莊裕安的〈旅行是一面鏡子〉和孟樊的〈壯遊〉和朱湘前文一樣都是議論文，其論述的主題都有發人深省之處，也不乏兼帶敘事與抒情（尤其是〈壯遊〉一文）。簡媜的〈停泊在不知名的國度〉宛如一場法蘭西切片的遊程導覽，長於省思的筆調中帶有一種濃郁的抒情風格。末節的戛然而止，結尾收得太快，令人有意猶未盡之感。蔡珠兒的〈海角芬芳地〉，上天下地，從著名景點、地理環境、種族語言、歷史文化、植物香料……不同角度，以略帶報導文學的口吻，描繪出香奇葩島的種種風貌，文筆老練，收放自如，是篇難得的力作。

我所知道的康橋

徐志摩

1

我這一生的周折，大都尋得出感情的線索。不論別的，單說求學。我到英國是爲要從羅素。羅素來中國時，我已經在美國。他那不確的死耗傳到的時候，我眞的出眼淚不夠，還做悼詩來了。他沒有死，我自然高興。我擺脫了哥倫比亞大學博士銜的引誘，買船票過大西洋，想跟這位二十世紀的福祿泰爾認眞念一點書去。誰知一到英國才知道事情變樣了：一爲他在戰時主張和平，二爲他離婚，羅素叫康橋給除名了，他原來是 Trinity College 的 fellow，這來他的 fellowship 也給取銷了。他回英國後就在倫敦住下，夫妻兩人賣文章過日子。因此我也不曾遂我從學的始願。我在倫敦政治經濟學院裏混了半年，正感著悶想換路走的時候，我認識了狄更生先生。狄更生—— Goldsworthy Lowes Dickinson ——是一個有名的作者，他的《一個中國人通信》（*Letters from John Chinaman*）與《一個現代聚餐談話》（*A Modern Symposium*）兩本小冊子早得了我的景仰。我第一次會著他是在倫敦國際聯盟協會席上，那天林宗孟先生演說，他做主席；第二次是宗孟寓裏喫茶，有他。以後我常到他家裏去。他看出我的煩悶，勸我到康橋去，他自己是王家學院（King's College）的 fellow。我就寫信去問兩個學院，回信都說學額早滿了，隨後還是狄更生先生替我去在他的學院裏說好了，給我一個特別生的資格，隨意選科聽講。從此黑方巾黑披袍的風光也被我佔著了。初起我在離康橋六英里的鄉下叫沙士頓地方租了幾間小屋住下，同居的有我從前的夫人張幼儀女士與郭虞裳君。每天一早我坐街車（有時自行車）上學，到晚回家。這樣的生活過了一個春，但我在康橋還只是個陌生人，誰都不認識，康橋的生活，可以說完全不曾嘗著，我知道的只是一個圖書館，幾個課室，和三兩個吃便宜飯的茶食鋪子。狄更生常在倫敦或是大陸上，所以也不常見他。那年的秋季我一個人回到康橋，整整有一學年，那時我才有機會接近眞正的康橋生活，同時我也慢慢的「發現」了康橋。我不曾知道過更大的愉快。

2

「單獨」是一個耐尋味的現象。我有時想它是任何發現的第一個條件。你要發現你的朋友的「眞」，你得有與他單獨的機會。你要發現你自己的眞，你得給你自己一個單獨的機會。你要發現一個地方（地方一樣有靈性），你也得有單獨玩的機會。我們這一輩子，認眞說，能認識幾個人？能認識幾個地方？我們都是太匆忙，太沒有單獨的機會。說實話，我連我的本鄉都沒有什麼了解。康橋我要算是有相當交情的，再次許只有新認識的翡冷翠了。阿，那些清晨，那些黃昏，我一個人發痴似的在康橋！絕對的單獨。

但一個人要寫他最心愛的對象，不論是人是地，是多麼使他為難的一個工作？你怕，你怕描壞了它，你怕說過分了惱了它，你怕說太謹愼了辜負了它。我現在想寫康橋，也正是這樣的心理，我不曾寫，我就知道這回是寫不好的——況且又是臨時逼出來的事情。但我卻不能不寫，上期預告已經出去了。我想勉強分兩節寫，一是我所知道的康橋的天然景色，一是我所知道的康橋的學生生活。我今晚只能極簡單的寫些，等以後有興會時再補。

3

康橋的靈性全在一條河上；康河，我敢說，是全世界最秀麗的一條水。河的名字是葛蘭太（Granta），也有叫康河（River Cam）的，許有上下流的區別，我不甚清楚。河身多的是曲折，上游是有名的拜倫潭（Byron's Pool），當年拜倫常在那裏玩的；有一個老村子叫格蘭騫斯德，有一個果子園，你可以躺在纍纍的桃李樹蔭下喫茶，花果會掉入你的茶杯，小雀子會到你桌上來啄食，那眞是別有一番天地。這是上游；下游是從騫斯德頓下去，河面展開，那是春夏間競舟的場所。上下河分界處有一個壩築，水流急得很，在星光下聽水聲，聽近村晚鐘聲，聽河畔倦牛芻艸聲，是我康橋經驗中最神祕的一種：大自然的優美，寧靜，調諧在這星光與波光的默契中不期然的淹入了你的性靈。

但康河的精華是在它的中游，著名的「Backs」，這兩岸是幾個最蜚聲的學院的建築。從上面下來是Pembroke, St. Katharine's, King's, Clare, Trinity, St. John's。最令人留連的一節是克萊亞與王家學院的毗連處，克萊亞的秀麗緊鄰著王家教堂（King's Chapel）的閎偉。別的地方儘有更美更莊嚴的建築，例如巴黎賽因河的羅浮宮一帶，威尼斯的利阿爾多大橋的兩岸，翡冷翠維基烏大橋的周遭；但康橋的「Backs」自有它的特長，這不容易用一二個狀詞來概括，它那脫盡塵埃氣的一種清澈秀逸的意境可說是超出了畫圖而化生了音樂的神味。再沒有比這一群建築更調諧更勻稱的了！論畫，可比的許只有柯羅（Corot）

的田野；論音樂，可比的許只有蕭班（Chopin）的夜曲。就這也不能給你依稀的印象，它給你的美感簡直是神靈性的一種。

假如你站在王家學院橋邊的那棵大椈樹蔭下眺望，右側面，隔著一大方淺草坪，是我們的校友居（Fellows' Building），那年代並不早，但它的嫵媚也是不可掩的，它那蒼白的石壁上春夏間滿綴著艷色的薔薇在和風中搖顫；更移左是那教堂，森林似的尖閣不可浼的永遠直指著天空；更左是克萊亞，阿！那不可信的玲瓏的方庭，誰說這不是聖克萊亞（St. Clare）的化身，那一塊石上不閃耀著她當年聖潔的精神？在克萊亞後背隱約可辨的是康橋最潢貴最驕縱的三清學院（Trinity），它那臨河的圖書樓上坐鎮著拜倫神采驚人的雕像。

但這時你的注意早已叫克萊亞的三環洞橋魔術似的攝住。你見過西湖白隄上的西冷斷橋不是？（可憐它們早已叫代表近代醜惡精神的汽車公司給踩平了，現在它們跟著蒼涼的雷峰永遠辭別了人間。）你忘不了那橋上斑駁的蒼苔，木柵的古色，與那橋拱下洩露的湖光與山色不是？克萊亞並沒有那樣體面的襯托，它也不比廬山棲賢寺旁的觀音橋，上瞰五老的奇峰，下臨深潭與飛瀑；它只是怯怜怜的一座三環洞的小橋，它那橋洞間也只掩映著細紋的波鱗與婆娑的樹影，它那橋上櫛比的小穿闌與闌節頂上雙雙的白石球，也只是村姑子頭上不誇張的香草與野花一類的裝飾；但你凝神的看著，更凝神的看著，你再反省你的心境，看還有一絲屑的俗念沾滯不？只要你審美的本能不曾汨滅時，這是你的機會實現純粹美感的神奇！

但你還得選你賞鑑的時辰。英國的天時與氣候是走極端的。冬天是荒謬的壞，逢著連緜的霧盲天你一定不遲疑的甘願進地獄本身去試試；春天（英國是幾乎沒有夏天的）是更荒謬的可愛，尤其是它那四五月間最漸緩最艷麗的黃昏，那才眞是寸寸黃金。在康河邊上過一個黃昏是一服靈魂的補劑。阿！我那時蜜甜的單獨，那時蜜甜的閒暇。一晚又一晚的，只見我出神似的倚在橋闌上向西天凝望：

看一回凝靜的橋影，
數一數螺鈿的波紋；
我倚暖了石闌的青苔，
青苔涼透了我的心坎……

還有幾句更笨重的怎能彷彿那游絲似輕妙的情景。

難忘七月的黃昏，遠樹凝寂，
像墨潑的山形，襯出輕柔暝色，
密稠稠，七分鵝黃，三分橘綠，
那妙意衹可去秋夢邊緣捕捉……

4

這河身的兩岸都是四季常青最蔥翠的草坪。從校友居的樓上望去，對岸草場上，不論早晚，永遠有十數匹黃牛與白馬，脛蹄沒在恣蔓的草叢中，從容的在咬嚼，星星的黃花在風中動盪，應和著它們尾鬃的掃拂。橋的兩端有斜倚的垂柳與椈蔭護住。水是徹底的清澄，深不足四尺，勻勻的長著長條的水草。這岸邊的草坪又是我的愛寵，在清朝，在傍晚，我常去這天然的織錦上坐地，有時讀書，有時看水；有時仰臥著看天空的行雲，有時反仆著摟抱大地的溫軟。

但河上的風流還不止兩岸的秀麗。你得買船去玩。船不止一種：有普通的雙槳划船，有輕快的薄皮舟（canoe），有最別緻的長形撐篙船（punt）。最末的一種是別處不常有的：約莫有二丈長，三尺寬，你站直在船梢上用長竿撐著走的。這撐是一種技術。我手腳太蠢，始終不曾學會。你初起手嘗試時，容易把船身橫住在河中，東顚西撞的狼狽。英國人是不輕易開口笑人的，但是小心他們不出聲的皺眉！也不知有多少次河中本來優閒的秩序叫我這莽撞的外行給搗亂了。我眞的始終不曾學會；每回我不服輸跑去租船再試的時候，有一個白鬍子的船家往往帶譏諷的對我說：「先生，這撐船費勁，天熱累人，還是拏個薄皮舟溜溜吧！」我那裏肯聽話，長篙子一點就把船撐了開去，結果還是把河身一段段的腰斬了去！

你站在橋上去看人家撐，那多不費勁，多美！尤其在禮拜天有幾個專家的女郎，穿一身縞素衣服，裙裾在風前悠悠的飄著，戴一頂寬邊的薄紗帽，帽影在水草間顫動，你看她們出橋洞時的姿態，撚起一根竟像沒分量的長竿，只輕輕的，不經心的往波心裏一點，身子微微的一蹲，這船身便波的轉出了橋影，翠條魚似的向前滑了去。她們那敏捷，那閒暇，那輕盈，眞是值得歌詠的。

在初夏陽光漸煖時你去買一支小船，划去橋邊蔭下躺著念你的書或是做你的夢，槐花香在水面上飄浮，魚群的唼喋聲在你的耳邊挑逗。或是在初秋的黃昏，近著新月的寒光，望上流僻靜處遠去。愛熱鬧的少年們攜著他們的女友，在船沿上支著雙雙的東洋綵紙燈，帶著話匣子，船心裏用軟墊鋪著，也開向無人跡處去享他們的野福——誰不愛聽那水底翻的音樂在靜定的河上描寫夢意與春光！

住慣城市的人不易知道季候的變遷。看見葉子掉知道是秋，看見葉子綠知道是春；天冷了裝爐子，天熱了拆爐子；脫下棉袍，換上夾袍，脫下夾袍，穿上單袍：不過如此罷了。天上星斗的消息，地下泥土裏的消息，空中風吹的消息，都不關我們的事。忙著哪，這樣那樣事情多著，誰耐煩管星星的移轉，花草的消長，風雲的變幻？同時我們抱怨我們的生活，苦痛，煩悶，拘束，枯燥，誰肯承認做人是快樂？誰不多少咒詛人生？

但不滿意的生活大都是由於自取的。我是一個生命的信仰者，我信生活決不是我們大數人僅僅從自身經驗推得的那樣暗慘。我們的病根是在「忘本」。人是自然的產兒，就比枝頭的花與鳥是自然的產兒；但我們不幸是文明人，入世深似一天，離自然遠似一天。離開了泥土的花草，離開了水的魚，能快活嗎？能生存嗎？從大自然，我們取得我們的生命；從大自然，我們應該取得我們繼續的資養。那一株婆娑的大木沒有盤錯的根柢深入在無盡藏的地裏？我們是永遠不能獨立的。有幸福是永遠不離母親撫育的孩子，有健康是永遠接近自然的人們。不必一定與鹿豕遊，不必一定回「洞府」去；為醫治我們當前生活的枯窘，只要「不完全遺忘自然」一張輕淡的藥方我們的病象就有緩和的希望。在青草裏打幾個滾，到海水裏洗幾次浴，到高處去看幾次朝霞與晚照——你肩背上的負擔就會輕鬆了去的。

這是極膚淺的道理，當然。但我要沒有過過康橋的日子，我就不會有這樣的自信。我這一輩子就只那一春，說也可憐，算是不曾虛度。就只那一春，我的生活是自然的，是真愉快的（雖則碰巧那也是我最感受人生痛苦的時期）！我那時有的是閒暇，有的是自由，有的是絕對單獨的機會。說也奇怪，竟像是第一次，我辨認了星月的光明，草的青，花的香，流水的殷勤。我能忘記那初春的睥睨嗎？曾經有多少個清晨我獨自冒著冷去薄霜鋪地的林子裏閒步——為聽鳥語，為盼朝陽，為尋泥土裏漸次蘇醒的花草，為體會最微細最神妙的春信。阿，那是新來的畫眉在那邊凋不盡的青枝上試它的新聲！阿，這是第一朵小雪球花掙出了半凍的地面！阿，這不是新來的潮潤沾上了寂寞的柳條？

靜極了，這朝來水溶溶的大道，只遠處牛奶車的鈴聲，點綴這周遭的沈默。順著這大道走去，走到盡頭，再轉入林子裏的小徑，往煙霧濃密處走去，頭頂是交枝的榆蔭，透露著漠楞楞的曙色；再往前走去，走盡這林子，當前是平坦的原野，望見了村舍，初青的麥田；更遠三兩個饅形的小山掩住了一條通道，天邊是霧茫茫的，尖尖的黑影是近村的教寺。聽，那曉鐘和緩的清音。這一帶是此邦中部的平原，地形像是海裏的輕波，默沈沈的起伏；山嶺是望不見的，有的是常青的草原與沃腴的田壤。登那土阜上望去，康橋只是一帶茂林，擁戴著幾處娉婷的尖閣。嫵媚的康河也望不見蹤跡，你只能循著那錦帶似的林木想像那一流清淺。村舍與樹林是這地盤上的棋子，有村舍處有佳蔭，有佳蔭處有村舍。這早起是看炊煙的時辰：朝霧漸漸的升起，揭開了這灰蒼蒼的天幕（最好是微霰後的光景），遠近的炊煙，成絲的，成縷的，成捲的，輕快的，遲重的，濃灰的，淡青的，慘白的，在靜定的朝氣裏漸漸的上騰，漸漸的不見，彷佛是朝來人們的祈禱，參差的翳入了天聽。朝陽是難得見的，這初春的天氣；但它來時是起早人莫大的愉快。頃刻間這田野添深了顏色，一層輕紗似的金粉糝上了這草，這樹，這通道，這莊舍。頃刻間這周遭瀰漫了清晨富麗的溫柔。頃刻間你的心懷也分潤了白天誕生的光榮。春！這勝利的晴空彷佛在你的耳邊私語。春！你那快活的靈魂也彷佛在那裏回響。

伺候著河上的風光，這春來一天有一天的消息：關心石上的苔痕，關心敗草裏的花鮮，關心這水流的緩急，關心水草的滋長，關心天上的雲霞，關心新來的鳥語。怯怜怜的小雪球是探春信的小使。鈴蘭與香草是歡喜的初聲。窈窕的蓮馨，玲瓏的石水仙，愛熱鬧的克羅克斯，耐辛苦的蒲公英與雛菊——這時候春光已是縵爛在人間，更不須殷勤問訊。

瑰麗的春放。這是你野遊的時期。可愛的路政，這裏不比中國，那一處不是坦蕩蕩的大道？徒步是一個愉快，但騎自轉車是一個更大的愉快。在康橋騎車是普遍的技術；婦人，稚子，老翁，一致享受這雙輪舞的快樂（在康橋聽說自轉車是不怕人偷的，就為人人都自己有車，沒人要偷）。任你選一個方向，任你上一條通道，順著這帶草味的和風，放輪遠去，保管你這半天的逍遙是你性靈的補劑。這道上有的是清蔭與美草，隨地都可以供你休憩。你如愛花，這裏多的是錦繡似的草原。你如愛鳥，這裏多的是巧囀的鳴禽。你如愛兒童，這鄉間到處是可親的稚子。你如愛人情，這裏多的是不嫌遠客的鄉人，你到處可以「掛單」借宿，有酪漿與嫩薯供你飽餐，有奪目的果鮮恣你嘗新。你如愛酒，這鄉間每「望」都為你儲有上好的新釀，黑啤如太濃，蘋果酒薑酒都是供你解渴潤肺的……帶一卷書，走十里路，選一塊清靜地，看天，聽鳥，讀書，倦了時，和身在草緜緜處尋夢去——你能想像更適情更適性的消遣嗎？

陸放翁有一聯詩句：「傳呼快馬迎新月，卻上輕輿趁晚涼。」這是做地方官的風流。我在康橋時雖沒馬騎，沒轎子坐，卻也有我的風流：我常常在夕陽西曬時騎了車迎著天邊扁大的日頭直追。日頭是追不到的，我沒有夸父的荒誕，但晚景的溫存卻被我這樣偷嘗了不少。有三兩幅畫圖似的經驗至今還是栩栩的留著。只說看夕陽，我們平常只知道登山或是臨海，但實際只須遼闊的天際，平地上的晚霞有時也是一樣的神奇。有一次我趕到一個地方，手把著一家村莊的籬笆，隔著一大田的麥浪，看西天的變幻。有一次是正衝著一條寬廣的大道，過來一大群羊，放草歸來的，偌大的太陽在它們後背放射著萬縷的金輝，天上卻是烏青青的，只賸這不可逼視的威光中的一條大路，一群生物！我心頭頓時感著神異性的壓迫，我眞的跪下了，對著這冉冉漸翳的金光。再有一次是更不可忘的奇景，那時臨著一大片望不到頭的草原，滿開著艷紅的罌粟，在青草裏亭亭的像是萬盞的金燈，陽光從褐色雲裏斜著過來，幻成一種異樣的紫色，透明似的不可逼視，剎那間在我迷眩了的視覺中，這草田變成了……不說也罷，說來你們也是不信的！

一別二年多了，康橋，誰知我這思鄉的隱憂？也不想別的，我只要那晚鐘撼動的黃昏，沒遮攔的田野，獨自斜倚在軟草裏，看第一個大星在天邊出現！

【作者介紹】

徐志摩（1897-1931），浙江寧海人，曾就讀北京大學，美國哥倫比亞大學碩士。先後任教於北京大學、清華大學、上海光華大學、南京中央大學。與聞一多主編《晨報．詩鐫》副刊；並與胡適等人創辦新月書店、主編《新月》月刊，爲民初新月派的代表性詩人，著有《志摩的詩》、《猛虎集》、《雲遊》等書。

槳聲燈影裏的秦淮河

朱自清

一九二三年八月的一晚，我和平伯同遊秦淮河；平伯是初泛，我是重來了。我們雇了一隻「七板子」，在夕陽已去，皎月方來的時候，便下了船。於是槳聲汩——汩，我們開始領略那晃盪著薔薇色的歷史的秦淮河的滋味了。

秦淮河裏的船，比北京萬生園、頤和園的船好，比西湖的船好，比揚州瘦西湖的船也好。這幾處的船不是覺著笨，就是覺著簡陋，侷促；都不能引起乘客們的情韻，如秦淮河的船一樣。秦淮河的船約略可分為兩種：一是大船；一是小船，就是所謂「七板子」。大船艙口闊大，可容二三十人。裏面陳設著字畫和光潔的紅木家具，桌上一律嵌著冰涼的大理石面。窗格雕鏤頗細，使人起柔膩之感。窗格裏映著紅色藍色的玻璃；玻璃上有精緻的花紋，也頗悅人目。「七板子」規模雖不及大船，但那淡藍色的欄杆，空敞的艙，也足繫人情思。而最出色處卻在它的艙前。艙前是甲板上的一部，上面有弧形的頂，兩邊用疏疏的欄杆支著。裏面通常放著兩張藤的躺椅。躺下，可以談天，可以望遠，可以顧盼兩岸的河房。大船上也有這個，但在小船上更覺清雋罷了。艙前的頂下，一律懸著燈彩，燈的多少，明暗，彩蘇的精粗，艷晦，是不一的，但好歹總還你一個燈彩。這燈彩實在是最能鉤人的東西。夜幕垂垂地下來時，大小船上都點起燈火。從兩重玻璃裏映出那輻射著的黃黃的散光，反暈出一片朦朧煙靄；透過這煙靄，在黯黯的水波裏，又逗起縷縷的明漪。在這薄靄和微漪裏，聽著那悠然的間歇的槳聲，誰能不被引入他的美夢去呢？只愁夢太多了，這些大小船兒如何載得起呀？我們這時模模糊糊的談著明末的秦淮河的豔跡，如〈桃花扇〉及《板橋雜記》裏所載的。我們眞神往了。我們彷彿親見那時華燈映水，畫舫淩波的光景了。於是我們的船便成了歷史的重載了。我們終於恍然秦淮河的船所以雅麗過於他處，而又有奇異的吸引力的，實在是許多歷史的影像使然了。

秦淮河的水是碧陰陰的；看起來厚而不膩，或者是六朝金粉所凝麼？我們初上船的時候，天色還未斷黑，那漾漾的柔波是這樣的恬靜，委婉，使我們一面有水闊天空之想，一面又憧憬著紙醉金迷之境了。等到燈火明時，陰陰的變爲沈沈了：黯淡的水光，像夢一般；那偶然閃爍著的光芒，就是夢的眼睛了。我們坐在艙前，因了那隆起的頂棚，彷彿總是昂著首向前走著似的；於是飄飄然如御風而行的我們，看著那些自在的灣泊著的船，船裏走馬燈般的人物，便像是下界一般，迢迢的遠了，又像在霧裏看花，盡朦朦朧朧的。這時我們已過了利涉橋，望見東關頭了。沿路聽見斷續的歌聲：有從沿河的妓樓飄來的，有從河上船裏渡來的。我們明知那些歌聲，只是些因襲的言詞，從生澀的歌喉裏機械的發出來的；但它們經了夏夜的微風的吹漾和水波的搖拂，裊娜著到我們耳邊的時候，已經不單是她們的歌聲，而混著微風和河水的密語了。於是我們不得不被牽惹著，震撼著，相與浮沈於這歌聲裏了。從東關頭轉彎，不久就到大中橋。大中橋共有三個橋拱，都很闊大，儼然是三座門兒；使我們覺得我們的船和船裏的我們，在橋下過去時，眞正太無顏色了。橋磚是深褐色，表明它的歷史的長久；但都完好無缺，令人太息於古昔工程的堅美。橋上兩旁都是木壁的房子，中間應該有街路？這些房子都破舊了，多年煙熏的迹，遮沒了當年的美麗。我想像秦淮河的極盛時，在這樣宏闊的橋上，特地蓋了房子，必然是髹漆得富富麗麗的；晚間必然是燈火通明的。現在卻只剩下一片黑沈沈！但是橋上造著房子，畢竟使我們多少可以想見往日的繁華；這也慰情聊勝於無了。過了大中橋，便到了燈月交輝，笙歌徹夜的秦淮河；這才是秦淮河的眞面目哩。

大中橋外，頓然空闊，和橋內兩岸排著密密的人家的景象大異了。一眼望去，疏疏的林，淡淡的月，襯著蔚藍的天，頗像荒江野渡光景；那邊呢，鬱叢叢的，陰森森的，又似乎藏著無邊的黑暗：令人幾乎不信那是繁華的秦淮河了。但是河中眩暈著的燈光，縱橫著的畫舫，悠揚著的笛韻，夾著那吱吱的胡琴聲，終於使我們認識綠如茵陳酒的秦淮水了。此地天裸露著的多些，故覺夜來的獨遲些；從清清的水影裏，我們感到的只是薄薄的夜——這正是秦淮河的夜。大中橋外，本來還有一座復成橋，是船夫口中的我們的遊蹤盡處，或也是秦淮河繁華的盡處了。我的腳曾踏過復成橋的脊，在十三四歲的時候。但是兩次遊秦淮河，卻都不曾見著復成橋的面；明知總在前途的，卻常覺得有些虛無縹緲似的。我想，不見倒也好。這時正是盛夏。我們下船後，藉著新生的晚涼和河上的微風，暑氣已漸漸消散；到了此地，豁然開朗，身子頓然輕了——習習的清風荏苒在面上，手上，衣上，這便又感到了一縷新涼了。南京的日光，大概沒有杭州猛烈；西湖的夏夜老是熱蓬蓬的，水像沸著一般，秦淮河的水卻盡是這樣冷冷地綠著。任你人影的幢幢，歌聲的擾擾，總像隔著一層薄薄的綠紗面冪似的；它盡是這樣靜靜的，冷冷的綠著。我們出了大中橋，走不上半里路，船夫便將船划到一旁，停了槳由它宕著。他以為那裏正是繁華的極點，再過去就是荒涼了；所以讓我們多多賞鑑一會兒。他自己卻靜靜的蹲著。他是看慣這光景的了，大約只是一個無可無不可。這無可無不可，無論是升的沈的，總之，都比我們高了。

那時河裏熱鬧極了；船大半泊著，小半在水上穿梭似的來往。停泊著的都在近市的那一邊，我們的船自然也夾在其中。因爲這邊略略的擠，便覺得那邊十分的疏了。在一隻船從那邊過去時，我們能畫出它的輕輕的影和曲曲的波，在我們的心上；這顯著是空，且顯著是靜了。那時處處都是歌聲和淒厲的胡琴聲，圓潤的喉嚨，確乎是很少的。但那生澀的、尖脆的調子能使人有少年的、粗率不拘的感覺，也正可快我們的意。況且多少隔開些兒聽著，因爲想像與渴慕的做美，總覺更有滋味；而競發的喧囂，抑揚的不齊，遠近的雜沓，和樂器的嘈嘈切切，合成另一意味的諧音，也使我們無所適從，如隨著大風而走。這實在因爲我們的心枯澀久了，變爲脆弱；故偶然潤澤一下，便瘋狂似的不能自主了。但秦淮河確也膩人。即如船裏的人面，無論是和我們一堆兒泊著的，無論是從我們眼前過去的，總是模模糊糊的，甚至渺渺茫茫的；任你張圓了眼睛，揩淨了眥垢，也是枉然。這眞夠人想呢。在我們停泊的地方，燈光原是紛然的；不過這些燈光都是黃而有暈的。黃已經不能明了，再加上了暈，便更不成了。燈愈多，暈就愈甚；在繁星般的黃的交錯裏，秦淮河彷彿籠上了一團光霧。光芒與霧氣騰騰的暈著，什麼都只剩了輪廓了；所以人面的詳細的曲線，便消失於我們的眼底了。但燈光究竟奪不了那邊的月色；燈光是渾的，月色是清的。在渾沌的燈光裏，滲入一派清輝，卻眞是奇蹟！那晚月兒已瘦削了兩三分。她晚妝才罷，盈盈的上了柳梢頭。天是藍得可愛，彷彿一汪水似的；月兒便更出落得精神了。岸上原有三株兩株的垂楊樹，淡淡的影子，在水裏搖曳著。它們那柔細的枝條浴著月光，就像一隻隻美人的臂膊，交互的纏著，挽著；又像是月兒披著的髮。而月兒偶然也從它們的交叉處偷偷窺看我們，大有小姑娘怕羞的樣子。岸上另有幾株不知名的老樹，光光的立著；在月光裏照起來，卻又儼然是精神矍鑠的老人。遠處

——快到天際線了，才有一兩片白雲，亮得現出異彩，像美麗的貝殼一般。白雲下便是黑黑的一帶輪廓；是一條隨意畫的不規則的曲線。這一段光景，和河中的風味大異了。但燈與月竟能並存著，交融著，使月成了纏綿的月，燈射著渺渺的靈輝；這正是天之所以厚秦淮河，也正是天之所以厚我們了。

這時卻遇著了難解的糾紛。秦淮河上原有一種歌妓，是以歌爲業的。從前都在茶舫上，唱些大曲之類。每日午後一時起，什麼時候止，卻忘記了。晚上照樣也有一回，也在黃暈的燈光裏。我從前過南京時，曾隨著朋友去聽過兩次。因爲茶舫裏的人臉太多了，覺得不大適意，終於聽不出所以然。前年聽說歌妓被取締了，不知怎的，頗涉想了幾次——卻想不出什麼。這次到南京，先到茶舫上去看看，覺得頗是寂寥，令我無端的悵悵了。不料她們卻仍在秦淮河裏掙扎著，不料她們竟會糾纏到我們，我於是很張皇了。她們也乘著「七板子」，她們總是坐在艙前的。艙前點著石油汽燈，光亮眩人眼目：坐在下面的，自然是纖毫畢見了——引誘客人們的力量，也便在此了。艙裏躲著樂工等人，映著汽燈的餘輝蠕動著；他們是永遠不被注意的。每船的歌妓大約都是二人；天色一黑，她們的船就在大中橋外往來不息的兜生意。無論行著的船，泊著的船，都是要來兜攬的。這都是我後來推想出來的。那晚不知怎樣，忽然輪著我們的船了。我們的船好好的停著，一隻歌舫划向我們來了；漸漸和我們的船併著了。爍爍的燈光逼得我們皺起了眉頭；我們的風塵色全給它托出來了，這使我踧踖不安了。那時一個夥計跨過船來，拿著攤開的歌摺，就近塞向我的手裏，說，「點幾齣吧！」他跨過來的時候，我們船上似乎有許多眼光跟著。同時相近的別的船上也似乎有許多眼睛炯炯的向我們船上看著。我眞窘了！我也裝出大方的樣子，向歌妓們瞥了一眼，但究竟是不成的！我勉強將那歌摺翻了一翻，卻不曾看清了幾個字；便趕緊遞還那夥計，一面不好意思地說，「不要，我們……不要。」他便塞給平伯。平伯掉轉頭去，搖手說，「不要！」那人還膩著不走。平伯又回過臉來，搖著頭道，「不要！」於是那人重到我處。我窘著再拒絕了他。他這才有所不屑似的走了。我的心立刻放下，如釋了重負一般。我們就開始自白了。

我說我受了道德律的壓迫，拒絕了她們；心裏似乎很抱歉的。這所謂抱歉，一面對於她們，一面對於我自己。她們於我們雖然沒有很奢的希望；但總有些希望的。我們拒絕了她們，無論理由如何充足，卻使她們的希望受了傷；這總有幾分不做美了。這是我覺得很悵悵的。至於我自己，更有一種不足之感。我這時被四面的歌聲誘惑了，降服了；但是遠遠的，遠遠的歌聲總彷彿隔著重衣搔癢似的，越搔越搔不著癢處。我於是憧憬著貼耳的妙音了。在歌舫划來時，我的憧憬，變爲盼望；我固執的盼望著，有如飢渴。雖然從淺薄的經驗裏，也能夠推知，那貼耳的歌聲，將剝去了一切的美妙；但一個平常的人像我的，誰願憑了理性之力去醜化未來呢？我寧願自己騙著了。不過我的社會感性是很敏銳的；我的思力能拆穿道德律的西洋鏡，而我的感情卻終於被它壓服著。我於是有所顧忌了，尤其是在眾目昭彰的時候。道德律的力，本來是民眾賦予的；在民眾的面前，自然更顯出它的威嚴了。我這時一面盼望，一面卻感到了兩重的禁制：一，在通俗的意義上，接近妓者總算一種不正當的行爲；二，妓是一種不健全的職業，我們對於她們，應有哀矜勿喜之心，不應賞玩的去聽她們的歌。在眾目睽睽之下，這兩種思想在我心裏最爲旺盛。它們暫時壓倒了我的聽歌的盼望，這便成就了我的灰色的拒絕。那時的心實在異常狀態中，覺得頗是昏亂。歌舫去了，暫時寧靜之後，我的思緒又如潮湧了。兩個相反的意思在我心頭往復：賣歌和賣淫不同，聽歌和狎妓不同，又干道德甚事？——但是，但是，她們既被逼的以歌爲業，她們的歌必無藝術味的；況她們的身世，我們究竟該同情的。所以拒絕倒也是正辦。但這些意思終於不曾撳開我的聽歌的盼望。它力量異常堅強；它總想將別的思緒踏在腳下。從這重重的爭鬥裏，我感到了濃厚的不足之感。這不足之感使我的心盤旋不安，起坐都不安寧了。唉！我承認我是一個自私的人！平伯呢，卻與我不同。他引周啓明先生的詩，「因爲我有妻子，所以我愛一切的女人；因爲我有子女，所以我愛一切的孩子。」他的意思可以見了。他因爲推及的同情，愛著那些歌妓，並且尊重著她們，所以拒絕了她們。在這種情形下，他自然以爲聽歌是對於她們的一種侮辱。但他也是想聽歌的，雖然不和我一樣。所以在他的心中，當然也有一番小小的爭鬥；爭鬥的結果，是同情勝了。至於道德律，在他是沒有什麼的；因爲他很有蔑視一切的傾向，民眾的力量在他是不大覺著的。這時他的心意的活動比較簡單，又比較鬆弱，故事後還怡然自若；我卻不能了。這裏平伯又比我高了。

在我們談話中間，又來了兩隻歌舫。夥計照前一樣的請我們點戲，我們照前一樣的拒絕了。我受了三次窘，心裏的不安更甚了。清艷的夜景也爲之減色。船夫大約因爲要趕第二趟生意，催著我們回去；我們無可無不可的答應了。我們漸漸和那些暈黃的燈光遠了，只有些月色冷清清的隨著我們的歸舟。我們的船竟沒個伴兒，秦淮河的夜正長哩！到大中橋近處，才遇著一隻來船。這是一隻載妓的板船，黑漆漆的沒有一點光。船頭上坐著一個妓女；暗裏看出，白地小花的衫子，黑的下衣。她手裏拉著胡琴，口裏唱著青衫的調子。她唱的響亮而圓轉；當她的船箭一般駛過去時，餘音還裊裊的在我們耳際，使我們傾聽而嚮往。想不到在弩末的遊蹤裏，還能領略到這樣的清歌！這時船過大中橋了，森林的水影，如黑暗張著巨口，要將我們的船吞了下去。我們回顧那渺渺的黃光，不勝依戀之情；我們感到了寂寞了！這一段地方夜色甚濃，又有兩頭的燈火招邀著；橋外的燈火不用說了，過了橋另有東關頭疏疏的燈火。我們忽然仰頭看見依人的素月，不覺深悔歸來之早了！走過東關頭，有一兩隻大船灣泊著，又有幾隻船向我們來著。嚚嚚的一陣歌聲人語，彷彿笑我們無伴的孤舟哩。東關頭轉彎，河上的夜色更濃了；臨水的妓樓上，時時從簾縫裏射出一線一線的燈光；彷彿黑暗從酣睡裏眨了一眨眼。我們默然的對著，靜聽那汩——汩的槳聲，幾乎要入睡了；朦朧裏卻溫尋著適才的繁華的餘味。我那不安的心在靜裏愈顯活躍了！這時我們都有了不足之感，而我的更其濃厚。我們卻又不願回去，於是只能由懊悔而悵惘了。船裏便滿載著悵惘了。直到利涉橋下，微微嘈雜的人聲，才使我豁然一驚；那光景卻又不同。右岸的河房裏，都大開了窗戶，裏面亮著晃晃的電燈，電燈的光射到水上，蜿蜒曲折，閃閃不息，正如跳舞著的仙女的臂膊。我們的船已在她的臂膊裏了；如睡在搖籃裏一樣，倦了的我們便又入夢了。那電燈下的人物，只覺像螞蟻一般，更不去縈念。這是最後的夢；可惜是最短的夢！黑暗重複落在我們面前，我們看見傍岸的空船上一星兩星的，枯燥無力又搖搖不定的燈光。我們的夢醒了，我們知道就要上岸了；我們心裏充滿了幻滅的情思。

【作者介紹】

朱自清（1898-1948），浙江紹興人，北京大學哲學系畢業。曾任北京清華大學、西南聯合大學教授。爲現代散文名家，著有《背影》、《歐遊雜記》、《經典常談》等書。

釣台的春晝

郁達夫

因為近在咫尺，以為什麼時候要去就可以去，我們對於本鄉本土的名區勝景，反而往往沒有機會去玩，或不容易下一個決心去玩的。正唯其是如此，我對於富春江上的嚴陵，二十年來，心裏雖每在記著，但腳卻從沒有向這一方面走過。一九三一，歲在辛未，暮春三月，春服未成，而中央黨帝，似乎又想玩一個秦始皇所玩過的把戲了，我接到了警告，就倉皇離去了寓居。先在江浙附近的窮鄉裏，遊息了幾天，偶而看見了一家掃墓的行舟，鄉愁一動，就定下了歸計。繞了一個大彎，趕到故鄉，卻正好還在清明寒食的節前。和家人等去上了幾處墳，與許久不曾見過面的親戚朋友，來往熱鬧了幾天，一種鄉居的倦怠，忽而襲上心來了，於是乎我就決心上釣台去訪一訪嚴子陵的幽居。

釣台去桐廬縣城二十餘里，桐廬去富陽縣治九十里不足，自富陽溯江而上，坐小火輪三小時可達桐廬，再上則須坐帆船了。

我去的那一天，記得是陰晴欲雨的養花天，並且係坐晚班輪去的，船到桐廬，已經是燈火微明的黃昏時候了，不得已就只得在碼頭近邊的一家旅館的高樓上借了一宵宿。

桐廬縣城，大約有三里路長，三千多煙竈，一二萬居民，地在富春江西北岸，從前是皖浙交通的要道，現在杭江鐵路一開，似乎沒有一二十年前的繁華熱鬧了。尤其要使旅客感到蕭條的，卻是桐君山腳下的那一隊花船的失去了蹤影。說起桐君山，卻是桐廬縣的一個接近城市的靈山勝地，山雖不高，但因有仙，自然是靈了。以形勢來論，這桐君山，也的確是可以產生出許多口音生硬，別具風韻的桐嚴嫂來的生龍活脈。地處在桐溪東岸，正當桐溪和富春江合流之所，依依一水，西岸便瞰視著桐廬縣市的人家煙樹。南面對江，便是十里長洲；唐詩人方幹的故居，就在這十里桐洲九里花的花田深處。向西越過桐廬縣城，更遙遙對著一排高低不定的青巒，這就是富春山的山子山孫了。東北面山下，是一片桑蔴沃地，有一條長蛇似的官道，隱而復現，出沒盤曲在桃花楊柳洋槐榆樹的中間，繞過一支小嶺，便是富陽縣的境界，大約去程明道的墓地程墳，總也不過一二十里地的間隔。我的去拜謁桐君，瞻仰道觀，就在那一天到桐廬的晚上，是淡雲微月，正在作雨的時候。

魚梁渡頭，因為夜渡無人，渡船停在東岸的桐君山下。我從旅館踱了出來，先在離輪埠不遠的渡口停立了幾分鐘，後來向一位來渡口洗夜飯米的年輕少婦，弓身請問了一回，才得到了渡江的祕訣。她說：「你只須高喊兩三聲，船自會來的。」先謝了她教我的好意，然後以兩手圍成了播音的喇叭，「喂，喂，渡船請搖過來！」地縱聲一喊，果然在半江的黑影當中，船身搖動了。漸搖漸近，五分鐘後，我在渡口，卻終於聽出了咿呀柔櫓的聲音。時間似乎已經入了酉時的下刻，小市裏的群動，這時候都已經靜息，自從渡口的那位少婦，在微茫的夜色裏，藏去了她那張白團團的面影之後，我獨立在江邊，不知不覺心裏頭卻兀自感到了一種他鄉日暮的悲哀。渡船到岸，船頭上起了幾聲微微的水浪清音，又銅東的一響，我早已跳上了船，渡船也已經掉過頭來了。坐在黑影沈沈的艙裏，我起先只在靜聽著柔櫓划水的聲音，然後卻在黑影裏看出了一星船家在吸著的長煙管頭上的煙火，最後因為被沈默壓迫不過，我只好開口說話了：「船家！你這樣的渡我過去，該給你幾個船錢？」我問。「隨你先生把幾個就是。」船家說話冗慢幽長，似乎已經帶有些睡意了，我就向袋裏摸出了兩角錢來。「這兩角錢，就算是我的渡船錢，請你候我一會，上去燒一次夜香，我是依舊要渡過江來的。」船家的回答，只是恩恩烏烏，幽幽同牛叫似的一種鼻音，然而從繼這鼻音而起的兩三聲輕快的咯聲聽來，他卻已經在感到滿足了，因為我也知道，鄉間的義渡，船錢最多也不過是兩三枚銅子而已。

到了桐君山下，在山影和樹影交掩著的崎嶇道上，我上岸走不上幾步，就被一塊亂石絆倒，滑跌了一次。船家似乎也動了惻隱之心了，一句話也不發，跑將上來，他卻突然交給了我一盒火柴。我於感謝了一番他的盛意之後，重整步武，再摸上山去，先是必須點一枝火柴走三五步路的，但到得半山，路既就了規律，而微雲堆裏的半規月色，也朦朧地現出一痕銀線來了，所以手裏還存著的半盒火柴，就被我藏入了袋裏。路是從山的西北，盤曲而上，漸走漸高，半山一到，天也開朗了一點，桐廬縣市上的燈光，也星星可數了。更縱目向江心望去，富春江兩岸的船上和桐溪合流口停泊著的船尾船頭，也看得出一點一點的火來。走過半山，桐君觀裏的晚禱鐘鼓，似乎還沒有息盡，耳朵裏彷彿聽見了幾絲木魚鉦鈸的殘聲。走上山頂，先在半途遇著了一道道觀外圍的女牆，這女牆的柵門，卻已經掩上了。在柵門外徘徊了一刻，覺得已經到了此門而不進去，終於是不能滿足我這一次暗夜冒險的好奇怪癖的。所以細想了幾次，還是決心進去，非進去不可，輕輕用手往裏面一推，柵門卻呀的一聲，早已退向了後方開了，這門原來是虛掩在那裏的。進了柵門，踏著為淡月所映照的石砌平路，向東向南的前走了五六十步，居然走到了道觀的大門之外，這兩扇朱紅漆的大門，不消說是緊閉在那裏的。到了此地，我卻不想再破門進去了，因為這大門是朝南向著大江開的，門外頭是一條一丈來寬的石砌步道，步道的一旁是道觀的牆，一旁便是山坡，靠山坡的一面，並且還有一道二尺來高的石牆築在那裏，大約是代替欄杆，防人傾跌下山去的用意，石牆之上，鋪的是二三尺寬的青石，在這似石欄又似石櫈的牆上，盡可以坐臥遊息，飽看桐江和對岸的風景，就是在這裏坐它一晚，也很可以，我又何必去打開門來，驚起那些老道的惡夢呢？

空曠的天空裏，流漲著的只是些灰白的雲，雲層缺處，原也看得出半角的天，和一點兩點的星，但看起來最饒風趣的，卻仍是欲藏還露，將見仍無的那半規月影。這時候江面上似乎起了風，雲腳的遷移，更來得迅速了，而低頭向江心一看，幾多散亂著的船裏的燈光，也忽明忽滅地變換了一變換位置。

這道觀大門外的景色，眞神奇極了，我當十幾年前，在放浪的遊程裏，曾向瓜州京口一帶，消磨過不少的時日，那時覺得果然名不虛傳的，確是甘露寺外的江山，而現在到了桐廬，昏夜上這桐君山來一看，又覺得這江山的秀而且靜，風景的整而不散，卻非那天下第一江山的北固山所可與比擬的了。眞也難怪得嚴子陵，難怪得戴徵士，倘使我若能在這樣的地方結屋讀書，以養天年，那還要什麼的高官厚祿，還要什麼的浮名虛譽哩？一個人在這桐君觀前的石櫈上，看看山，看看水，看看城中的燈火和天上的星雲，更做做浩無邊際的無聊的幻夢，我竟忘記了時刻，忘記了自身，直等到隔江的擊柝聲傳來，向西一看，忽而覺得城中的燈影微茫地減了，才跑也似地走下了山來，渡江奔回了客舍。

第二日清晨，覺得昨天在桐君觀前做過的殘夢正還沒有續完的時候，窗外面忽而傳來了一陣吹角的聲音。好夢雖被打破，但因這同吹觱篥似的商音哀咽，卻很含著些荒涼的古意，並且曉風殘月，楊柳岸邊，也正好候船待發，上嚴陵去；所以心裏雖懷著了些兒怨恨，但臉上卻只現出了一痕微笑，起來梳洗更衣，叫茶房去僱船去。僱好了一隻雙槳的漁舟，買就了些酒菜魚米，就在旅館前面的碼頭上上了船。

輕輕向江心搖出去的時候，東方的雲幕中間，已現出了幾絲紅韻，有八點多鐘了，舟師急得厲害，只在埋怨旅館的茶房，爲什麼昨晚不預先告訴，好早一點出發。因爲此去就是七里灘頭，無風七里，有風七十里，上釣台去玩一趟回來，路程雖則有限，但這幾日風雨無常，說不定要走夜路，才回來得了的。

過了桐廬，江心狹窄，淺灘果然多起來了。路上遇著的來往的行舟，數目也是很少，因爲早晨吹的角，就是往建德去的快班船的信號，快班船一開，來往於兩埠之間的船就不十分多了。兩岸全是青青的山，中間是一條清淺的水，有時候過一個沙洲，洲上的桃花菜花，還有許多不曉得名字的白色的花，正在喧鬧著春暮，吸引著蜂蝶。我在船頭上一口一口的喝著嚴東關的藥酒，指東話西地問著船家，這是什麼山？那是什麼港？驚歎了半天，稱頌了半天，人也覺得倦了，不曉得什麼時候，身子卻走上了一家水邊的酒樓，在和數年不見的幾位已經做了黨官的朋友高談闊論。談論之餘，還背誦了一首兩三年前曾在同一的情形之下做成的歪詩：

不是尊前愛惜身，佯狂難免假成真，
曾因酒醉鞭名馬，生怕情多累美人。
劫數東南天作孽，雞鳴風雨海揚塵，
悲歌痛哭終何補，義士紛紛說帝秦。

直到盛筵將散，我酒也不想再喝了，和幾位朋友鬧得心裏各自難堪，連對旁邊坐著的兩位陪酒的名花都不願意開口。正在這上下不得的苦悶關頭，船家卻大聲的叫了起來說：

「先生，羅芷過了，釣台就在前面，你醒醒罷，好上山去燒飯吃去。」

擦擦眼睛，整了一整衣服，抬起頭來一看，四面的水光山色又忽而變了樣子了。清清的一條淺水，比前又窄了幾分，四圍的山包得格外的緊了，彷彿是前無去路的樣子。並且山容峻削，看去覺得格外的瘦格外的高。向天上地下四圍看去，只寂寂的看不見一個人類。雙槳的搖響，到此似乎也不敢放肆了，鉤的一聲過後，要好半天才來一個幽幽的迴響，靜，靜，靜，身邊水上，山下岩頭，只沈浸著太古的靜，死滅的靜，山峽裏連飛鳥的影子也看不見半隻。前面的所謂釣台山上，只看得見兩個大石壘，一間歪斜的亭子，許多縱橫蕪雜的草木。山腰裏的那座祠堂，也只露著些廢垣殘瓦，屋上面連炊煙都沒有一絲半縷，像是好久好久沒有人住了的樣子。並且天氣又來得陰森，早晨曾經露一露臉過的太陽，這時候早已深藏在雲堆裏了，餘下來的只是時有時無從側面吹來的陰颼颼的半箭兒山風。船靠了山腳，跟著前面捎著酒菜魚米的船夫走上嚴先生祠堂去的時候，我心裏眞有點害怕，怕在這荒山裏要遇見一個乾枯蒼老得同絲瓜筋似的嚴先生的鬼魂。

在祠堂西院的客廳裏坐定，和嚴先生的不知第幾代的裔孫談了幾句關於年歲水旱的話後，我的心跳也漸漸兒的鎮靜下去了，囑託了他以煮飯燒菜的雜務，我和船家就從斷碑亂石中間爬上了釣台。

東西兩石壘，高各有二三百尺，離江面約兩里來遠，東西台相去，只有一二百步，但其間卻夾著一條深谷。立在東台，可以看得出羅芷的人家，回頭展望來路，風景似乎散漫一點，而一上謝氏的西台，向西望去，則幽谷裏的清景，卻絕對的不像是在人間了。我雖則沒有到過瑞士，但到了西台，朝西一看，立時就想起了曾在照片上看見過的威廉退兒的祠堂。這四山的幽靜，這江水的青藍，簡直同在畫片上的珂羅版色彩，一色也沒有兩樣，所不同的，就是在這兒的變化更多一點，周圍的環境是蕪雜不整齊一點而已，但這卻是好處，這正是足以代表東方民族性的頹廢荒涼的美。

從釣台下來，回到嚴先生的祠堂——記得這是洪楊以後嚴州知府戴槃重建的祠堂——西院裏飽啖了一頓酒肉，我覺得有點酩酊微醉了。手拿著以火柴柄製成的牙籤，走到東面供著嚴先生神像的龕前，向四面的破壁上一看，翠墨淋漓，題在那裏的，竟多是些俗而不雅的過路高官的手筆。最後到了南面的一塊白牆頭上，在離屋簷不遠的一角高處，卻看到了我們的一位新近去世的同鄉夏靈峰先生的四句似邵堯夫而又略帶感慨的詩句。夏靈峰先生雖則只知崇古，不善處今，但是五十年來，像他那樣的頑固自尊的亡清遺老，也的確是沒有第二個人。比較起現在的那些官迷財迷的南滿尙書和東洋宦婢來，他的經術言行，姑且不必去論它，就是以骨頭來稱稱，我想也要比什麼羅三郎鄭太郎輩，重到好幾百倍。慕賢的心一動，醺人的臭技自然是難熬了，堆起了幾張桌椅，借得了一支破筆，我也在高牆上在夏靈峰先生的腳後放上了一個陳屁，就是在船艙的夢裏，也曾微吟過的那一首歪詩。

從牆頭上跳將下來，又向龕前天井去走了一圈，覺得酒後的喉嚨，有點渴癢了，所以就又走回到了西院，靜坐著喝了兩碗清茶。在這四大無聲，只聽見我自己的啾啾喝水的舌音衝擊到那座破院的敗壁上去的寂靜中間，同驚雷似地一響，院後的竹園裏卻忽而飛出了一聲閒長而又有節奏似的雞啼的聲來。同時在門外面歇著的船家，也走進了院門，高聲的對我說：

「先生，我們回去罷，已經是吃點心的時候了，你不聽見那隻公雞在後山啼麼？我們回去罷！」

【作者介紹】

郁達夫（1896-1945），浙江富陽人。早歲留學日本，與郭沫若等人發起成立創造社，主編《創造季刊》、《洪水》、《奔流》等刊物。一九三〇年參加左聯。著有小說集《沈淪》等書。

徒步旅行者

朱湘

往常看見報紙上登載著某人某人徒步旅行的新聞，我總在心中泛起一種遼遠的感覺，覺得這些徒步旅行者是屬於另一個世界——一個浪漫的世界；他們與我，一個刻板式的家居者，是完全道不同不相為謀的。我思忖著，每人與生俱來的都帶有一點冒險性，即使他是中國人，一個最缺乏冒險性的民族……希臘人不也是一個習於家居，不願輕易離開鄉土的民族嗎？然而幾千年的文學中，那個最浪漫的冒險故事——奧德賽，它正是希臘民族的產品。這一點冒險性既是內在的；它必然就要去自尋外發的途徑，大規模的或是小規模的，顧及實益的或是超乎實益的。林德白的橫度大西洋飛航，伯爾得的南極探險，這些都是大規模的，因之也不得不是顧及實益的，——雖然不一定是顧慮到個人的實益，——唯有小規模的徒步旅行，它是超乎實益的，它並不曾存著一種目的，任是擴大國家的版圖，或是準備將來軍事上的需要，或是採集科學上的文獻；徒步旅行如其有目的，我們最多也不過能說它是一種虛榮心的滿足，這也是人情，不能加以非議——那一張沿途上行政人物的簽名單也算不了甚麼寶貝，我們這些安逸的家居者倒不必去眼紅，儘管由它去落在徒步旅行者的手中，作一個紀念品好了。這一種的虛榮心倒遠強似那種兩個人罵街，誰要佔最後一句話的上風的虛榮心。所以，就一方面說來，徒步旅行也能算得是藝術的。

史蒂文生作過一篇〈徒步旅行〉，說得津津有味；往常我讀它，也只是用了文學的眼光，就好像讀他的〈騎驢旅行〉那樣。一直到後來，在文學傳記中知道了史氏自己是曾經嘗過徒步旅行的苦楚的，是曾經在美國西部——這地方離開蘇格蘭，他的故鄉，是多麼遠！——步行了多時，終於倒在地上，累的還是餓的呢，我記不清楚了，幸虧有人走過，將他救了過來的，到了這時候，我回想起來他的那篇徒步旅行，那篇文筆無比輕靈的小品文，我便十分親切的感覺到，好的文學確是痛苦的結晶品；我又肅敬的感覺到，史氏身受到人生的痛苦而不容許這種醜惡的痛苦侵入他的文字之中，實在不愧爲一個偉大的客觀的藝術家，那「爲藝術而藝術」一句話，史氏確實是可以當之而無愧。

史氏又有一篇短篇小說〈Providence and the Guitar〉，裏面描寫一個富有波希米亞性格者的浪遊，那篇短篇小說的性質又與上引的「徒步旅行」不同，那是「唐吉訶德先生」的一幅縮影，與孟代（Catulle Mende's）

Je men vais par les chemins, il-re-lin

一首歌詞的境地倒是類似。孟氏的這首歌詞中一個詩人浪遊於原野之上，布袋裏有一塊白麵包，口袋裏有三個銅錢，——心坎裏有他的愛友，——等到白麵包與銅錢都被孱手給撈去了的時候，他邀請這個孱手把他的口袋也一齊撈去，因爲他在心坎裏依然存得有他的愛友。這是中古時代行吟詩人 Troubadour 的派頭；沒有中古時代，便容不了這些行吟詩人，連危用（Villon）都嫌生遲了時代，何況孟氏。這個，我們只在認它作孟氏的取其快意的寄寓之詞罷了。

就那個由浪遊者改行作了詩人的岱維士（W. H. Davies）說來，徒步旅行實在是他的拿手——雖說能以偷車的時候，他也樂得偷車。據他的「自傳」所說，徒步旅行有兩種苦處，狗與雨。他的「自傳」那篇誠實的毫不浮誇的記載，只是很簡單的一筆便將狗這一層苦處帶過去了；不知道他是怕狗呢，還是他作過對不住狗這一族的事，——至少，我們可以想像得出，狗的多事未嘗不是爲了主人，這個，就一個同情心最開闊的詩人說來，岱氏是應當已經寬恕了的；不過，在當時，肚裏空著，身上凍著，腿上瘦著，羞辱在他的心上，臉上，再還要加上那一陣吠聲，緊追在背後提醒著他，如今是處在怎樣的一種景況之內，這個，便無論一個人的容量有多麼大，岱氏想必也是不能不介然於懷的。關於雨這一層苦處，岱氏說得很詳盡；這個雨並非

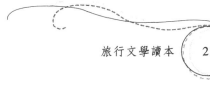

潤物細無聲

的那種毛毛雨，（其實說來，並不一定要它有聲，只要它潤了一天一夜，徒步旅行者便要在身上、心上沈重許多斤了。）這個雨也並非

花落知多少

的那種隔岸觀火的家居者的閒情的雨；它不是一幅畫中的風景，它是一種宇宙中的實體，濡濕的，寒冷

的，泥濘的。那連三接四的梅雨，就家居者看來，都是十分煩悶、惹厭，要耽誤他們的許多事務，敗興他們的各種娛樂；何況是在沒遮攔的荒野中，那雨向你的身上，向你的沒有穿著雨衣的身上灑來，浸入，路旁雖說有漾出火光的房屋，但是那兩扇門面對你緊閉著，好像一張方口啞笑的向了你在張大，深刻化你的孤單，寒冷的感覺，這時候的雨是怎麼一種滋味，你總也可以想像得出罷……不然，你可以去讀岱氏的「自傳」，去咀嚼杜甫的

布衾多年冷似鐵，
嬌兒惡臥踏裏裂；
長夜沾濕何由徹！

那三句詩；再不然，你可以犧牲了安逸的家居，去作一個毫無準備的徒步旅行者。杜甫也是一個迫於無奈的徒步旅行者；只要看他的

芒鞋見天子
脫袖露兩肘

這寥寥十個字，我們便可以想像得出，他是步行了多少的時日，在途中與多少的困苦摩肩而過，以致兩

隻衣袖都爛脫了；我們更可以想像開去，他穿著一雙草鞋，多半是破的，去朝見皇帝於宮庭之上，在許多衣冠整肅的官吏當中，那是，就他自己說來，實多麼可慘的一種情況；那是，就俗人說來，多麼叫人齒冷的一種境況……至所謂

相見驚老醜

他還只曾說到他的「所親」呢。

我記得有一次坐火車經過黃河鐵橋，正在一座一座的數計著鐵欄的時候，看見一個老年的徒步旅行者站在橋的邊沿，穿著破舊的還沒有脫袖的短襖，背著一把雨傘，傘柄上弔著一個包袱；我當時心中所泛起的只是一種遼遠的感覺，以及一種自己增加了坐火車的舒適的感覺……人們的囿於自我的根性呀！像我這樣一個從事於文學的人尚且如此，旁人還能加以責備嗎？現在我所唯一引以自慰的，便是我還不曾墮落到那種嘲笑他們那般徒步旅行者的田地；杜甫的詩的沈痛，我當時雖是不能體味到，至少，我還沒有嘲笑，我還沒有自絕於這種體味。淡漠還算得是人之常情；敵視便是鄙俗了。

西方的徒步旅行者，我的那種迫於無奈的，我不知道他們是怎麼一種行頭，雖說吉卜西的描寫與他們的插圖我是看見過的，大概就是那般在街上賣毯子的俄國人的裝束，就那般瑟縮在輪船的甲板上的外國人的裝束想像開，我們也可以捉摸到一二了……這許多漂泊的異鄉人內，不知道也有多少「哀王孫」的詩料呢。

這賣毯子的人教我聯想到危用，那個被驅出巴黎的徒步旅行者。他因爲與同黨竊售教堂中的物件，下了監牢，在牢裏作成了那篇傳誦到今的弔死曲，他是準備上絞臺的；遇到皇帝登位，憐惜他的詩才，將他大赦，流徙出京城，這個「巴黎大學」的碩士，馳名於全巴黎的詩人便盧梭式的維持著生活，向南方步行而去；在奧類昂公爵（Harles d' Orléans 也是一個馳名的詩人）的堡邸中，他逗留了一時，與公爵以及公爵的侍臣唱和了一篇限題爲

在泉水的邊沿我渴得要死

的 ballade（巴俚曲），——大概也借了幾個錢；——接著，他又開始了他的浪遊，一直到保兜地方，他才停歇了下來，因爲又犯了事，被逼得停歇在一個地窖裏。這又是教堂中人幹的事：那個定罪名的主教治得他眞厲害，不給他水喝，——忘記了耶穌曾經感化過一個妓女，——只給他麵包吃，還不是新鮮的，他睡著了的時候，還要讓地窖裏的老鼠來分這已經是少量的陳腐麵包。徒步旅行者的生活到了這種田地，也算得無以復加了。

【作者介紹】

朱湘（1904-1933），安徽太湖人。一九二二年加入文學研究社。一九二七年起曾先後留學美國勞倫斯大

學、芝加哥大學等校。返國後曾任安徽大學外文系主任。曾加入新月派。著有詩集《夏天》、《草莽集》、《石門集》等多種。

風吹西班牙

余光中

1

若問我西班牙給我的第一印象，立刻的回答是：乾。

無論從法國坐火車南下，或是像我此刻從塞維亞開車東行，那風景總是乾得能敲出聲來，不然，劃一根火柴也可以燒亮。其實，我右邊的風景正被幾條火舌壯烈地舐食，而且揚起一綹綹的青煙。正是七月初的近午時分，氣溫不斷在升高，整個安達露西亞都成了太陽的俘虜，一草一木都逃不過那猛瞳的監視。不勝酷熱，田裏枯黃的草堆紛紛在自焚，劈拍有聲。我們的塔爾波小車就在濃煙裏衝過，滿車都是焦味。在西班牙開車，很少見到河溪，公路邊上也難得有樹蔭可憩。幾十里的晴空乾瞪乾瞪，變不出一片雲來，風幾乎也是藍的。偏偏租來的塔爾波，像西歐所有的租車一樣，不裝冷氣，我們只好大開風扇和通風口，在直灌進來的暖流裏逆向而泳。帶上車來的一大瓶冰橙汁，早已蒸得發熱了。

西班牙之乾，跟喝水還有關係。水龍頭的水是喝不得的，未去之前早有朋友警告過我們，要是喝了，肚子就會一直咕嚕發酵，腹誹不已。西班牙的餐館不像美國那樣，一坐下來就給你一杯透澈的冰水。你必須另外花錢買礦泉水，否則就得喝啤酒或紅酒。飲酒也許能解憂，卻解不了渴。所以在西班牙開車旅行，人人手裏一大瓶礦泉水。不過買時要說清楚，是 con gas 還是 sin gas，否則一股不平之氣，挾著千泡百沫衝頂而上，也不好受。

西班牙不但乾，而且荒。

這國家人口不過臺灣的兩倍，面積卻十四倍於臺灣。她和葡萄牙共有伊比利亞半島，卻佔了半島的百分之八十五。西班牙是一塊巨大而荒涼的高原，卻有點向南傾斜，好像是背對著法國而臉朝著非洲。這比喻不但是指地理，也指心理。西班牙屬於歐洲卻近於北非。三千年前，腓尼基和迦太基的船隊就西來了。西班牙人叫自己的土地做「愛斯巴尼亞」（España），古稱「希斯巴尼亞」（Hispania），據說源出腓尼基文，意為「偏僻」。

西班牙之荒，火車上可以眺見二三，若要領略其餘，最好是自己開車。典型的西班牙野景，上面總是透藍的天，下面總是炫黃的地，那鮮明的對照，天造地設，是一切攝影家的夢境。中間是一條寂寞的界限，天也下不來，地也上不去，只供迷幻的目光徘徊。現代人叫它做地平線，從前的人倒過來，叫它做天涯。下面那一片黃色，有時是金黃的熟麥田，有時是一畝接一畝的向日葵花，但往往是滿坡的枯草一直連綿到天邊，不然就是伊比利亞半島的膚色，那無窮無盡無可奈何的黃沙。所以毛驢的眼睛總含著憂鬱。沙丘上有時堆著亂石，石間的矮松毛虬虬地互掩成林，蓊徑的強盜——叫 bandido 的——似乎就等在那後面。

法國風光嫵媚，盈目是一片嬌綠嫩青。一進西班牙就變了色，山石灰麻麻的，草色則一片枯黃，荒涼得竟有一種壓力。綠色還是有的，只是孤伶伶的，點綴一下而已。樹大半在緩緩起伏的坡上，種得整整齊齊，看得出成排成列。高高瘦瘦，葉葉在風裏翻閃著的，是白楊。矮胖可愛的，是橄欖樹，所產的油滋潤西班牙人乾澀的喉嚨，連生菜也用它來澆拌。一行行用架子支撐著的，就是葡萄了，所釀的酒溫暖西班牙人寂寞的心腸。其他的樹也是有的，但不很茂。往往，在寂寂的地平線上，什麼也沒有，只有一棵孤樹撐著天空，那姿態，也許已經撐了幾世紀了。綠色的祝福不多，紅色的驚喜更少。偶爾，路邊會閃出一片紅豔豔的罌粟花，像一隊燃燒的赤蝶迎面撲打過來。

山坡上偶爾有幾隻黑白相間的花牛和綿羊，在從容咀嚼草野的空曠。牠們不知道佛朗哥是誰，更無論八百年回教的興衰。我從來沒見過附近有牧童，農舍也極少見到，也許正是半下午，全西班牙都入了朦朧的「歇時榻」（siesta）吧。比較偏僻的野外，往往十幾里路不見人煙，甚至不見一棵樹。等你已經放棄了，小丘頂上出人意外地卻會踞著、蹲著，甚至匍著一間灰頂白壁的獨家平房，像是文明的最後一哨。若是那獨屋正在坡脊上，背後襯托著整個晚空，就更令人感受到孤苦的壓力。

獨屋如此，幾百戶人家加起來的孤鎮更是如此。你以爲孤單加孤單會成爲熱鬧，其實是加倍地孤單。從格拉納達南下地中海岸的途中，我們的塔爾波橫越荒蕪而崎嶇的內華達山脈（Sierra Nevada），左盤右旋地攀過一稜稜的山脊，空氣乾燥無風，不時在一叢雜毛松下停車小憩。樹影下，會看見一條灰白的小徑，在沙石之間蜿蜒出沒，盤入下面的谷地裏去。低沈的灰調子上，感覺到有什麼東西在移動。定睛搜尋，才瞥見一頂sombrero的寬邊大帽遮住一個村民騎驢的半面背影。順著他去的方向，遠眺的旅人終於發現谷底的村莊，掩映在矮樹後面，在野徑的盡頭，在一切的地圖之外，像一首用方言來唱的民謠，忘掉的比唱出來的更多。而無論多麼卑微的荒村野鎮，總有一座教堂把尖塔推向空中，低矮的村屋就互相依偎著，圍在它的四周。那許多孤伶伶的瘦塔就這麼守著西班牙的天邊，指著所有祈願的方向。

最難忘是莫特利爾鎮（Motril）。毫無藉口地，那幻象忽然赫現在天邊，雖然遠在幾里路外，一整片疊牌式的低頂平屋，在金陽碧空的透明海氣裏，白晃晃的皎潔牆壁，相互分割成正正斜斜的千百面幾何圖形，一下子已經奔湊到你的眼睫之間，那樣祟人的豔白，怎麼可能！拭目再看，它明明在那邊，不是幻覺，是奇觀。樹少而矮，所以白屋擁成一堆，白成一片。屋頂大半平坦，斜的一些也斜得穩緩，加以黑灰的瓦色遠多於紅色，更加壓不下那一大片放肆的驕白。歌德說：「色彩是光的修行與受難。」那樣童貞的蛋殼白修的該是患了潔癖的心吧，蒙不得一點汙塵。過了那一片白夢，驚詫未定，忽然一個轉彎，一百八十度拉開藍洶洶欲溢的世界，地中海到了。

2

西班牙之荒，一個半世紀之前已經有另一位外國作家慨歎過了。那是一八二九年，在西班牙任外交官的美國名作家伊爾文（Washington Irving），為了探訪安達露西亞浪漫的歷史，憑弔八百年伊斯蘭文化的餘風，特地和一位俄國的外交官從塞維亞並轡東行，一路遨遊去格拉納達。雖然是在春天，途中卻聽不見鳥聲。事後伊爾文在〈紅堡記〉（Tales of Alhambra）裏告訴我們說：

「許多人總愛把西班牙想像成一個溫柔的南國，好像明豔的意大利那樣妝扮著百般富麗的媚態。恰恰相反，除了沿海幾省之外，西班牙大致上是一個荒涼而憂鬱的國家，崎嶇的山脈和漫漫的平野，不見樹影，說不出有多寂寞冷靜，那種蠻荒而僻遠的味道，有幾分像非洲。由於缺少叢樹和圍籬，自然也就沒有鳴禽，更增寂寞冷靜之感。常見的兀鷹和老鷹，不是繞著山崖迴翔，便是在平野上飛過，還有的就是性怯的野雁，成群闊步於荒地；可是使其他國家全境生意蓬勃的各種小鳥，在西班牙只有少數的省份才見得到，而且總是在人家四周的果園和花園裏面。

「在內陸的省份，旅客偶然也會越過大片的田地，上面種植的穀物一望無邊，有時還搖曳著青翠，但往往是光禿而枯焦，可是四顧卻找不到種田的人。最後，旅人才發現峻山或危崖上有一個小村，雉堞殘敗，戍樓半傾，正是古代防禦內戰或抵抗摩爾人侵略的堡壘。直到今日，由於強盜到處打劫，西班牙大半地區的農民仍然保持了群居互衛的風俗。」

西班牙人煙既少，地又荒蕪，所以伊爾文在漫漫的征途之中，可以眺見孤獨的牧人在驅趕走散了的牛群，或是一長列的騾子緩緩踱過荒沙，那景象簡直有幾分像阿拉伯。其時境內盜賊如麻，一般人出門都得攜帶兵器，不是毛瑟槍、喇叭槍，便是短劍。旅行的方式也有點像阿拉伯的駝商隊，不同的是在西班牙，從比利牛斯山一直到陽光海岸（Costa del Sol），縱橫南北，維持交通與運輸的，是騾夫組成的隊伍。這些騾夫（arrieros）生活清苦而律己甚嚴，粗布背囊帶著橄欖一類的乾糧，鞍邊的皮袋子裏裝著水或酒，就憑這些要越過荒山與燥野。他們例皆身材矮小，但是手腳伶俐，肌腱結實而有力，臉色被太陽曬成焦黑，眼神則堅毅而鎮定。這樣的騾隊人馬眾多，小股的流匪不敢來犯，而全副武裝馳著安達露西亞駿馬的獨行盜呢，也只敢在四周逡巡，像海盜跟著商船大隊那樣。接下來的一段十分有趣，我必須再引譯伊爾文的原文：

「西班牙的騾夫有唱不完的歌謠可以排遣走不盡的旅途。那調子粗俗而單純，變化很少。騾夫斜坐在鞍上，唱得聲音高亢，腔調拖得又慢又長，騾子呢則似乎十分認眞地在聽賞，而且用步調來配合拍子。這種雙韻的歌謠不外是訴說摩爾人的古老故事，或是什麼聖徒的傳說，或是什麼情歌，而更流行的是吟詠大膽的私梟或無畏的強盜，因爲這兩種人在西班牙的匹夫匹婦之間都是動人遐想的英雄。騾夫之歌往往也是即興之作，說的是當地的風光或是途中發生的事情。這種又會歌唱又會乘興編造的本領，在西班牙並不稀罕，據說是摩爾人所傳。聽著這些歌謠，而四周荒野寂寥的景色正是歌詞所唱，偶爾還有騾鈴叮噹來伴奏，眞有豪放的快感。

「在山道上遇見一長串騾隊，那景象再生動不過了。最先你會聽到帶隊騾子的鈴聲用單純的調子打破高處的岑寂，不然就是騾夫的聲音在呵責遲緩或脫隊的牲口，再不然就是那騾夫正放喉高唱一曲古調。最後你才看到有騾隊沿著峭壁下的隘道遲緩地迂迴前進，有時候走下險峻的懸崖，人與獸的輪廓分明地反襯在天際，有時候從你腳下那深邃而乾旱的谷底辛苦地攀爬上來。行到近前時，你就看到他們捲頭的毛紗，纓帶，和鞍褥，裝飾得十分鮮豔；經過你身邊時，馱包後面的喇叭槍掛在最順手的地方，正暗示道路的不寧。」

3

伊爾文所寫的風土民情雖然已是一百五十年前的西班牙，但證之以我的安達露西亞之旅，許多地方並未改變。今天的西班牙仍然是沙多樹少，乾旱而荒涼，而葡萄園、橄欖林、玉米田和葵花田裏仍然是渺無人影。盜賊呢應該是減少了，也許在荒郊蘏徑的匪徒大半轉移陣地，到鬧市裏來蘏人荷包了，至少我在巴塞隆納的火車站上就遇到了一個。至於那些土紅色的古堡，除了春天來時用滿地的野花來逗弄它們之外，都已經被匆忙的公路忘記，儘管雉堞儼然，戍塔巍然，除了苦守住中世紀的天空之外，也沒有別的事好做了。

最大的不同，是那些騾隊不見了。在山地裏，這忍辱負重眼色溫柔而哀沈的忠厚牲口，偶然還會見到。在街上，還有賣藝人用牠來拖咿咿唔唔的手搖風琴車。可是漫漫的長途早已伸入現代，只供各式的汽車疾馳來去了。不過，就在六十年前，夭亡的詩人洛爾卡（Federico García Lorca, 1898-1936）吟詠安達露西亞行旅的許多歌謠裏，騾馬的形象仍頗生動。其中給我印象最深的，是下面這首〈騎士之歌〉：

科爾多巴。
孤懸在天涯。

漆黑的小馬，圓大的月亮，
橄欖滿袋在鞍邊懸掛。
這條路我雖然早認識，
今生已到不了科爾多巴。

穿過原野，穿過烈風，

赤紅的月亮，漆黑的馬。
死亡正在俯視著我，
在戍樓上，在科爾多巴。

唉，何其漫長的路途！
唉，何其英勇的小馬！
唉，死亡已經在等待我，
等我趕路去科爾多巴！

科爾多巴。
孤懸在天涯。

這首詩的節奏和意象單純而有力，特具不祥的神祕感。韻腳是一致開口的母音，色調又是紅與黑，最能打動人原始的感情，而且聯想到以此二色爲基調的佛拉曼哥舞與鬥牛。二十年前初讀史班德此詩的英譯，即已十分歡喜，曾據英譯轉譯爲中文。三年前去委內瑞拉，有感於希斯巴尼亞文化的召引，認眞地讀起西班牙文來。我耽於這種羅曼斯文，完全出於感性的愛好。首先，是由於西班牙文富於母音，所以讀來圓融瀏亮，盪氣迴腸，像隨時要吟唱一樣。要充分體會洛爾卡的感性，怎能不直接饕餮原文呢？

其次，去過了菲律賓與委內瑞拉，怎能不巡遊伊比利亞本身呢？爲了去西班牙，事先足足讀了一年半的西班牙文。到了格拉納達，雖然不能就和阿米哥們暢所欲言，但觸目盈耳，已經不全是沒有意義的聲音與形象了。前面這首〈騎士之歌〉，當年僅由英譯轉成中文，今日對照原文再讀，發現略有出入，乃據原文重加中譯如上。論音韻，中譯更接近原文，因爲洛爾卡通篇所押的悠揚A韻，中文全保留了，英文卻無能爲力。

未去西班牙之前，一提到那塊土地我就會想到三個城市：托雷多，因爲艾爾格雷科的畫；格拉納達，因爲法耶的鋼琴曲；科爾多巴，因爲洛爾卡的詩。我到西班牙，是從法國乘火車入境，在馬德里住了三天，受不了安達露西亞的誘惑，就再乘火車去格拉納達。第二天當然是去遊「紅堡」，晚上則登聖山（Sacromonte），探穴居，去看吉普賽人的佛拉曼哥舞。第三天更迫不及待，租了一輛塔爾波上路，先南下摩特利爾，然後沿著地中海西駛，過畢卡索的故鄉馬拉加，再北上經安代蓋拉，抵名城塞維亞。

而現在是第四天的半上午，我們正在塞維亞東去科爾多巴的途中。藍空無雲，黃地無樹。好不容易見到一叢綠蔭，都遠遠地躲在地平線上，不肯跟來。開了七、八十里路，只越過一條小溪。無論怎麼轉彎，都避不那無所不在的火球，向我們毫不設防的擋風玻璃霍霍滾來。沒有冷氣，只有開窗迎風，迎來拍面的長途炎風，繞人頸項如一條茸茸的圍巾。我們選錯了偏南經過艾西哈（Ecеja）的公路，要是靠北走，就可以沿著瓜達幾維爾河，多少沾上點水氣了。

就是沿著這條漫漫的旱路跋涉去科爾多巴的嗎？六十年前是洛爾卡，一百多年前是伊爾文，一千年前是騎著白駿揚著紅纓的阿拉伯武士，這裏曾經是回教與耶教決勝的戰場，飄滿月牙旌與十字旗。更早的歲月，聽得見西哥德人遍地踐來的蹄聲。一切都消逝了，摩爾人的古驛道上，只留下我們這一輛小紅車冒著七月的驕陽東馳，像在追逐一個神祕的背影。愈來愈接近科爾多巴了，這蠱惑的名字變成一個三音節的符咒祟著我的嘴脣。我一遍又一遍低誦著〈騎士之歌〉：

穿過原野，穿過烈風，
赤紅的月亮，漆黑的馬。
死亡正在俯視著我，
在戍樓上，在科爾多巴。

洛爾卡的紅與黑，我怎麼闖進來了呢？公路在矮灌木糾結的丘陵間左右縈迴，上下起伏，像無頭無尾的線索，前面在放線，後面在收索。風果然很猛烈，一路從半開的車窗外嘶喊著倒灌進來。死亡眞的在城樓上俯視著我麼？西班牙人在公路上開車原就躐等躁進，超起車來總是令你血沸心緊，從針鋒相對到狹路相逢到錯身而過，總令人凜然，想到鬥牛場的紅凶黑煞。萬一閃不過呢？今生眞的到不了科爾多巴？尤其洛爾卡不但是橫死，而且是夭亡，何況我胯下這輛車眞有些不祥，早已出過點事故了。

我的安達露西亞之旅始於格拉納達，而以塞維亞爲東迴的中途站，最後仍將回到格拉納達。昨晚駛入塞維亞，已經是八時過幾分了。滿城的暮色裏，街燈與車燈紛紛亮起，在凱旋廣場的紅燈前面煞車停下，淡玫瑰色的夕照仍依戀在老城寨上，正悠然懷古，說五百年前，當羊皮紙圖上還沒有紐約，伊莎貝拉女皇就是在此地接見志在遠洋的哥倫布，忽然，車熄火了。轉鑰發動了幾次，勉強著火，綠燈早已亮起，滿街的車紛紛超我而去。這情形重複了三次，令人又驚又怒，最後才死灰復燃，提心吊膽地，總算把這匹隨時會仆地不起的駑馬驅策到蒙特卡羅旅店的門口，停在斑剝的紅磚巷裏。這事故，成為我懷古之旅正妙想聯翩自鳴得意時忽地一記反高潮。晚飯後，找遍附近的街巷不見加油站的影子，更不提修車行了。那家旅店沒有冷氣，沒有冰箱，只有一架舊電扇斜吊在壁上，自言自語不住地搖頭。

「明天怎麼辦？」

朦朧之間不斷地反問自己，而單調的軋軋聲裏只有那風扇在搖頭。整夜我躺在疑慮的崖邊，不能入眠。第二天早餐後，我存說不如去找當地的赫爾茨租車行。電話裏那赫爾茨的職員用英語說：「你開過來看看。」我們開了過去，向他訴苦：「萬一在荒野忽然熄火，怎麼辦？」他說可以把車留給他們修。我說這一修不知要耽擱多久，我們等不及了。正煩惱之際，有顧客前來還車，他說：「換一輛給你們如何？」我們喜出望外，只怕他會變卦，立刻換了另一輛車上路。

定下神來，才發現這架車也是塔爾波，雖然紅色換了白色，其他的裝備，甚至脾氣，依然是表兄表弟。在出城的最後一盞紅燈前，啊哈，同樣熄了一次火。居然勸勸他重新起步，而且一口氣喘奔了兩個多鐘頭，但是危機感始終壓在心頭。睡眠不足的飄忽狀態中，昨夜的風扇又不祥地在搖頭。不久風扇搖成了風車，巨影幢幢而不安，而胯下這輛靠不住的車子也喘啊哮啊，變成了故事裏那匹駑馬，毛長骨瘦的洛西南代（**Rocinante**）。念咒一般我再度吟哦起那崇人的句子：

死亡正在俯視著我，
在戍樓上，在科爾多巴。

於是西班牙的乾燥與荒涼隨炎風翻翻撲撲一起都捲來，這寂寞的半島啊，去了腓尼基又來了羅馬，去了西哥德又來了北非的回教徒，從拿破崙之戰到三十年代的內戰，多少旗幟曾迎風飛舞，號令這紛擾的高原。當一切的旗都飄去，就只剩下了風，就是車窗外這永恆的風，吹過野地上的枯草與乾蓬，吹過鋸齒成排的山脈與冷對天地的雪峰，吹過佛拉曼哥的頓腳踏踏與響板咯喇喇，擊掌緊張的劈劈拍拍，弦聲激動的吉他。

——選自《隔水呼渡》．九歌

【作者介紹】

余光中，福建永春人。美國愛荷華大學碩士。曾任台灣師範大學、政治大學、香港中文大學教授、中山大學文學院院長，現任中華民國筆會會長，獲獎無數。著有詩集《白玉苦瓜》等近二十種，另有散文集《隔水呼渡》、評論集《從徐霞客到梵谷》等多種。

步過天城隧道

林文月

六月初的伊豆半島，陽光明麗，拂面的東風正宜人。大概是閏月的關係，今年的梅雨，到處都延期了。

菖蒲花開得稍遲。修善寺公園中，大片大片蒼翠的劍形葉如波似浪，以紫色爲基調的相近各色菖蒲花點綴其間，彷彿波濤濺起的浪花一般。不是週末假日，遊客自然稀少，正宜賞花賞嶺賞天色。天色兀自的藍，難免有幾朵白雲飄浮；嶺巒起伏的線條，十分柔和；山麓還有繡球花含蓄地漸次綻開。

離開彩色繽紛的修善寺，搭乘開往半島南端「下田」的巴士。這一條路線，別名「踊子路線」；甚至於今晨九時自東京車站開來修善寺的特別快車路線，亦稱爲「踊子特急」。這未免太過分了些，恐怕是川端康成寫《伊豆的踊子》時始料不及之事。不過，伊豆半島的居民卻沾沾自喜，以此爲傲。

不是週末假日，巴士的乘客雖然沿途有人上下，始終只維持著十來人的樣子。多半是家庭主婦，樸素的外表，與東京的婦女大異其趣，有的人腋下挽個籃子，大概是要進城購物的吧？偶爾有些上了年紀的男人登車，斑白的鬚髮，憨厚的表情，則令人無由猜度何所爲而來了。看來平日這條路線是沒有什麼「踊子」的浪漫氣息的。乘客雖不多，穿著制服、戴著帽子和白手套的司機卻肅穆謹愼地開車，就像他是在執行一項十分隆重的職責，譬如駕駛客滿的波音七四七似的。車子一直保持三十公里的時速，在急轉彎處，甚至更要緩緩減低速度。

大部分的時間，車子沿著左側的山崖而行駛，景觀是在右方。這鄉間的公共汽車雖然有些老舊，車內倒是十分清潔，座位也相當舒適，質樸的氣氛，反而令人感覺安詳自在。路是平坦的，但車子盤桓蜿蜒而上，不免有崎嶇所帶來的韻律。我時而鬆弛地倒靠椅背，一任全身隨車搖晃，時而憑窗眺望，飽覽景色，有一種愉悅中羼雜著落寞的奇異感覺。

窗外，初夏正以滿山滿谷的新綠展呈。山外還是山，連嶂疊崿，又山山皆被樹，致有林迴巖密的奇觀。車速不急不緩，適合從容瀏覽。我試圖一一辨認觸目所及的草樹，可惜我不是植物學家，多數眼睛所熟悉的，竟無論俗稱學名都無法道出。儘管叫不出它們的學名俗稱，所有深深淺淺的綠色都欣然充滿生機，在六月的陽光下油油地綿延至無垠無際。

其中有一種樹，我倒是認得的。直挺挺密密排列近處和遠處山巒的是杉木。樹幹齊高，枝葉都伸展在上方。數不盡的杉木構成的林海，觸目皆是。帶著莊嚴高貴，氣質兀傲而挺立的杉木，怎麼形容才好？恐怕只合用道德風骨一類的詞藻才行。幸而我不是植物學家，不必思考其界門綱目科屬種的細節，可以一任自由抽象的聯想。

> 道路變成迂迴曲折，接近天城山之際，雨腳染白著杉樹的密林，以猛烈的速度自山麓追我上來。

我想到《伊豆的踊子》開頭的名句。川端康成的文章，妙在語言氣氛，我這樣翻譯，未必能把握其佳妙於一二；但語言本是糟粕，而得意忘言不易，所以文學也只好勉強以文字記錄經驗，然則推敲也是無益徒然之事！

這裏正是接近天城山的途中。公車司機的左上方亮起站名的指示燈：下一站是「水生地下」。水生地下？不知該如何讀法？日本的地名，連他們本國的外鄉人都讀不出來，更何況外國人呢。「水生地下」，我用中國音在心中默讀一遍，並且望文生義胡思亂想，頗覺得有趣味。水生地下，從常識上判斷，應當比較合理，至於「黃河之水天上來」，只有異想天開的詩仙才說得出，但千年來李太白竟也強迫大家相信他的醉言醉詞；是則文學之力又不容輕視的了。

不管水生地下還是天上來，不如下車走走看吧，我忽萌奇念。何況下一站便是「天城峠」。在此我不得不襲用當地原名，不便妄改為「天城山」了，雖然我曾經觀賞過松本清張《天城山夜》推理小說改拍攝的影片「天城山奇案」。

「峠」這個字，是日本人創出的「漢字」，所以在我國字典中無法尋得此字。日本字典中特別註明這是一個「國字」。原係由「手向」（旅人合掌祭道神之義）之音轉化而來，若以我國的六書而言，應屬於轉注，但其義為山之最高處，為上坡與下坡之分界，則又似屬會意。唉，我這樣費神思考也是徒然，反正天城峠已在足下，而我正一步一步走向那隧道。

天城隧道在前方可望見處，卻頗有一段距離。

重疊的山巒依舊緜亙起伏著，原始林木與深峻的谷壑也應是昔日風貌，但現在不是紅葉的秋天，而是陽光明麗的初夏。那二十歲的高中青年，心中有迫切的期待，但我是浮生偷閒的旅客，既無期待亦無牽掛，所以不必趕路，儘可以閒閒步行。

有鳥聲此起彼落，以高低莫辨其情意的音調鳴啼。也有野花小小浮泛在路邊的草叢間，或黃或白，都是平凡的淡色。至於風鈴草在微風中搖曳，就不知是在互相傳遞著什麼祕密了。草和花也像禽鳥一樣，該有它們各自的語言表情吧？

多麼明麗的陽光！在疲憊的人事瑣務之餘，我閒步的心情也一如六月的初陽。東看看，西望望，均衡地呼吸著新鮮的空氣，不知不覺間已走近隧道口了。可是，探望幽黯的隧道內，不禁有些猶豫躊躇，舉步維艱。一時興起而下了車，卻不知這隧道究竟有多長？途中會有什麼情況嗎？

猶豫是難免的，但好奇與隨之而起的勇氣也不克自抑，於是一步一步走入暗影裏。其實，洞內並非眞正黑暗，每隔一段距離便裝置著昏黃的燈，而且偶爾也會有貨車或什麼的隆隆駛過，車燈照射出強烈的亮光，所以並不是十分可怕。我小心沿著邊上的窄道行走一程，忽又興好奇的念頭，遂又退回始點，重新起步，心中默算著步數。約莫走了四百步，洞口已被拋在遠處。方才耀眼的陽光變得有些曖昧，分不清是色還是光；又繼續走百餘步，一回頭，洞口竟已不見，許是轉了彎的緣故吧。

那戴著有高中徽幟的帽子，身穿和式衣袴的青年，因為追蹤無意間在修善寺的橋邊遇見的少女，抑制著忐忑初戀的心跳趕路。好不容易的在路旁的小茶店與避雨的藝團一行人三度相遇，卻又不敢言語。待雨歇人去後，方始偽裝若無其事地問店東老婆婆：「那些藝人，今晚會在哪兒投宿呢？」「那種人！誰知道住哪兒呀！客倌，還不是哪兒有客人住哪兒。她們才不會去想今晚住哪兒哩！」老婦輕蔑的口吻，竟無端地煽動了青年的戀情：那麼，今晚就讓她住我的房間吧。

二十歲的年輕肉體，怕會因為這稚嫩的綺念而通身發熱吧？我彷彿聽見流浪的藝人們平凡的交談在隧道內回響。那領班的男子，穿著印有長岡溫泉旅館標幟的外衣，走在前頭帶路。後面跟著一個中年婦人和兩個年輕女子，其中烏髮豐饒，背著小鼓的，便是青年暗戀的少女。或許，在如此幽暗的隧道裏，也還分辨得出她低首碎步時露出的白皙後頸吧。青年甚至還在公共浴池的溫泉氤氳中瞥見她骨肉均勻若桐樹一般的肢體，那副健康無邪的裸身，反而令人感覺澄清如水的純潔。當然，慾望也不會全然沒有，比方說，在他獨處旅邸一室，聆聽稍遠處宴席的笑語喧囂時，想像如長了翅膀亂飛；尤其當舞女的鼓音停止時，更令他有欲狂的嫉憤……然而，一切都成為過去，似乎發生過什麼，又似乎什麼也沒有發生過。與少女分別後，在駛出伊豆半島南端的汽船中，青年自覺已變得純美空虛，任淚水盡情流下雙頰，暗享不殘留一物似的甘美的快感。

隧道裏有前後可辨與不可辨之間的微光，沒有車輛駛過時，周遭寂靜若死亡。我仍然專心地數著自己邁出去的腳步，僅留一部分的餘地分心幻想。時時有水點從黑暗不知處滴落。的冬、的冬……有時落入髮中，有時滴濕衫袖，於陰涼之外更添增一絲寒意。這水恐怕還是來自較高的地下才對。

另一個戴著白色制服帽子的少年，也曾在這條隧道走過。究竟是走在現實的世界，或是虛構的世界，那就無由得知了。他厭惡與叔父偷情的寡母，決心離家出走。一雙穿舊了的草鞋在腳下，一步一步走過荒草被徑的山路，從白晝走到昏暗。他自稱沒有像川端康成那麼羅曼蒂克的遭遇，卻也真的遇見獨行的遊女。「喂，阿哥，您一個人走吶？」她的聲音和容貌一樣的成熟妖嬈，一雙裸露的細緻的腳趿拉著木屐，看得少年心跳言語吱唔……然後，有個魁岸的男人背影映現在隧道的那一頭。遊女忽然說有事要辦，打發少年先走。

松本清張筆下的少年比《伊豆的踊子》中那個「我」更年少，大約是十五、六歲光景吧。走在遊女的身旁，幾乎與梳著高髻的女子一般高，是肌肉骨骼猶待發育的年齡，但已然具有初解風情的面容。驚豔與悵惘的矛盾，在他憨直的臉上忽沈忽浮。我體會到他在洞口突遭拋棄的失望，否則怎麼會藏身草叢中窺覷遊女與癡漢的放浪交歡呢？眼前癡漢的貪淫和遊女的呻吟，與叔父寡母幽會的記憶重疊的刺激，遂使一股憤怒取代了羞澀。少年瘦弱的身體頓覺膨脹龐大起來，必要將那可惡的癡漢置於死地而後已，便舉起足邊的山石擊向碩大的身影，一擊、再擊、三擊……直到鮮血染紅砂石、草樹，終於滴入山澗汨汨流逝。

我感覺一陣寒氣浸身，害怕嗅聞血腥氣味。風自後方吹來，袖袂拍拍作響，髮絲亂拂額前頰邊。我用手指撩整頭髮，停頓步伐，決心不要再分心。洞口已在望，前面有陽光閃耀。一一八三、一一八四、一一八五……繼續專注地數最後一段路程。終於徒步走完這一段長長的隧道：總計約一千二百步。

走出黑暗的洞口，重新站到太陽光下，雖然一時無法適應強烈的光線，但是，那種陽光照射在身上的感覺眞正好極了！

我慢慢抬眼看洞口上方古銅的字跡，明明白白寫著「新天城隧道」。這未免教人頹喪。相對於「新」，應當有「舊」，然則，一甲子之前川端康成所走過的，恐怕是另一條舊的天城隧道了？恐怕二十多年前松本清張筆下那少年走過的，也不會是方才那條長共千二百步的新隧道吧。如是，則我前一刻忽喜忽憂，亦驚亦懼的種種感慨，豈不都是庸人自擾的白日夢嗎！

其實，也無需計較一切虛實眞假，我一步一步數了千二百步通過幽暗的新天城隧道，是確確實實的經驗。

蘇東坡在彭城夜宿燕子樓，不是也寫過：「燕子樓空，佳人何在？空鎖樓中燕。古今如夢，何曾夢覺？但有舊歡新愁。異時對，黃樓夜景，爲余浩嘆！」關盼盼與燕子樓的往昔人間諸事，又有誰知其眞相如何？詩人藉此靈感泉湧，遂塡成傳頌後世的好詞。坡老的豪語，豈敢輒仿，但我也了悟古今如夢的道理。人人都不免於走過長長的隧道，所有舊歡新愁的種種，也必然一一通過隧道，復又一一消失其間。

到下一個站牌「鍋失」（我已不再計較地名稱呼的由來與讀法了），恐怕尚有一段陽光下的公路待步行。我的腳因長途跋履，腫脹痛楚，不堪皮鞋束縛，便索性將鞋子脫掉，左右各提一隻。這樣輕快的心境，前所未有。反正這裏不會有什麼人像我這般好奇，即使遇著什麼人，也不可能認識我是誰，奔放一下何妨？

公路上，難免有些砂石扎腳。我發現順著路邊劃出的白漆線走下去，路又直又光滑，赤足步行那上面，眞是美妙極了。

——選自《午後書房》．洪範

【作者介紹】

林文月，台灣彰化人，生於上海，戰後返台，獲台灣大學中文系碩士學位。曾留日於京都大學研究比較文學。長期任教於台大中文系，現已退休。譯有日本古典小説《源氏物語》等書；出版有《澄輝集》、《遙遠》、《午後書房》、《擬古》等多部著作。

莫高窟

余秋雨

1

莫高窟對面，是三危山。《山海經》記，「舜逐三苗於三危」。可見它是華夏文明的早期屏障，早得與神話分不清界線。那場戰鬥怎麼個打法，現在已很難想像，但浩浩蕩蕩的中原大軍總該是來過的。當時整個地球還人跡稀少，噠噠的馬蹄聲顯得空廓而響亮。讓這麼一座三危山來做莫高窟的映壁，氣概之大，人力莫及，只能是造化的安排。

公元三六六年，一個和尚來到這裏。他叫樂樽，戒行清虛，執心恬靜，手持一枝錫杖，雲遊四野。到此已是傍晚時分，他想找個地方棲宿。正在峰頭四顧，突然看到奇景：三危山金光燦爛，烈烈揚揚，像有千佛在躍動。是晚霞嗎？不對，晚霞就在西邊，與三危山的金光遙遙對應。

三危金光之謎，後人解釋頗多，在此我不想議論。反正當時的樂樽和尚，剎那間激動萬分。他怔怔地站著，眼前是騰燃的金光，背後是五彩的晚霞，他渾身被照得通紅，手上的錫杖也變得水晶般透明。他怔怔地站著，天地間沒有一點聲息，只有光的流溢，色的籠罩。他有所憬悟，把錫杖插在地上，莊重地跪下身來，朗聲發願，從今要廣爲化緣，在這裏築窟造像，使它眞正成爲聖地。和尚發願完畢，兩方光焰俱黯，蒼然暮色壓著茫茫沙原。

不久，樂樽和尚的第一個石窟就開工了。他在化緣之時廣為播揚自己的奇遇，遠近信士也就紛紛來朝拜勝景。年長日久，新的洞窟也一一挖出來了。上自王公，下至平民，或者獨築，或者合資，把自己的信仰和祝祈，全向這座陡坡鑿進。從此，這個山巒的歷史，就離不開工匠斧鑿的叮噹聲。

工匠中隱潛著許多真正的藝術家。前代藝術家的遺留，又給後代藝術家以默默的滋養。於是，這個沙漠深處的陡坡，濃濃地吸納了無量度的才情，空靈靈又脹鼓鼓地站著，變得神祕而又安祥。

2

從哪一個人口密集的城市到這裏，都非常遙遠。在可以想像的將來，還只能是這樣。它因華美而矜持，它因富有而遠藏。它執意要讓每一個朝聖者，用長途的艱辛來換取報償。

我來這裏時剛過中秋，但朔風已是鋪天蓋地。一路上都見鼻子凍得通紅的外國人在問路，他們不懂中文，只是一疊連聲地喊著：「莫高！莫高！」聲調圓潤，如呼親人。國內遊客更是擁擠，傍晚閉館時分，還有一批剛剛趕到的遊客，在苦苦央求門衛，開方便之門。

我在莫高窟一連待了好幾天。第一天入暮，遊客都已走完了，我沿著莫高窟的山腳來回徘徊。試著想把白天觀看的感受在心頭整理一下，很難；只得一次次對著這堵山坡傻想，它究竟是個什麼樣的存在？

比之於埃及的金字塔，印度的山奇大塔，古羅馬的鬥獸場遺跡，中國的許多文化遺跡常常帶有歷史的層累性。別國的遺跡一般修建於一時，興盛於一時，以後就以純粹遺跡的方式保存著，讓人瞻仰。中國的長城就不是如此，總是代代修建、代代拓伸。長城，作爲一種空間的蜿蜒，竟與時間的蜿蜒緊緊對應。中國歷史太長、戰亂太多、苦難太深，沒有哪一種純粹的遺跡能夠長久保存，除非躲在地下，躲在墳裏，躲在不爲常人注意的祕處。阿房宮燒了，滕王閣坍了，黃鶴樓則是新近重修。成都的都江堰所以能長久保留，是因爲它始終發揮著水利功能。因此，大凡至今轟傳的歷史勝跡，總有生生不息、吐納百代的獨特秉賦。

莫高窟可以傲視異邦古蹟的地方，就在於它是一千多年的層層累聚。看莫高窟，不是看死了一千年的標本，而是看活了一千年的生命。一千年而始終活著，血脈暢通、呼吸勻停，這是一種何等壯闊的生命！一代又一代藝術家前呼後擁向我們走來，每個藝術家又牽連著喧鬧的背景，在這裏舉行著橫跨千年的遊行。紛雜的衣飾使我們眼花撩亂，呼呼的旌旗使我們滿耳轟鳴。在別的地方，你可以蹲下身來細細玩索一塊碎石、一條土埂，在這兒完全不行，你也被裹捲著，身不由主，踉踉蹌蹌，直到被歷史的洪流消融。在這兒，一個人的感官很不夠用，那乾脆就丟棄自己，讓無數雙藝術巨手把你碎成輕塵。

因此，我不能不在這暮色壓頂的時刻，在山腳前來回徘徊，一點點地找回自己，定一定被震撼了的驚魂。晚風起了，夾著細沙，吹得臉頰發疼。沙漠的月亮，也特別清冷。山腳前有一泓泉流，汩汩有聲。抬頭看看，側耳聽聽，總算，我的思路稍見頭緒。

白天看了些什麼，還是記不大清。只記得開頭看到的是青褐渾厚的色流，那應該是北魏的遺存。色澤濃厚沈著得如同立體，筆觸奔放豪邁得如同劍戟。那個年代戰事頻繁，馳騁沙場的又多北方驃壯之士，強悍與苦難匯合，流瀉到了石窟的洞壁。當工匠們正在這些洞窟描繪的時候，南方的陶淵明，在破殘的家園裏喝著悶酒。陶淵明喝的不知是什麼酒，這裏流蕩著的無疑是烈酒，沒有什麼芬芳的香味，只是一派力、一股勁，能讓人瘋了一般，拔劍而起。這裏有點冷、有點野，甚至有點殘忍；

色流開始暢快柔美了，那一定是到了隋文帝統一中國之後。衣服和圖案都變得華麗，有了香氣，有了暖意，有了笑聲。這是自然的，隋煬帝正樂呵呵地坐在御船中南下，新竣的運河碧波蕩漾，通向揚州名貴的奇花。隋煬帝太兇狠，工匠們不會去追隨他的笑聲，但他們已經變得大氣、精細，處處預示著他們手下將會奔瀉出一些更驚人的東西；

色流猛地一下渦漩捲湧，當然是到了唐代。人世間能有的色彩都噴射出來，但又噴得一點兒也不野，舒舒展展地納入細密流利的線條，幻化爲壯麗無比的交響樂章。這裏不再僅僅是初春的氣溫，而已是春風浩蕩，萬物甦醒，人們的每一縷筋肉都想跳騰。這裏連禽鳥都在歌舞，連繁花都裏捲成圖案，爲這個天地歡呼。這裏的雕塑都有脈搏和呼吸，掛著千年不枯的吟笑和嬌嗔。這裏的每一個場面，都非雙眼能夠看盡，而每一個角落，都夠你留連長久。這裏沒有重複，眞正的歡樂從不重複。這裏不存在刻板，刻板容不下眞正的人性。這裏什麼也沒有，只有人的生命在蒸騰。一到別的洞窟還能思忖片刻，而這裏，一進入就讓你燥熱，讓你失態，讓你只想雙足騰空。不管它畫的是什麼內容，一看就讓你在心底驚呼，這才是人，這才是生命。人世間最有吸引力的，莫過於一群活得很自在的人發出的生命信號。這種信號是磁，是蜜，是渦捲方圓的魔井。沒有一個人能夠擺脫這種渦捲，沒有一個人能夠面對著它們而保持平靜。唐代就該這樣，這樣才算唐代。我們的民族，總算擁有這麼一個朝代，總算有過這麼一個時刻，駕馭如此瑰麗的色流，而竟能指揮若定；

色流更趨精細，這應是五代。唐代的雄風餘威未息，只是由熾熱走向溫煦，由狂放漸趨沈著。頭頂的藍天好像小了一點，野外的清風也不再鼓蕩胸襟；

終於有點灰黯了，舞蹈者仰首看到變化了的天色，舞姿也開始變得拘謹。仍然不乏雅麗，仍然時見妙筆，但歡快的整體氣氛，已難於找尋。洞窟外面，辛棄疾、陸游仍在握劍長歌，美妙的音色已顯得孤單，蘇東坡則以絕世天才，與陶淵明呼應。大宋的國土，被下坡的頹勢，被理學的層雲，被重重的僵持，遮得有點陰沈；

色流中很難再找到紅色了，那該是到了元代；

……

這些朦朧的印象，稍一梳理，已頗覺勞累，像是趕了一次長途的旅人。據說，把莫高窟的壁畫連起來，整整長達六十華里。我只不信，六十華里的路途對我輕而易舉，哪有這般勞累？

夜已深了，莫高窟已經完全沈睡。就像端詳一個壯漢的睡姿一般，看它睡著了，也沒有什麼奇特，低低的，靜靜的，荒禿禿的，與別處的小山一樣。

3

第二天一早，我又一次投入人流，去探尋莫高窟的底蘊，儘管毫無自信。

遊客各種各樣。有的排著隊，在靜聽講解員講述佛教故事；有的捧著畫具，在洞窟裏臨摹；有的不時拿出筆記寫上幾句，與身旁的伙伴輕聲討論著學術課題。他們就像焦距不一的鏡頭，對著同一個拍攝對象，選擇著自己所需要的清楚和模糊。

莫高窟確實有著層次豐富的景深（depth of field），讓不同的遊客攝取。聽故事，學藝術，探歷史，尋文化，都未嘗不可。一切偉大的藝術，都不會只是呈現自己單方面的生命。它們爲觀看者存在，它們期待著仰望的人群。一堵壁畫，加上壁畫前的唏噓和嘆息，才是這堵壁畫的立體生命。遊客們在觀看壁畫，也在觀看自己。於是，我眼前出現了兩個長廊：藝術的長廊和觀看者的心靈長廊；也出現了兩個景深：歷史的景深和民族心理的景深。

如果僅僅爲了聽佛教故事，那麼它多姿的神貌和色澤就顯得有點浪費。如果僅僅爲了學繪畫技法，那麼它就吸引不了那麼多普通的遊客。如果僅僅爲了歷史和文化，那麼它至多只能成爲厚厚著述中的插圖。它似乎還要深得多，複雜得多，也神奇得多。

它是一種聚會，一種感召。它把人性神化，付諸造型，又用造型引發人性，於是，它成了民族心底一種彩色的夢幻、一種聖潔的沈澱、一種永久的嚮往。

它是一種狂歡，一種釋放。在它的懷抱裏神人交融，時空飛騰，於是，它讓人走進神話、走進寓言，走進宇宙意識的霓虹。在這裏，狂歡是天然秩序，釋放是天賦人格，藝術的天國是自由的殿堂。

它是一種儀式、一種超越宗教的宗教。佛教理義已被美的火焰蒸餾，剩下了儀式應有的玄祕、潔淨和高超。只要是知聞它的人，都會以一生來投奔這種儀式，接受它的洗禮和薰陶。

這個儀式如此宏大，如此廣袤。甚至，沒有沙漠，也沒有莫高窟，沒有敦煌。儀式從沙漠的起點已經開始，在沙窩中一串串深深的腳印間，在一個個夜風中的帳篷裏，在一具具潔白的遺骨中，在長毛飄飄的駱駝背上。流過太多眼淚的眼睛，已被風沙磨鈍，但是不要緊，迎面走來從那裏回來的朝拜者，雙眼是如此晶亮。我相信，一切爲宗教而來的人，一定能帶走超越宗教的感受，在一生的潛意識中蘊藏。蘊藏又變作遺傳，下一代的苦旅者又浩浩蕩蕩。爲什麼甘肅藝術家只是在這裏擷取了一個舞姿，就能引起全國性的狂熱？爲什麼張大千舉著油燈從這裏帶走一些線條，就能風靡世界畫壇？只是儀式，只是人性，只是深層的蘊藏。過多地捉摸他們的技法沒有多大用處，他們的成功只在於全身心地朝拜過敦煌。蔡元培在本世紀初提出過以美育代宗教，我在這裏分明看見，最高的美育也有宗教的風貌。或許，人類的將來，就是要在這顆星球上建立一種有關美的宗教？

4

離開敦煌後，我又到別處旅行。

我到過另一個佛教藝術勝地，那裏山清水秀，交通便利。思維機敏的講解員把佛教故事與今天的社會新聞、行爲規範聯繫起來，講了一門古怪的道德課程。聽講者會心微笑，時露愧色。我還到過一個山水勝處，奇峰競秀，美不勝收。一個導遊指著幾座略似人體的山峰，講著一個個貞節故事，如畫的山水立時成了一座座道德造型。聽講者滿懷興趣，擈於船頭，細細指認。

我眞怕，怕這塊土地到處是善的堆壘，擠走了美的蹤影。

爲此，我更加思念莫高窟。

什麼時候，哪一位大手筆的藝術家，能告訴我莫高窟的眞正奧祕？日本井上靖的《敦煌》顯然不能令人滿意，也許應該有中國的赫爾曼．黑塞，寫一部《納爾齊斯與歌爾德蒙》（*Narziss und Goldmund*），把宗教藝術的產生，刻劃得如此激動人心，富有現代精神。

不管怎麼說，這塊土地上應該重新會聚那場人馬喧騰、載歌載舞的遊行。

我們，是飛天的後人。

——選自《文化苦旅》．爾雅

【作者介紹】

余秋雨，浙江餘姚人。上海寫作協會會長，上海戲劇學院教授，復旦大學、交通大學、中國科技大學、東南大學、寧波大學客座教授。曾獲上海文學藝術大獎。爲當代著名散文作家。著有《文化苦旅》、《山居筆記》、《千年一嘆》、《戲劇理論史稿》、《藝術創造工程》等書。《文化苦旅》一書曾獲《聯合報．讀書人周報》最佳書獎。

玉山去來

陳列

1

崎嶇的碎石小徑在無邊的漆黑中循著陡坡面曲折上升。我臨時隨行的一支欲登玉山頂觀日出的隊伍，自從出了冷杉林，進入海拔約三五五〇公尺的森林界線以後，已因成員體力的不一而斷隔爲好幾截；我看到他們的手電筒或頭燈的微光點綴在上下的數個路段上，在黑暗裏搖晃。那些不時閃現的人影、岩坡和低矮的圓柏叢，全如魅影般。

由於沒有了樹林的遮擋，風稍大了，夾著凌晨近四時的森冷寒氣，從難以辨認的方向綿綿襲滲而來。裹在厚重衣服裏的身軀，卻因吃力攀爬而是熱的。四周也仍相當安靜，只有偶爾從那寂寂黑色中響起的前後人員的傳呼應答，或是石片在暗中某處唰唰滑落滾動的聲音。我一邊聽那聲音在我身旁飄浮懸蕩，一邊聽著自己的心跳和踩在碎石上的跫音，一步步地繼續往那黝黑的高處摸索，彷彿是史前地球上的一個跋涉者。

經過幾小段碎石坡以後，矮樹也漸少了，風，卻更強勁，陣陣拍打著身邊的裸岩，咻咻刮叫。我斜靠在一處樹石間休息，腳下的急斜坡掩沒在黑暗裏，而很遠很遠的底下，是數公里外嘉南平原上和高雄地區依稀聚集的燈光。天空仍是濃濃墨藍，只有很少的幾顆很亮的星。

路愈往上愈坎坷，呈之字形一再轉折，沿鬆脆的石壁而上。我儘量調整呼吸，配合著放下每一個斟酌過的步伐。而就在這專注中，天終於開始轉亮，晨光漸漸，在我身旁和腳下開始幽微浮露出灰影幢幢的巉岩陡崖。驚懼的心反而加重了。

到達位於玉山山脈主脊上的所謂風口的大凹隙時，形勢大改。山野大地好像在我來不及察覺之際忽然在我腳下翻轉了半圈；上坡時一路被暗瞑龐大的嶺脈遮住的東邊景觀，轉瞬間出現在我一下子舒放拉遠開來的眼底裏。大斜坡、深谷、北峰，以及從北峰傾斜東去的山嶺，都在薄薄的曙色風霧中時隱時現。寒風囂叫，從那屬於荖濃溪源頭的谷地吹掃過來，沿著大碎石坡，直向這個風口猛衝。我緊緊倚扶著危巖，努力睜眼俯瞰錯落起伏的山河，心中也一陣陣的起伏。

然後，當我手腳並用地爬過最後一段顫巍巍破碎裸露的急升危稜，終於登頂後，我就看到那場我從未見識過的高山風雲激烈壯闊的展覽了。

2

這是四月初的時候，清晨近五點，我第一次登上玉山主峰頂。當我正是氣喘吁吁，驚疑的心神仍來不及落定時，山頂上那種宇宙洪荒般詭譎的氣象，剎那間就將我完全鎮懾住了。

一片洪荒初始的景象。

大幅大幅成匹飛揚的雲，不斷地一邊絞扭著，糾纏著，蒸騰翻滾，噴湧般綿綿不絕從東方冥冥的天色間急速奔馳而至，灰褐乳白相間混，或淡或濃，瞬息萬變，襯著灰藍色的天，像颶風中翻飛的卷絲，像散髮，狂烈呼嘯，洶洶衝捲，聲勢赫赫，一直覆壓到我眼前和頭上，如山洪的暴漲吟吼，如宇宙本身以全部的能量激情演出的舞蹈，天與地以及我整個人，在這速度的揮灑奔放中似乎也一直在旋轉搖盪著，而奇妙的是，這些雲，這些放肆的亂雲，到了我勉強站立的稜線上方，因受到來自西邊的另一股強大氣流的阻擋，卻全部騰攪而止，逐漸消散於天空裏。

而在東方天際與中央山脈相接的一帶，在這些喧囂狂放的飛雲下，卻另有一些幾乎沈沈安靜的雲，呈水平狀橫臥，顏色分爲好幾個層次，赭紅的、粉紅的、金黃的、銀灰的、暗紫的，彼此間的色澤則細微地不斷漫漶濡染著，毫無聲息，卻又莫之能禦的。

然後，就在那光與色的動晃中，忽然那太陽，像巨大的蛋黃，像橘紅淋漓的一團烙鐵漿，蹦跳而出，雲彩炫耀。世界彷彿一時間豁然開朗，山脈谷地於是有了較分明的光影。

這時，我也才發現到，大氣中原先的那一場壯烈的展覽，不知何時竟然停了。風雖不見轉弱，頭頂上的煙雲卻已淡散，好像天地在創世之初從猛暴的騷動混沌中漸顯出秩序，也好像交響樂在一段管弦齊鳴的昂揚章節後，轉爲沈穩，進入了主題豐繁的開展部。

我找了一個較能避風處，將身體靠在岩石上，也讓震撼的心情慢慢平息下來。

3

啊，這就是台灣的最高處，東北亞的第一高峰，三九五二公尺的玉山之巔了，嶔奇孤絕，冷肅硬毅，睥睨著或遠或近地以絕壑陡崖或瘦稜亂石斷然阻隔或險奇連結著的神貌互異的四周群峰，氣派凜然。

名列台灣山岳十峻之首的玉山東峰就在我的眼前，隔著峭立的深淵，巍峨聳矗，三面都是泥灰色帶褐的硬砂岩斷崖，看不見任何草木，肌理嶙峋，磅礴的氣勢中透露著猙獰，十分嚇人。我想，在可預見的未來，我是絕對不敢去攀登的。

南峰則是另一番形勢：呈曲弧狀的裸岩稜脊上，數十座尖峰並列，岩角崢嶸，有如一排仰天的鋸齒或銳牙。白絮般的團團雲霧，則在那些墨藍色的齒牙間自如地浮沈游移，陽光和影子愉悅地在獰惡的裸岩凹溝上消長生滅。而二公里外的北峰，白雲也時而輕輕籠罩，三角狀的山頭此時看來，相形之下就可親近多了，在綠意中還露出了測候所屋舍的一點紅。

中央山脈的中段在似近又遠的東方，大致上，或粉藍或暗藍，從北到南一線綿亙，蜿蜒著起起伏伏，自成爲一個更大的系統，兩端都溶入了清晨溶溶的天光雲色裏，中間的若干段落也仍被渾厚的雲層遮住了，但浮在雲上的一些赫赫有名的山頭，卻是可以讓我快樂地一邊對照著地圖一邊默默叫出它們的大名：馬博拉斯、秀姑巒、大水窟山、大關山、新康山……。它們一一來到我的心中。

我站起來，在瘦窄的脊頂上走動。落腳之處，黑褐色的板岩破裂累累，永在崩解似的。岩塊稜角尖銳，間雜著碎片與細屑，四下散置。我就在這些粗礪又濕滑的碎石堆中謹慎戒懼地走著，辛苦抵擋著從西面吹來的愈來愈強盛的冷風。我勉強張眼西望，看到千仞絕壁下那西峰一線的嶺脈和楠梓仙溪上游的一段深谷，都蒙在一片渺茫淡藍的水氣裏。阿里山山脈一帶，則遠遠地橫在盡頭，有如屏障一般，山與天也是同樣粉粉的淡藍，只是色度輕重不一而已。

實在非常冷。我恍悟到耳朵幾乎凍僵了，摸起來麻麻刺刺的。那支登山隊的幾位隊員在急勁酷寒的風中顫抖著身子。有人得了高山症，臉色一陣白似一陣，呼吸困難，身軀直要癱軟下來的樣子。我的溫度計上指著攝氏二度。

4

後來我才曉得，山有千百種容貌和姿色。

這一年來，我三次登上玉山主峰頂。一月中旬，有一次我在雪花紛飛中穿過冷杉林之際，曾被那深厚濕滑的冰雪地阻斷了最後的一段一公里多的登頂路程。繼四月底的初登經驗之後，六月底，我大白天二度登臨，只見濕霧迷離，遠近的景觀幾乎都模糊一片，只有偶爾在那霧紗急速地飄忽飛揚舞踊的某個瞬間，才隱約露出局部的某個斷稜或山壁。

但隔一週後摸黑再上山時，遭遇竟又迥然不同。難得的風輕雲也淡。最迷人的則是日出前後東北方郡大溪一帶的景色。在那溪谷上，霧氣氤氳，濛濛寧謐的水藍。層層疊置著一起從兩旁緩緩斜入溪谷地的山嶺線，便全都浴染在那如煙的藍色裏，彷佛那顏色也一層疊著一層，漸遠漸輕，滿含著柔情。

這個早晨，似乎仍是地球上的一個早晨，永遠以不同的方式和樣貌出現的高山世界的早晨。當旭日昇起，在澄淨的蒼穹下，台灣五大山脈中，除了東部的海岸山脈之外，許多名山大嶽，此時都濃縮在我四顧近觀遠眺的眼底，所有的那些或伸展連綿或曲扭褶疊的嶺脈，或雄奇或秀麗的峰巒，深谷和草原，斷崖和崩塌坡，都在閃著寒氣，變動著光影，氣象萬千，整個的形象卻又碩大壯闊，神色則一般地寧靜無比。這個時候，光和風雲，以及其他什麼時候的雨雪雷電，都瞬息萬變地在這個山間世界裏作用嬉戲，讓山分分秒秒地改變著它的形色與氣質。然而就在那捉摸不定的特性裏，透露的卻又是巨大無朋，如如不動的永恆的東西，讓人得到鼓舞與啓示的東西，例如美或者氣勢，動與靜的對立與和諧，生機與神靈。

我一次又一次地在玉山頂來回走動，隱約體會著這一類的訊息，時而抬頭四顧巡逡，一邊再默默念起各個山峰的名字。一種對天地的戀慕情懷，一種台灣故鄉的驕傲感，自我心深處汩汩流出。一次深似一次。

5

台灣，其實，不就是一個高山島嶼嗎？或者更如陳冠學所謂的，「台灣以整個台灣，高插雲霄」。

兩億五千萬年以前，當時的亞洲大陸的東方有一個海洋，來自陸塊的砂、泥等沈積物經年累月在陸棚和陸坡上堆積。

七千萬年前，大陸板塊與海洋板塊開始碰撞，產生了巨大的熱與力的作用，原來的沈積岩廣泛變質。台灣以岩石的面貌初次露出水面。

此後的漫長歲月裏，這個區域漸回復平靜，台灣島與大陸之間的地槽再度累聚起厚厚的沈積物，冰河的融化則使台灣島又沒入海面。

四百多萬年前，一次對台灣影響最大的造山運動發生了。菲律賓海洋板塊由東方斜著撞上了台灣東部，使台灣島的基盤急速隆起，地殼抬升，使岩層再次褶皺斷裂，變形變質。這些斷裂，亦即近南北方向的斷層，是台灣一種出現頻繁的地質構造。本島南北平行的幾個大山脈，也正是這種來自東西方向的劇烈擠壓造成的，台灣因此高山遍佈。

因此，台灣以拔起擎天之姿，傲立海中。

在這個島上，海拔超過三千公尺的名山，達三百餘座。面積僅有三萬六千平方公里的一個海島，竟坐擁這麼多高山峻嶺，舉世罕見。

目前，這兩大板塊衝撞擠壓所產生的抬升起用，仍在進行。

我所站立的這座玉山，正就是地殼上升軸線經過之處。我置身的玉山山脈和眼前的這一段中央山脈，也正是台灣山系的心臟地帶，座落在台灣高山世界的最高處。

6

我一次又一次走入山區，在玉山頂碎裸的岩石間踱步，時而環顧那些既殊形詭狀又單純重複疊置著淡入遠天或浮露於閒雲間的峰巒，當世界遼闊清亮的時候；而當風生雲湧，冷氣颼颼刺痛著我寒凍的臉孔，所有的景物和生命跡象又都急急隱沒了。甚或細密的雨陣排列著從某個方位橫掃而來，夾著風與霧，消失了一座又一座的山谷和森林。清明中見瑰麗，晦暗動盪中更仍是大自然無可置疑的巨大與神奇。

我於是開始漸能體會學者所說的台灣這個高山島嶼的一些生界特質了。

眞的，假使沒有這些攢簇競立的大山長嶺，台灣的幅員將顯得特別狹小，不見高深，風景則變得平板單調，沒了豪壯氣勢與豐富的姿采，而人與其他生物也勢必有著迥異於目前的生息風貌的吧。

對於生界的特色，氣候是關鍵性的決定因子，而對於台灣的氣候，我眼際裏的這些重重高山，正有著莫大的正面作用，像一道道相倚並峙的屏障般，在冬夏兩季期間，分別攔下了來自東北與西南的季風氣流，使得島上年年都有充沛的雨水，孕育出蒼翠的森林，並將全島滋潤得難見不毛之地。座落於島上中央地帶的整個玉山國家公園，也因而成爲台灣最重要的集水區。濁水溪、高屏溪和東部的秀姑巒溪這三條台灣島上的大水系，都以這裏爲主要的發源地。

台灣山勢的崇高，也使溫度、氣壓和風雨都受到極大的影響而呈垂直變化，在海拔不同的地區造成極其明顯的氣候差異，使原屬亞熱帶短距離緯度內的台灣，出現了寒溫暖熱的諸種氣候型。動植物的類型，當然也就隨海拔位置的不同而大有變異。

台灣垂直高度近四千公尺，從平原走上玉山頂，就氣候和草木的變化來說，微地形、微氣候和微生態系姑且不論，大略等於從此地向北行四千公里。一個蕞爾小島竟有如此紛歧的氣候型和生態系，這又是世界難有其匹的。

台灣就是一座山，一座從海面升起直逼雲天且蘊藏著豐富生命資源的巍巍大山。這是造化奇特的賜予。我們大部分人大部分時間就在它的腳下生聚行住。我在玉山地區三番兩次進出逗留，總覺得自己已走進它的源頭了。

7

這個源頭，基本上，卻相當荒寒。

設於海拔三八五〇公尺之玉山北峰的測候所，測得的玉山地區年均溫是攝氏三・八度。攝氏五度的等溫線大致與海拔三五〇〇公尺的等高線相合。而三千公尺以上的地區，在冬季乾旱不明顯時，積雲期可連續達四個月。

一般而言，由於氣候的因素，加上岩石裸露，風化劇烈，土壤化育不良，海拔超過三千六百公尺的地帶無法形成森林，三千八百公尺以上的地區，更可以說是台灣生育地帶的末端，只能存活著少數的某些草本植物。

我先前幾次走過這個高山草本植物帶時，只覺得滿眼盡是光禿的危崖峭壁，岩層破碎。勁厲的冷風，經常吹襲。這裏像是另外一個世界。間或出現在石屑裏的小草，看起來毫不起眼。我不曾爲它們停留過疲累的腳步。

然而六月底再次經過時，我卻爲它們展露的鮮艷色彩而大感驚訝。荒冷沈寂的高山上突然出現了一片蓬勃的生機。尤其是北峰周圍，可能因坡度較緩，土壤發育較好，花草甚茂，各種色彩紛紛將這個高山地域鑲飾得不再那麼冷硬：紫紅色的阿里山龍膽，晶瑩剔透如薄雪般的玉山薄雪草，藍色的高山沙參，黃色的是玉山佛甲草、玉山金梅和玉山金絲桃，以及在北峰頂上盛開成一大片的白瓣黃心的法國菊……。我開始帶著一本小圖鑑專程去進一步認識它們。

在長期冰封之後，這些高山草花，這時，正進入它們的生長季節。它們正趁著氣溫回升的短暫夏日努力成長，在一季裏匆忙地儘量完成從萌芽至開花、結果以至散播種子的一生歷程。

不過另一方面，我這時卻也開始了解到高山野花之所以多爲多年生，原來是有其苦衷的。對許多高山植物而言，籽苗內的養分畢竟有限，無法同時供應成長與孕育種子之需，所以爲了達成繁殖的目的，只得採取分年逐步完成生命循環的策略：第一年全心全意發展根系，次年發芽，然後年復一年的儲存能量，待準備充足後，再驕傲地綻放出美麗的花朵來。

但即使是這麼堅韌的高山岩原植物，在玉山主峰頂上，也已少見。我反而發現了兩棵玉山圓柏。四月底的時候，這一簇出現在峰頂稍南絕崖陡溝中的綠意旁，仍留著一小堆殘雪。它們是台灣最高的兩棵樹。

然而就植物生命而言，地衣則還高過了它們。顏色斑駁地貼生在山巔裸岩上的這些地衣雖屬低等植物，但因不畏高山上必然強烈的風寒和紫外線，且能將假根侵透入岩石內，逐漸使之崩解，使高山上高等植物的生長成爲可能，因此一向是惡劣環境中最強悍的先鋒植物。

至於動物，據說在溫暖的季節，仍會有長鬃山羊、水鹿和高山鼠類在此出沒。但我三度登頂，卻只有在四月底的那一次看到一隻岩鷚。只有一隻。牠長得胖胖的，離我約僅一丈，在板岩碎屑上慢條斯理地走著，毫無怕人的樣子。灰色的小小的頭，時而啄點著地面，時而抬起來四下顧盼，背部灰栗相間的覆羽在刮掃的冷風中不斷地張揚起伏。

這就是台灣陸棲鳥中海拔分佈最高的鳥類，而且是世界上僅存於我們這個島嶼上的台灣特有亞種。

可是爲什麼只有一隻呢？牠眞的能在這麼高寒的裸岩間找到果腹的小蟲或植物種籽嗎？興奮之餘，這些都不免令我疑惑。

8

我一再地攀爬跋涉於玉山頂一帶，後來彷彿覺得幾乎要成爲一種迷戀式的追尋甚或膜拜了。我逐漸察覺到，自己似乎愈來愈期待著要在每次的山野漫遊中，在某個時刻，通過高山世界那種亙絕千里的恢宏大氣勢，通過周遭或恆久或瞬息生滅的形色聲氣和律動，去和什麼東西連結起來，譬如土地，譬如時間，等等。我是已體會到了我可以爲之歡欣的某些什麼，但我仍貪婪的希望能確切地把握得更多。

然而，經過了一長段時日之後，玉山頂所有的那些經歷，在記憶中其實有一部分卻已混淆起來；某些個別的興奮心情雖還在，但印象中所有的那些或美麗或偉大的色彩和聲音，形狀和氣質，所有的那些我曾有過的感動或震撼，領會或省悟，最終都混合成單純的某些繫念和啓示，留存在心底裏。

當夏天過去，秋天來到，高山的花季迅速銷聲匿跡，冷霜降臨，多刺的玉山小檗的葉子轉紅了，掉落了。然後是冬天，一片皚白的冰雪世界。那些裸岩、地衣、那兩株海拔最高的圓柏，以及全部的那些堅苦卓絕的高山草花們，都將一體覆蓋在厚厚的白雪下。而那隻孤獨的岩鷚，應該也會往低處移居的吧。

然後，也許四個月之後，春天回來了。然後夏天……。好長好長的一再輪迴的宇宙的歲月，大自然的歲月，我目睹過的那個玉山地區高山世界的歲月。

我懷念這樣悠悠嬗遞著的歲月，同時相信這其中必然存在著可以超越時間的義理和秩序，一些既令人敬畏卻又心生平安和自在，既令人引以為傲卻又願意去謙虛認知的屬於高山、屬於自然、屬於宇宙天地的義理和秩序。

——選自《永遠的山》．玉山社

【作者介紹】

陳列，台灣嘉義縣人，淡江大學外文系畢業，曾任國大代表。曾獲時報文學（散文）推荐獎。著有《地上歲月》、《永遠的山》等散文集。

旅行是一面鏡子

莊裕安

1

哲學家羅素有一次從夕利島旅行回來，發表有關島國與大陸的看法。夕利島在英國南部，是世界上幾個有居民的最小島嶼之一。在一般人心目中，島國住民總被貼上心胸狹窄的標籤，相對於英倫人，夕利人是小器的；相對於歐陸人，英倫人是小器的。羅素寫了一篇〈論島國特性〉，反駁這種既定成俗的看法。

因爲夕利島面積狹小，島上居民以航海維生，大部分人一生中都有到過亞洲和非洲的經驗。討論起中國與日本間的問題，許多人都能侃侃而談，反而歐陸國民，對此二國的地理所在大都模糊不清。除了地理意識外，羅素更意外發現，他們的歷史意識也相當驚人。他們可以遠溯到腓尼基人和羅馬人到島上採礦探險，以及中世紀修士統治的遺事。羅素盛讚他們，雖是世界上最小的島嶼居民，但其思維與想像的世界卻遼闊得驚人。

反觀歐陸、俄屬中亞細亞或美洲大陸的居民，可能一輩子久處內陸中央，永遠也不會接觸到非我族類的文物、宗教和生活習慣。離海愈遠的人，其實更容易掉入「島國特性」。至於英國人爲什麼被視爲褊狹的呢？那是因爲自法國革命到拿破崙戰爭的期間，英國人無法由法國登岸，從事歐陸的旅行，再加上內陸人對英國的仇視偏見。

羅素的論點，也可以移做台灣經驗。台灣人一度曾因政治因素，造成封鎖孤立，開放觀光伊始，十足暴露「島國特性」，直到現今，仍未脫離這種尷尬過渡。歷史可鑑，當初日本人從戰敗中圖強，出國窘相，堪比當今台灣人。曾幾何時，日本人變成全世界最懂得自助旅行的民族，其旅行指南之詳實周全，他國難比。別種文化筆者所知不詳，但以德奧古典音樂爲例，日本人對偉大指揮家和演奏家的崇拜，熱度絕對超過歐洲人。大多數英國EMI公司尚未翻製成鐳射唱片的歷史錄音版本，早在日本東芝公司已是傳誦一時。假如不計較唱片售價，買西洋古典音樂唱片，到東京一定比到維也納所獲更多。

最近幾個舊曆年熱門話題一直兜著出國觀光，報紙的旅遊廣告，總是一枝獨秀。民間公司行號，休假八天、十天的比比皆是，外出度假於時間或金錢，都不是太困難的消費。這一陣熱潮，大概要等到所有人都體會旅行眞是勞民傷財的玩意兒，更多的「觀光騙局」被拆穿，才會冷卻下來。

2

要等到旅行成爲理性，而不是魔性的時髦，恐怕台灣人才會像夕利人，那麼有歷史與地理的意識，旅行像一面鏡子，照見旅行者的淺薄或深厚。現在，台灣人正由旅遊經驗中，發現公德的敗壞、常識的低能、美感的缺乏，適當的挫折，也帶來適當的反省。在旅行中，我們將重拾因升學主義而冷落的通才教育，學理工的發覺對歷史地理常識的無知，學文法的發覺對地球科學與生物的無知，兩組人馬一起發覺對音樂美術，所謂聯考不考的科目，淺薄修養。

從旅行中，我們發覺所謂「島國特性」，心胸的褊狹，不一定是冷酷不樂於助人，而是全面的無知。因爲急功勢利，導致五育不全，除了用在殺價的智力，堪稱絕技外，守法、合群、審美都落爲外人笑柄。其實，我們早已意識到教育方針偏頗的可怕，卻從來不曾像開放觀光這一刻，大批台灣人外放海隅，來得那麼強烈。而這種憎惡感，尤以香港和新加坡，同是華人種族地區最爲明顯。

在香港和新加坡的五星酒店，我們都曾於套房內看到，一張關於睡袍、拖鞋、浴巾的中文價目表。旅館侍者不悅告訴我們，最初他曾爲這些東西招來多少訓斥。這些專營台灣客的房間，被偷的甚至包括小壁畫和燈罩。忍無可忍，他們只好將屋內所有能帶走的東西全標上價碼，儘量拖延台灣團退房的手續，以迅雷快勢梭巡一遍。在曼谷，我看見台灣人的吃相，彷佛是泰國人的大仇敵，一副要吃垮泰國的模樣。也許是咱們街頭「一百五呷到飽」、「三百元撐到吐」的噱頭太猖狂，整套搬到更氣派的曼谷國賓飯店上演。四五個旅行團喧騰一室，爭先恐後插隊，一人拿五人份，任意糟蹋廚師精心調配，遑論餐桌禮儀和美食氣氛。

我很擔心這種「過渡期」要過渡到何時，倘若上一代對下一代的教育，沒有趕快導正方向。假如在旅行途中，我們不存有對大自然的愛，台灣的環保運動休想成功。我們對大自然要產生愛，絕不是流於當前的口惠，想想我們有多少名不副實的口號，美就是心中有愛？愛要源自興趣與理解，只有當我們的中小學生，眞正以上生物課、自然課爲樂趣時，發於內心的喜樂去了解魚的生態，河川的整治才可能徹底澄清。父母爲什麼愛自己的孩子，勝過愛別人的孩子？除了己身所出與他日所託之外，也在於父母對自己孩子的興趣與理解，遠超過別人家的。我們對自然的興趣與理解，大概要像父母對孩子發出的愛那般理所當然，才有可能做好地球環保，眞正爲自己也爲下一代著想。

3

旅行是一面鏡子，除了照見國民所得或外匯存底，不再是修養或快樂的相對指數，其實更重要的是反審自己的蒼白貧血。即使像羅素那樣睿智的人，一趟夕利島之旅，也會扭轉自己對島國民性的印象。

在旅行中，我終於發現自己不是一個很好的旅行者。這也許先要怪罪父母和老師，在整個啓蒙成長時期，我不曾被引導，完成一趟充實的旅行。我們沒有歐洲少年，那種「壯遊」的啓蒙思想，雖然在青少年時有遨遊世界的夢想。但我還是不敢相信，有一天我們會去地理課本上的奇怪港口名字，熱那亞、開普敦、斯德哥爾摩，最最不可思議的，北平、西安來去自如。我第一次出國，準備行李的晚上，突然好後悔，把中學六年的史地課本全丟了，我很想再翻翻書上到底怎麼描述尼泊爾這個國家。

打點完皮箱，我只好抽出百科全書索引，查一查有沒有我將前往的城鎮資料。我從來沒有想過，有一天我會渴望重讀，那些被我們詛咒過的中學課本。高二丟高一的課本，高三丟高二的課本，當然是聯考不考的科目，當初我們是如何被這麼多，累死人的共同科目折磨過來的啊。我以前是喜歡地理課的，尤其交作業的時刻，一定要附上地圖，每一個省都要塗上淡彩，河流、公路、鐵路、省會，都有特殊的符號，在遊戲中完成旅行的夢想。後來，我是如何對這些作業簿失去耐心，儘量要賴蒙混的呢？

旅行原來可以複習往昔的通才教育，而通才教育能輔助一趟旅行的完整，甚至可以這麼說，旅行和通才教育能輔助人格的完整。太高蹈了，或者改成：通才教育無非是要人左右逢源，處處提供旅行的樂趣，旅行無非是左右逢源，處處提供人生的樂趣。人生要有樂趣，無非是三十歲以後，重新拾起才剛脫下不久的學士帽子，重新把中小學課本，讀出津津滋味。當然，旅行的滋味，不是只讀地理課本就足夠的，歷史、美術、生物或音樂，千萬別遺漏公民與道德和健康教育這兩本吧。

也有些知識，不見得是書本上告訴我們的，英國教科書，可沒寫著「夕利島人心胸褊狹」吧。旅行有助於我們解開偏見牢結，比方說，波斯灣戰爭那一陣，連咱們台灣人都在媒體引導下，極端憎恨起伊拉克人。哈珊是得好好反省一陣子，但我們對中東回教徒的刻板成見，也該好好反省一陣子。在印度和埃及，雖然只是浮光掠影，但我也曾像從夕利島回來的羅素先生，對這兩個地方的老百姓，產生不少好感。我們是不是該先對別的種族，先有興趣和理解，再來說世界大同的理想呢？

台灣島也需要像夕利島那樣的鏡子，照鑑我們是否存在「島國特性」。在一窩蜂的旅行風氣中，希望趕快建立理性的旅遊程序，聽起來多像對國會與號子的期待字眼呢！旅行是件苦差事，像豬八戒照鏡子，風塵僕僕裏外不是人。祝福全台灣觀光客，了解旅遊本相，要不就索然無味，不想再花錢受罪，否則就變成「旅癡」，徹底玩個盡興。到那時，前者自動把機位讓給後者，逢年過節，別讓旅行社亂揩油水了。

——選自《巴爾札克在家嗎》．大呂

【作者介紹】

莊裕安，台灣台北縣人。中國醫藥學院醫學系畢業，目前爲內兒科執業醫師，曾加入漢廣詩社及現代詩社。曾獲吳魯芹散文獎。著有《音樂狂歡節》、《爵士樂》、《巴爾札克在家嗎》、《巴哈溫泉》、《愛電影不愛普拿疼》等近二十本書。

停泊在不知名的國度——法國紀遊

簡媜

1 埋雪之豹

終年覆蓋白雪的 Kilimanjaro 是非洲最高山，西面峰頂被稱為上帝之屋，有一頭豹屍僵成一片薄翼，安靜地躺臥雪泊。沒有人能解釋，這頭豹跑到這麼高的峰頂為了追尋什麼？

當飛機抵達戴高樂機場，寒冷的氣流如千萬支銀針刺遍全身，我恐懼冷，因為這種莫名的畏懼而心緒翻騰，那頭雪豹驀然湧現，從海明威的小說裏單獨逸出，進駐我的胸膛；遂開始在時空座標中迷航，曾經熟稔的亞熱帶產雨島國，肅殺的北地邊塞及落櫻似泣的深山寺院……宛如拍浪襲擊，不知此身擱淺何處。在錯亂且騷動的記憶斷片中沈浮，那隻冰豹像唯一的實體引我靠岸，因感同身受那股無從抵抗的冷而滲出微熱。雖然，我仍然不理解牠為何攀越雪崖，赴一趟致命追尋？

清晨的巴黎街頭宛如被霧封鎖的墓場，除了幾輛夢遊昆蟲似的街車，隆冬的冷血之手拂過每一棟潮溼的建築，每一棵枝椏虬結的黑樹，使它們毫無怨言地滑入安息階段。車子繞過香榭麗舍大道與凱旋門時，我蜷縮在座位上隔著玻璃窗搜巡電話亭，可憫地默誦國際冠碼與太平洋海濤中那座島嶼的國碼，想確認它存不存在，火爐上有沒有跳逗歡愉的紅湯圓，在古老的冬至日降臨之時。我開始懊惱自己莽撞地進入這趟航行，Dorling Kindersley 精緻的旅遊書甚至描述了花神咖啡店與麗波啤酒屋內座椅的顏色，我其實比較適合像蜥蜴一樣隱居在溫暖的書房，舔舔波特萊爾詩中巴黎的體味：「蟻聚的都市，佈滿著夢幻的都市；那兒的幽靈在大白天公然勾引行人，不可思議的神祕像樹汁到處流動，在這龐大都市狹窄的動脈間。」

懊惱已經來不及，艾菲爾鐵塔半空，一輪勾魂攝魄的紅日自濃霧中浮現，像情婦的臉。

然而，那是個謎，爲什麼記憶中曾在巴黎居住或留學或自助旅行的朋友談起他們的經驗總有一股奇異的神采，帶著驕傲與尊貴。他們不知不覺開始改變髮型、衣著以及談話風格，甚至毫不諱言巴黎是他們的心靈莊園，不管如何拮据，總要想辦法籌出旅費再去放牧一趟。我想不出還有哪個城市可以跟巴黎爭寵？彷彿是鴉片，只要輕輕舔一口，這輩子就完了。也許，答案不在羅浮宮內那尊展翼欲飛的勝利女神雕像上，也不在凡爾賽宮廣場前策馬奔天的路易十四身上，是一種靜止，糅合罌粟之瀲灩與鳶尾般高雅的靜止，使這個城市的空氣充滿足以誘魂的浮香。巴黎是爲異鄉人準備的，尤其是那些罹患飄泊宿命的靈魂，他們可以在這裏放縱感傷或僅是喃喃自語，可以夢遊似地傾聽仍然在空氣中鳴動的老靈魂們的詠嘆，來自雨果、福樓拜、畢卡索、莫內、梵谷、海明威……甚或堅持用藍色長窗簾將自己幽囚的普魯斯特的嗽聲。這些飄遊的靈魂在這裏尋覓短暫的慰藉，並領取份內的孤獨。

猶如，那頭雪豹在上帝之屋領取死亡。

2 柿色風景

從巴黎往西行，羅亞爾河畔城堡古都杜爾（Tours）仿若空城，隱於蕭瑟且茂密的枯樹條背後，砌築在河上的舍濃索城堡（Chenonceau castle）像泡了水的炭筆素描，四百多年已看不出榮華富貴曾經在城堡內高聲喧嘩過。隆冬嚴寒，旅客極少；有人在黛安娜寢宮內低聲談論風流韻事，由於空盪，仍有回音，她是亨利二世寵幸的情婦，但那已是四百多年前的微塵小事了。我探看壁爐，不知道還能不能發現一小撮灰燼可以浮現天鵝絨軟帳內的身影，火焰最擅長紀錄艷史，不是嗎？

不禁想起永遠不死的歐蘭朵，當她回到橡樹叢林護衛著的宅邸時，月亮自森林中冉冉升起，它的光芒召喚出一座城堡的幽魂，一切都是幻影，一切都是寂靜。維吉尼亞·伍爾芙這麼寫著。如果，黛安娜也在深夜回到御賜的舍濃索，擒著蠟燭抬頭凝視壁爐上方那幅巨大的自畫像，她會怎麼看待複印在每名遊客腦海、永遠浸泡在緋色汁液裏的自己的一生？

波爾多（Bordeaux）是靠大西洋東岸的著名酒城與港口，就地理位置而言，屬法國西南。霧茫茫的平原上，綿亙著冬眠期的枯葡萄園，石砌農莊旁邊，幾棵無葉之樹，枝條糾結，遠遠望去，彷彿繡上去的，有種被冷霜打過的孤寂。靠近些的小房子，誇張的粉白外牆爬滿網狀蔓藤，褐礫色與暗紅的葉子枯了大半，彷彿四分之一個秋天隨風飄泊得累了，趴在上面尋死。不知名的矮灌木叢，結成串紅珠果，倒像喋喋不休的女歌手。冬天的葡萄田野少了酒的豐饒意象，比較接近筵席散後，該回家的回家，該流浪的繼續流浪。

附近的酒廠也開放參觀，接待異國旅客。我深深覺得此地的人善於經營，懂得營造深具特色的氛圍以延伸收益。名叫 Chateau Giscours 的酒廠約三百多年歷史，馬蹄形三層高建築仍然保留舊式城堡風貌，前庭以細碎的石子鋪成一波靜止的石浪。建築背後即是遼闊的葡萄園，從庭地往前延伸，卻是令人賞心悅目的樹林與青茵，高大的印度石栗、梧桐、樺樹……像聳立幾世紀了。靠近庭前路邊，一把漆得雪白的木製長椅安靜地站著，背後不遠，一棵年輕小樹抖盡葉片，獻出艷紅柿果，在悒綠的高樹背景與冬日傍晚流淌的冷風下，眞像一幅小品繪畫，與這幢古老的酒堡共鳴。我想，每一個參觀酒廠的遊客就算不記得複雜的製酒過程與葡萄品種，也很難拒絕在暖和的品酒室小飲之後購買幾瓶佳釀，更難遺忘擒著酒杯走向廣袤的蒼茫樹林，完整地面對那把白椅、那棵紅柿的感覺，你會想起遠方的情人，想對他傾訴：若我看倦了風景、走累了路，你是否願意變成酒色石頭，讓我把餘生靠一靠。你會想起生命中過眼雲煙的歡愉。

我想起台灣，在那麼美的島上，觀光果園與茶園所提供的感覺卻如此不同。

3 古堡群鴿

從波爾多南下卡爾卡松（Carcassonne）是一段飛雨行程，疾行中，車窗外不斷掠過的黑屋頂與白牆，在飽含水氣的原野上，像一部裸體作戰的黑白片。進了城，雨歇。公園裏老人們丟擲鐵球遊戲，什麼都是老的。羅馬人建造的老城牆、老習慣、老建築、老季節、老夫妻，甚至連狂野與頹廢也帶著老的氣味。一條黑色的狗異想天開地朝街車小吠，有點撒嬌的趣味。我反倒喜歡這種情調，隱匿在地中海與庇里牛斯山之間的陰悒古城，可以把前世與今生、歷史與情書、星期天的咳嗽與乳酪、三色堇與葬禮、激情與松露，一起晃晃蕩蕩地老去的感覺。

奇怪的是，在愈頹唐的古蹟裏，我愈容易感到身心俱餓。

卡爾卡松的城史跟一頭塞滿穀糧被扔出城牆而暴斃的豬有關，查理曼大帝嚇壞了，決定退兵，誰敢跟攻了五年還糧食氾濫的城民糾纏？其實，整城都快餓死了，只那頭豬塞得飽飽。可憫的豬，不知牠的胃袋內包不包括松露？

《玫瑰的名字》裏，義大利記號語言學家安伯托．艾可描述豬最擅長尋覓長在地下三公分左右的天賜尤物松露；大清早，牧豬人陪著幾隻豬到山坡、原野散步，一瞧見牠刨出松露必須立刻搶救，免得被豬私呑。松露與「魔鬼」同音，倒是有趣。這些是書上說的。看完小說，特別把那一段又看一遍。到了某種年紀，對跟吃有關的文字特別容易激動，眞是慚愧。可惜這次在法國沒吃到松露，後來不小心在黛安．艾克曼的《感官之旅》又看到松露，頗有二度中風之痛。據書內說曾有作家描述松露的味道是「熱帶下午激情過後，皺摺的床上所留的麝香氣息」。能把松露寫到這種地步，除了微笑赴死之外，別無他途了。既然人生至此，乾脆再自我凌虐一下，彼得．梅爾的《山居歲月——普羅旺斯的一年》非常煽情地寫道：「我們叫了松露烘蛋，多汁、飽滿、鬆鬆軟軟的，每一口都吃得到那珍稀如金的深黑小塊……」還說：「我們用麵包把盤上餘汁都擦淨吃掉」，看這種描寫簡直像目睹床第雲雨，心裏十分嚮往又莫名地極度憎恨。

卡爾卡松之所以成爲建造在山岡上堅固的中古老城，跟常常越過庇里牛斯山前來打擾的西班牙人有關。被兩道高聳的石砌壁壘包圍著的舊城內，包含教堂、露天劇場及著名的孔達爾堡（Chateau Comtal）。整個舊城完整地保留下來，自西元三、四世紀開始出現的第一塊城磚到漫長的時間激流裏一一砌築出的城堡，雄壯且孤寂地屹立在旅人面前。黃昏的冷風漫天呼嘯，從步入 Narbonnaise 城門開始，宛如走進異邦人的歷史迷宮，不必再引述英勇的浴血戰役，整座舊城即是一部歷史教科書，遠遠地與卡爾卡松的現代市民共度晨昏。

沈澱了幾世紀灰塵的古堡，甚至紀錄鴿子族裔的分佈圖，我努力睜著旅人的眼睛凝望，那棲滿古老靈魂的城堡從不屑看世人一眼，但它保留龐大的空間，讓鴿子藏身。古蹟的意義在哪裏？也許，只是爲了向歷史致敬吧！

4 蔚藍海岸的野鷗

背對英格蘭大道，尼斯（Nice）的陽光灑在地中海面，拉出一條閃金光帶。這兒的溫暖不分富豪、遊民，每人一匹。單位「匹」之後的名詞隨便你加，公馬、銀製餐具、婚禮、可頌麵包、艷遇，或是一種想家的心情。

砂石海灘上，戴鴨舌帽的人牽狗散步，海灣上空，灰鷗與黑鴿迴翔。風近乎薄冰，正好讓人有一些感情的距離來感受這一切。

最想念的，還是台灣。

什麼時候，島上的人民也有一灣潔淨的海灘，牽著孩童散步？有一座古城或老街讓年輕詩人在歷史的蒼茫裏冥想？有唧著蓊鬱森林的尋常街道可以沿路思索生活的重擔是不是甜蜜？有到處可以棲息的美術館與劇院，讓靈魂上岸？有瑰麗的畫作裝飾我們的牆壁，有磅礴的作品安慰苦苦尋覓的心？

地中海的暖浪一波波襲來。我不確定旅行的地方是不是叫「法國」？我只知道此刻停泊的國度，名叫「願望」。

——選自《胭脂盆地》．洪範

【作者介紹】

簡媜，台灣宜蘭縣人。台灣大學中文系畢業，曾任職於《聯合文學》，並與張錯等人合開大雁出版社。獲有國家文藝獎散文獎。著有《胭脂盆地》、《女兒紅》、《紅嬰仔》、《天涯海角》等十數本書。

海角芬芳地——香奇葩小史

蔡珠兒

1 美味鬼市

海風吸飽了白日的熱氣，暖呼呼一陣陣拂來，吹得煤油燈搖搖晃晃，燈影頑皮地竄動在各色的臉孔上，白的褐的黑的、醬紅的巧克力色的豬肝紫的，還有我這張黃的：每張臉明滅著深淺不一的笑影，笑影深處，有一張油亮亮不停咀嚼的嘴。這裏是個海邊夜市，香奇葩（Zanzibar 另譯作「桑吉巴爾」）島上夜生活的精華，入夜後本地人和觀光客必到之處。

夜市的規模眞小，二、三十個攤子散布在一大棵阿勃勒樹下，阿勃勒正開得如痴如醉，滿樹黃燦燦的花串，在漆黑的夜色中兀自熠熠生光。攤子都是賣吃的，袖珍得可以，幾包香菸、一排切片鳳梨、一小堆木薯片或一口滋滋作響的油鍋，就各自構成一個商業的單細胞。相形於台灣地攤的驍勇陣仗，這局面根本是家家酒。

因爲是家家酒，所以就好玩了，食物的份量少得像開玩笑，令人愈吃愈饞。炭烤的小章魚香酥酥，一隻正好一口，吃上五六七八隻渾然不覺。當地特產的小粒花生只有綠豆大，結實清甜，裝在名片見方的小袋裏不盈一握，我沒幾下就吃完了，只好一口氣再買十包，上癮一般嚼個不休。烤肉串沾的是當地特有的香料，配上胖胖的阿拉伯油餅，香酥濃肥。肉吃得人口渴，趕快來一杯現榨的甘蔗汁，擠點青檸檬滴進去，咕嚕咕嚕灌下肚裏，酸甜適口，不知不覺又灌了三杯。有人提來一鍋五顏六色的東西，一杓一杓配在小小的紙杯裏，我連忙趕過去問那是什麼？「水果沙拉。」他立刻舀了一口要我吃吃看，打碎的鳳梨、西瓜、紅木瓜、百香果漿汁，酸香沁人，可是我實在飽漲得吃不下去了，「沒關係，明天再來啊。」他咧開嘴笑著說，煤油燈特寫似的照著那雪白燦爛的笑。

前方的印度洋漆黑如墨，周遭的街路孤寂黯淡，惟有這方小市集燈影迷離，美味四溢，嚅嚅的笑語交織在飄忽的光影裏，如夢似幻，我不由得有置身鬼市之感。一群歡喜而且饞嘴的鬼。

2 在香奇葩吹笛子

別誤會，香奇葩雖然位於非洲、又沒有電，但它可不是個落後的窮鄉僻壤，其實早在一八七〇年間，它就已引進自來水和電力，比台灣乃至中國更早通電，是東非現代的發源地。只不過電源有限且費用高昂，一般人供不起，入夜後只開一盞小燈泡或點煤油燈，反而因此而豁免光害，保存了夜色最原始的魅力。

雖然燈火並不燦爛，香奇葩卻被喚作「東非明珠」，因為它曾經是非洲對外貿易的門戶、西方進入非洲的跳板，是舳艫千里的古老商港、熠燿繁華的歷史都城，也是各路文明的匯聚點，民族血統的雜燴大鍋。

這個在印度洋中的珊瑚島，離東非大陸只有三十五公里，行船不到四十分鐘，自古以來就是船舶必經之地，商人、買辦、水手、羅漢腳、探險家紛至沓來，留下各式痕跡腳印。早在兩千多年前，已有波斯、印度和阿拉伯的商船來到香奇葩做生意，搜購產自東非的金銀、象牙、木材以及奴隸。一千多年前，波斯人開始移民來此，和當地的斯瓦希利人通婚。十六世紀初，葡萄牙人殖民此地，大肆擴建商港，但一百年後就被阿拉伯人攆走，此後數百年，香奇葩一直是阿拉伯人的禁臠。十九世紀時，阿曼（Oman）的蘇丹薩伊德．伊本（Seyyid Said）因爲太喜歡香奇葩，度假嫌不夠，索性從首都馬斯喀特（Muscat）搬遷來此，擘建了一個新首都香奇葩城（Zanzibar City），由於此城是用米黃色的方形石塊砌成，別名石頭城。

石頭城裏仍然保存了當年的阿拉伯風味，蜿蜒曲折的小巷兩旁，夾立著高大厚實的石樓，外牆素樸無華，門戶卻大做文章，門框雕花繁麗，門面嵌滿黃銅的乳頭釘，因爲門是主人身分財富的表徵。

這位薩伊德蘇丹是眞心喜愛香奇葩，他不只創建了一個新城，而且引進丁香、豆蔻等香料作物，取代椰子廣加種植，使香奇葩財源不斷，贏得舉世芬芳美名。十九世紀中葉以降，香奇葩已經逐漸趕上印尼的摩鹿加群島，成爲芳名遠播的「香料群島」。

離我們海邊夜市不遠之處，就是薩伊德蘇丹的故宮，當地人叫「海濱宮」（Beit al-Sahel），現在改成博物館，陳列歷代蘇丹、宮廷貴婦、各國使節的畫像。一八六一年，香奇葩脫離阿曼的統轄，成爲獨立的蘇丹國，由薩伊德的後人繼任蘇丹，世代住在「海濱宮」中。當年的「香奇葩蘇丹國」，可是東非的貿易大帝國，除了香奇葩島之外，領土尙包括大陸沿海一帶，大半個非洲的象牙、礦產、香料、奴隸等交易，要它吞吐進出，因此船來人往、萬商雲集，繁華熱鬧無比，難怪有句阿拉伯俗語說：「只要在香奇葩吹笛子，整個非洲就聞聲起舞。」

當年的美國、英國、德國、瑞士等數十個國家，都與香奇葩互派使節，國際間往來頻繁熱絡，使得香奇葩雖是蕞爾小國，卻有開闊不凡的眼界氣象。從「海濱宮」裏曳地的血色天鵝絨縵、描朱繪金的宴會大廳，以及冠蓋京華的元首使節畫像，都能管窺昔日風流的一斑。

可惜十九世紀末期，它也抵擋不了帝國主義的狂潮，先是被英、德兩國瓜分共管，繼而淪爲英國的保護領地（protectorate），蘇丹雖然依舊保有王銜住在皇宮，可是要向英國人領薪水，而薪資僅夠糊口而已。一八九六年，有位魯莽的皇太子受不了，向英方宣戰爭取自主權，結果立刻飽嚐英國人的槍林彈雨，「海濱宮」被炸得灰頭土臉，戰爭旋即在四十五分鐘內結束，成爲歷史上最短的一次戰役。

3 和而不共，混而不同

我們雇的車子在加油站排隊，等了半天還沒加上油，有輛車子突然冒出來，繞過隊伍直接開過去，加完油後一溜煙跑了。咦，怎麼沒人去抗議他插隊？

「因爲他是香奇葩的前任總統啊。」司機若無其事地回答。

一九六〇年代，社會主義的革命浪潮捲來，香奇葩也推翻阿拉伯裔的蘇丹，和東非大陸的坦干伊喀（Tanganyika）聯合組成人民共和國，就是現在的坦桑尼亞（Tanzania）。不過這共和其實是和而不共，因爲香奇葩有自己選出的總統，獨立的司法、財攻、行政系統，充分自主高度自治。我們抵達香奇葩時總統大選剛結束，大街小巷仍然貼滿候選人的大頭照，新任總統威廉·馬卡巴每天在報上夸夸暢言施政理念與美好遠景。奇怪，全世界的政客怎麼都說一樣的話？

香奇葩自成一體，實在有其必要，因為它的歷史、文化、生活水準，都和大陸的坦桑尼亞差別甚大，它一直是東非最富足的地區，社會遠較內地開放靈活，就連島民的長相也和內地人大異其趣。

千百年來的異族通婚，當地的斯瓦希利人（Swahili）加上波斯人、印度人、阿拉伯人、葡萄牙人，以及少數英國與德國的血統，揉混出美麗的綜合。他們泰半輪廓深刻，有一雙晶亮的大眼，頭髮和睫毛又濃又鬈，身材勻稱修直，腰臀弧度優美，膚色則介乎栗紅色與巧克力色，和東非內地人油亮的烏木色很不相同。

你知道英國搖滾樂團Queen的靈魂人物佛萊迪．默克瑞（Freddie Mercury）吧？他就是香奇葩人，有波斯血統的印度人後裔。一九四六年，佛萊迪在香奇葩城出生，十七歲才和家人遷居英國，島上仍保存了他的故居，是樂迷必訪的「聖地」。除了稍淺的膚色，以及他的招牌大暴牙之外，佛萊迪的長相就是個典型的香奇葩島民。

4 媽媽想去哪裏？

隨和友善，是香奇葩給訪客的第一印象，不管到哪裏，老遠就聽到一聲聲親切熱情的「江波」（Jumbo，「嗨，你好。」斯瓦希利招呼用語），連車子駛過村落，都有成群的孩子從屋裏衝出來，向我們揮手大叫：「江波，江波！」熱情得令人受之有愧，我趕快也大聲答禮。

斯瓦希利語是東非三國（坦桑尼亞、肯亞、烏干達）的共同語言，它的主體雖是班圖語，但千年來深受阿拉伯語的濡染，近代又大量吸收英語的外來詞彙，所以就像香奇葩人一樣，是混血雜燴的結晶，也難怪香奇葩人說的斯瓦希利語，被東非三國公認最爲純正優美。非洲是全世界語言種類最豐富的地方，各個部落族群加起來，少說也有近一千種語言，而每種語言都反映出獨特的文化價值，表達對生命的不同觀點。例如斯瓦希利語的人稱沒有性別之分，只有生者和死者之別，所以沒有「她」或「妳」這種字眼，只有「祂」或「祢」。和中、英文相較，斯瓦希利語固然比較簡樸原始，但它有些單字，卻相當於我們的一整句話，例如 **hatutanpiga** 這個字，表示「我們不會傷害他」。

最有趣的是，東非各地把成年婦女都叫做「媽媽」，不管她有否結婚或生育。記得剛到香奇葩時，當地導遊問我：「媽媽明天想去哪裏玩？」又轉頭問外子：「爸爸呢？」把我們嚇了一跳，這位導遊看起來也不小了哇。後來才知道，原來「爸爸」、「媽媽」在此地都是尊稱，尤其女性生了孩子以後，稱呼下還要加上孩子的名字，例如「媽媽阿里」或「媽媽麗達娃」，情況頗似大陸北方婦女被喚作「大柱子的媽」，不過帶有更多的敬意。

問題來了，非洲婦女一般多產，孩子一個接一個，這媽媽的名字豈不是唏哩嘩啦一大串？別人聽了我的疑問後笑開了：「不會的，只用頭胎的名字就行了。」

說到多產，有人告訴我，在這裏不作興問人家有幾個小孩。如果你問了，「媽媽」會娓娓回答你：「啊，喬治是最調皮的，阿里長得最像我，珍妮脾氣最倔……」說了半天還是沒說出到底有幾個，難道這是個禁忌？不是的，原來在斯瓦希利文化中，只有「物品」才能點數計算，「人」和有生命的動物是不可數的，否則會被視爲粗魯不文。

這一點給我很大的「文化震撼」。我們的社會早就慣於統一規格、大量製造，弄得每個人變成面目模糊的「大眾」、「群眾」或「人們」，一撮撮一簇簇在那裏蠅營狗苟，只能拿來當民意測驗的取樣，或是磨碎了篩出統計數字來，才不管你到底可數還是不可數？和別人又有什麼不一樣？……不禁愈想愈悲憤。

斯瓦希利語又多疊音字，聽來有如兒語，頗具喜感，例如雞叫「咕咕」（Coo Coo），香奇葩有個海灘叫「不不不」（Bububu），而最常聽見的則是「撲咧撲咧」（Pulei Pulei），「別急別急，慢慢來」。非洲生活步調鬆緩，人人意態悠閒，看到觀光客栖栖遑遑有如沒頭蒼蠅，不免加以勸慰，因而處處可聞「撲咧撲咧」之聲。平常聽來倒頗具啓發性，但一碰到要趕車船飛機的關鍵時刻，車掌或海關員慢條斯理好整以暇，還要奉送你這麼一句，不免就令人跳腳抓狂。

5 拙花胖木

我實在太喜歡這張香奇葩的導覽地圖了，攤開來有全開大，一面是石頭城街道圖，一面是香奇葩本島及附近群島圖，全是手繪的，然而比例與路標一絲不苟，並且有路況、地質、觀景點、潛水處、珊瑚礁、市集、村落、果園……等等詳細標示，極爲方便實用。

但最精采的是，地圖四周繪滿五光十色的魚類和花樹，琳琅繽紛，乍看以爲是裝飾圖案，定睛細瞧才知道是迷你的自然圖鑑，介紹島上常見的特產，附有手寫體的英文及斯瓦希利文名稱，植物圖旁並細心地註明高度及開花季節。我不擅認路，向來怕讀地圖，但對這張圖卻愛不忍釋，因爲它生機洋溢綠意盎然，充滿鮮活的生命氣息。

憑著它，在島上辨認植物就輕而易舉了。葉子如合歡，枝幹虬結生有銳刺的栲樹（Acacia），葉形小而尖、樹身高不見頂的芒果樹，修長飄逸的澳洲松，昂藏直立、一百年才開一次花的王棕，以及亭亭如蓋，當地人叫「傘樹」的非洲欖仁……；然而最令人難忘的是猢猻木（Adansonia digitata，英名Baobab）。

猢猻木又叫猴麵包、韃靼樹魁，原產於非洲，到處可見，只要見一次就忘不了，它樹身高達二三十公尺，又粗又胖，最奇特的是膨大如桶狀的樹幹，直徑可達九公尺，幾個大漢才能合抱一匝。當地人把樹幹中心鑿空，用來貯存食物和清水，暴雨颶風來時還可避身其中，堅實可靠。猢猻木的花有臭味，果實也不甜美，但渾身上下都有用處。樹液能治發燒，並提煉箭毒的解藥，樹皮纖維柔韌細長，可用來搓繩織布。樹葉可食，並有抗過敏的藥效，果實可治痢疾，果肉中的白色髓質味酸而營養，當地人拿來當檸檬用；連樹材都可提煉出肥皂、染料與黏膠，眞是妙用無窮的天賜恩物。

然而在阿拉伯人的傳說中，猢猻木卻是魔鬼樹，被魔鬼發怒拔起，倒栽蔥插在地裏，樹根暴露在半空中。我在東非看見它時正逢十二月初，掌狀綠葉已凋盡，剩下一大蓬瘦骨嶙峋的杈椏，的確像極了拔起的樹根，孤寂無奈高高豎起，姿勢有點古怪，不過猢猻木可以活到兩千歲呢。

島上又多色彩斑爛的花樹，九重葛可以長到三、四公尺高，金黃桃紅豔紫雪白，花朵繁密得滴水不透。十二月正當南半球的初夏，鳳凰樹頂開滿蘧蘧然紅花，既如赤蝶棲停又像紅雨噴濺，落花更美，撲簌簌飄零在椰葉編成的屋頂上，拓印下來即是詩篇。有次曾見一個赤條條的小孩在樹下嬉戲，滿地殷紅，愈發襯出小孩潤澤油亮的黑玉膚色，我不禁看得痴了，直到那孩子突然察覺，扭頭咧嘴向我大叫：

「江波，江波！」

非洲雖有眾多瑰麗的花木，但一般人家卻不種花，也絕少以鮮花來綴飾，街上更不賣花。惟有做觀光客生意的旅館，會在櫃檯插個一兩瓶，花瓶多半是啤酒杯或可樂瓶，裏面橫七豎八，插滿園子裏剪來的萬壽菊、扶桑花、九重葛、軟枝黃蟬……，鮮黃大紅淺橙暗紫，所有搭不來的顏色都擠在一起推搡吵打，倒是土拙得可愛，可是毫無章法，看多了很累。英國人類學家傑克．古迪（Jack Goody）寫過一本有趣的書《花的文化》（*The Culture of Flowers*, Cambridge University Press, 1993），討論東西方文明與花木的關係，破題第一章就在探討：爲什麼非洲缺乏鮮花文化？古迪曾在西非做過多年田野，行蹤更遍及全球五洲七洋，他發現和歐、亞各洲的文明相較，非洲的「無花」現象極爲明顯，原因可能與物質匱乏、烹飪習慣（要留下鮮花釀蜜、結果或採子烹食），甚至社會階級有關。

不過我寧願相信，非洲人不是不愛花，只是認爲種花、插花多此一舉，庸人自擾。原野、叢林、草原上處處皆花，他們就住在天地間的大花園裏，幹嘛費事張羅妝點？

6 陽光有芥辣味

到香料之島，當然一定得去看香料，香奇葩城裏到處在招徠「香料之旅」，湊足一輛廂型車八人即可成行。車子出城後往北郊駛去，前半小時的路面很平整，後來逐漸顛簸起來，一扭一蹦有如跳曼波，就這樣一路顛到農園。

迎面而來的是森森的綠意，夾著若有似無的甜馥氣息，「這就是丁香樹，香奇葩之寶！哪，聞聞看。」導遊阿里鄭重宣布，並摘下樹葉揉碎了分送眾人，剎時一股飽含精油的濃香直沖腦門，暈車者紛紛醒過來，呀呀稱奇。

想必阿里已見多了這樣的反應，抱著手靜候一旁，嘴角含著一抹淡淡的嘲弄。他是個修長俊美的年輕人，鬚髮濃密，睫毛又長又捲，皮膚像浸過蜜的栗子，明顯地有較多阿拉伯血統，也像島上絕大多數人一樣，取了阿拉伯名字，男的不是叫阿里就是叫穆罕默德。正如德國人都叫漢斯，英國人都叫約翰，美國人都叫大衛。

可惜我們來得晚，丁香已在一兩個月前採收過，沒能趕上滿園芬芳的盛況，不過還能在樹上找到些許花芽，奶油色的鈍頭小釘，摘下來曬乾就成了調味妙品，也是重要的化學及藥用原料。香奇葩人口不過百萬，卻植有四百萬棵丁香樹，是全球丁香的主要產地，連丁香的原產地印尼摩鹿加群島，都要向此地進口丁香。不過據阿里說，香奇葩本島的產量不算多，丁香園最密集的是翩巴島（Pemba），該島雖是香奇葩群島的主島之一，但因名氣遠不及香奇葩島，所以樂得沾光借名，農產一概號稱產自香奇葩。

分花拂柳穿過濃密的丁香園，阿里滔滔不絕，為大家介紹沿途的香料植物。長得像樟樹，不過葉子為卵圓形革質、具有三稜平行葉脈的是肉桂樹，阿里剝下一塊淺棕黃的樹皮，讓眾人輪流嗅聞。原來新鮮肉桂的味道「桂」多於「肉」，有種清洌的木味，不像曬乾了那麼熟豔肉感。

攀援在椰子樹身的綠藤是胡椒，凝結著綠珠般的穗狀果實，曬乾磨碎後就是胡椒粉；胡椒的葉子極像荖葉，檳榔攤拿來和紅灰夾檳榔的那種。也難怪，荖葉本來就是胡椒科（piperaceae）的家族成員。

另一種攀援植物是香草，相形於胡椒的精瘦，蘭科的香草顯得胖嘟嘟，多肉的莖節如嬰兒手膀，懸垂著串串飽滿的碧色莢果，裏面的香草豆就是我們最熟悉的甜美氣味，冰淇淋、蛋糕、西點、香水、洗髮精都少不了它。不過新鮮的香草豆毫無香味，必須先用滾水燙過，再掛起來風乾數月，等豆莢起皺發酵時才有香精滲出，得來不易，所以價格昂貴。我們現在用的都是粗劣的人造香味，眞正的香草難得一見。

豆蔻（nutmeg）也是重要的甜品香料，樹高十公尺，高大漂亮，葉子油潤得像塗了亮光漆，果實渾圓似胡桃，裏面的核仁便是烘焙糕餅用的肉豆蔻。新鮮的豆蔻令人有驚豔之感，因爲核仁外殼裹著一層「假種皮」，嫵媚無倫的深桃紅色，鏤花蕾絲邊一般地襯在黑亮的核仁上，鮮明奪目有如造形藝術。這美豔的假種皮曬乾後叫豆蔻皮（mace），香味比肉豆蔻還要濃郁。

還有呢，長得像野薑花的白豆蔻（cardamom，其實和豆蔻完全沒有關係），看來像菅芒的檸檬香茅（lemon grass），用來烹調的咖哩葉（curry leaf，又名可因氏月橘），可以製藥及提煉紅褐染料的指甲花（henna，就是洗髮精廣告說的「黑娜」）……；阿里摘下每種香料的枝葉或花果，要大家放在手心揉捺後深深呼吸，感受美妙的天然原味。

可憐現代人聞慣了假惺惺的化學合成味，消受不起這場鼻子的盛宴，有人猛打噴嚏，有人嫌刺鼻，有人反覺得太淡不過癮。我的反應則是暈淘淘的，腦裏有微醺之感，心裏卻清楚雪亮，感官靈敏異乎尋常，尤其是嗅覺，像一枝新削的鉛筆般敏銳尖利，一路走出農園，我不只聞到花草樹香泥土氣息，還不可抑制地聞到林間濕氣、農園工寮的炊煙、印度洋季風的鹹味、麵包樹青而肥的果實、兩公里外曝曬的木薯乾、同行眾人各自殊異的體味；我甚至聞到陽光和雲的氣味，非洲的陽光有芥末辣味，雲則含有薄荷味……

可惜，這美妙的經驗爲時太短，結束香料之旅回到廂型車中，一陣兇猛的柴油味撲來，腦門一暗，我的特異功能於焉消失，鼻子又昏庸糊塗如故。

7 觀光自閉症

即使沒有香料，香奇葩的魅力也絲毫不減，畢竟熱帶島嶼的最大資產，就是取之不盡用之不竭的碧海藍天，和風麗日。香奇葩的觀光客幾乎清一色是歐洲人，他們不遠千里迢迢飛上十多個鐘頭前來，爲的是什麼？還不是爲了把自己扔在遙遠的熱帶小島上，鎮日軟綿綿懶洋洋，像水母般以陽光和海水度日。

我認識的一位英國老太太，用欣羨的口吻描述她美好的假期經驗：「坐在地中海邊的露天餐廳，一邊享受海風和陽光，一邊吃炸魚和薯條（fish and chips），啊，還有什麼比這更好的？」所以十年內她去了七次西班牙東岸，而且每次都住同一個飯店。

旅遊當然是一種文化模式，每個社會、族群對享樂的定義與方式都不同，有的酒色財氣、非官能刺激不歡；有的瘋狂採買，以消費爲救贖；有的好逸惡勞，以消極無爲來解放自己。這其間容或有品味高下之別，但卻沒有正確與否的判準，總之自己高興就好，別人管不著。

這天我們來到香奇葩北岸的儂桂依（Nungwi）海灘，穿過木麻黃和林投樹叢看到海，我不由得愣住了，忽然感到透不過氣來。

時當正午，陽光鮮烈如白金，沙灘細潔如糯米，而介乎陽光與沙灘之間的天與海，則恣意大玩色彩的遊戲，主題是這星球最擅長的藍與綠，由近及遠，一道道鋪排出澄碧、粉青、石綠、黛綠、翠藍、孔雀藍、寶藍、普魯士藍、藏青，最後以永恆的天藍作結。所有的顏色都是新鮮榨出來的，尚在不停地顫動流淌，如此濃稠強烈，我不禁懷疑看久了要昏死過去，醒來終生盲目。原來英文說的 breathtaking 就是這種感覺，當絕美迎面襲來，你根本無力招架，連呼吸都顧不全。美得令人喘不過氣。

海灘的泳客照例又全是白人，雖然烈日當空，沙子燙得可以炒花生，還是有人自得其樂地游泳、浮潛、做日光浴，這些嗜光如命的人一定是英國佬，沒聽人說過嗎，「中午的大太陽下，只有瘋狗和英國人還往外跑。」（Mad dogs and Englishmen go out in the midday sun.）這可是英國人自己說的，藝人 Noel Coward 的雋語。

岸邊的涼棚下，有人在讀磚頭小說，有人打午盹，有人茫茫然喝著啤酒，好幾個人則趴在草蓆上寫明信片，我注意到一個女孩已寫了一疊，還振筆疾書寫個不停。「親愛的某某：倫敦天氣如何？我在這裏一切都好，陽光金燦，大海碧藍，椰子和木瓜新鮮美味，香奇葩美極了，眞希望你也在這裏。」不必看也猜得到內容。每年我都要收到好幾張這樣的「旅行文學」，分別寄自肯亞、巴貝多、摩洛哥、塞浦路斯或希臘的某個小島，正面照例是美麗得近乎虛假的風景圖片，背面照例是雖不虛假但很空洞的文字，說來說去還是那句"Wish you were here."

我感激寄信人的好意，但完全無法領受這份空蕩蕩的熱情，「眞希望你也在這裏」，那是什麼意思？是透露行蹤？是呼朋引伴？還是無意識地炫示誇耀？固然「好東西要和好朋友分享」，但感覺與經驗往往難以言傳，遑論分擘共享。旅行是何其私密的個人經驗，有人見山是山有人見山不是山，必得耳聆目賞親炙其中，才能冷暖自知，豈能憑空向人吆喝叫好？這就像穿了好鞋或合身的衣裳，能向朋友再三矜誇自己通身舒泰之感嗎？

旅遊是自己高興就好，別人管不著也分不到。

話雖這麼說，但下午到了東岸卡里布（Karibu，意爲歡迎）海灘的「義大利村」，我還是吃了一驚。這一站其實並不在行程內，是司機阿赫臨時慫恿我們去的：「那裏眞的很漂亮，去看看啦。」於是車子駛離平直的柏油路，開進一條荒煙蔓草的石子路，蹦蹦跳跳了廿分鐘，沿途闃無人跡，方圓百哩內，只有這個叫"Venda Club"的建築。

看起來，它和香奇葩其他的度假旅館沒什麼兩樣，只是更大更漂亮些，一幢幢非洲式的小茅舍，散布在繁花綠樹和游泳池之間，前方的海灘椰林搖曳，水碧沙白，活脫脫是現成的明信卡片。香奇葩東岸的海景本來就比西岸美，此地更佔了東岸的絕佳位置。不過這麼偏僻，出去玩很不方便吧？

「他們才不出去哩，」阿赫翻了翻白眼：「義大利人從羅馬和米蘭坐專機來香奇葩，下機後專車開到這裏，然後就不出去啦，每天待在旅館裏吃飯、喝酒、游泳、睡覺，哪兒也不去玩。一星期後又坐專車去搭專機，咻，走啦。」

我聽得張大了嘴，難以置信。阿赫見我少見多怪，索性又帶我們去參觀了法國村、瑞典村，都在東海岸人跡罕至、景色絕佳之處，也同樣是一大片修潔雅致的小屋、泳池、庭園、酒吧，三三兩兩肥碩的白人徜徉其中，意態逍遙自在，渾然不覺置身於集中營般的環境中。原來他們老遠飛到非洲來，就是爲了在陽光和海灘中自囚？

黃昏時刻我們來到阿赫老家的村子，附近一大片海灘已經砌起高牆，正在興建「挪威村」，閒雜人不得入內。不過警衛是阿赫的表弟的小舅子，笑嘻嘻開門歡迎我們進去；管鑰匙的則是阿赫小學同學的哥哥，很熱心地帶我們四處參觀。房子已差不多蓋好了，一幢幢混凝土的圓筒形小屋，裏面像穀倉似的只開兩個小窗，因爲通風不良所以又裝了冷氣機。也不知道挪威人是怎麼想的。

我們和小舅子、哥哥聊了一陣，村子旁蓋了這麼個旅館當然是好事，工作機會大增，比捕魚和種木薯強多了，不過，「有的外國人很危險，」小舅子說，到香奇葩度假的歐洲人大部分坐包機前來，島上的海關檢查很鬆，所以遊人夾帶毒品或禁藥入境很容易。而這些東西漸漸從度假村外流，成爲年輕人競相嚐試的熱門貨，其至有人把毒品再轉運到東非內陸。

曾經教過中學的阿赫也說，以前這裏沒有人知道什麼叫毒品，現在卻沒有年輕人不知道，而且很多人都嚐過，也不知道怎麼弄來的，聽說一丁點藥就值他大半個月的薪水……

好不容易香奇葩才脫離了殖民地的行列，但卻又淪爲歐洲的觀光租界，還要承接租客帶來的文化污染，到底孰令致之？又該何去何從？

8 歐洲的後花園

有一本美國出版的旅遊指南，形容香奇葩是全世界最富異國情調的地方（the most exotic-sounding locale）。也難怪，一兩千年來，各方人馬絡繹不絕，構成一部豐富駁雜的觀光史，雖然其中不無剝削掠奪，但卻更拓深了香奇葩的對外關係，也擴大了它的國際格局，締造了多元文化。古今中外，在不同遊人來客的眼中，香奇葩也爍現出不同的風貌，投射出相異的憧憬幻想。

香奇葩雖然自古以來就有水手、商賈進出，但僅止於同行間口耳相傳，一直要等到十四世紀初馬可波羅的遊記問世後，歐洲人才知道有此勝地。馬可波羅形容，香奇葩的男人四肢粗壯，能扛四人量的重物，但要吃五人量的食物；長相奇異，牛眼鬈髮，大嘴扁鼻，「看來頗為可怖，在國外定被視為魔鬼。」女人更醜怪，「大嘴、巨眼、大鼻，胸部比平常女人大四倍，見之令人退避三舍。」並說島上盛產白身黑頭羊、象牙與龍涎香。

也不知道是馬可波羅記錯了，還是他的筆錄者魯斯蒂恰諾有誤，這些記載離事實很遠，根據後世學者考定，馬可波羅根本沒去過香奇葩。然而虛構或誤解，反而愈能激發好奇渴慕，十五世紀後歐洲征航探險之風日盛，到香奇葩的人有增無減。十六世紀末葉，葡萄牙的拔里多將軍（Francisco de Barreto）航行回國後大加讚嘆，稱道香奇葩是非洲最好的地方。

十九世紀開始，西方的傳教士、旅行家、人類學者陸續深入非洲，而香奇葩是東非的門戶兼跳板，自然成了必經之地，幾位英國的探險家如李文史東（David Livingstone, 1813-1873）、波頓（Richard Burton, 1821-1890）、史匹克（John Hanning Speke, 1827-1864），都曾在香奇葩淹留或小駐。透過他們的人文觀點，歐洲對非洲逐漸有了比較深邃的認識，不再一味認定那是奇風異俗的化外蠻荒。

香奇葩至今還保存了李文史東的故居，這位蘇格蘭的長老教會牧師，在非洲各地旅行傳教三十年，著有多本遊記，不但激發西方對非洲的興趣，也深刻影響了西方對非洲的態度，被譽為非洲民族主義的先驅。

至於廿世紀以來，非洲一方面飽受內戰與天災，一方面卻延續過往的歷史，繼續扮演西方人的獵場兼後花園。尤其八〇年代中期，一部《遠離非洲》（*Out of Africa*）引發了「非洲熱」，除了歐洲人之外，世界各地都有人湧來，非洲成爲神祕與浪漫的憧憬所在，許多人——就像我這樣——迫不及待要暫卸文明，來這裏擁抱自然。六〇年代獨立以來，一直恪行社會主義的坦桑尼亞，眼見情勢大好，於是改弦更轍，向資本主義依偎靠攏，從一九九〇年開始把發展觀光列爲首務，而香奇葩自然是最搶手的熱門地點，遊客最多，旅遊業成長也最迅速，前景一片光明；然而箇中禍福利弊，大概只有天曉得了。

9 崑崙奴的故鄉

不只波斯、印度人和歐洲人去過香奇葩，中國人也去過香奇葩，而且時間遠遠早過歐洲人。有一次去香奇葩的國家檔案館，有個館員特意來告訴我：「我也有中國血統呢！不過只有很少、很少一點。」他也搞不清楚，到底那點血統是哪一代哪個男祖先女祖先傳下來的，總之聽說有就是了。「中國人來過我們這裏，」他又說：「很久很久以前，古代的時候。」

我半信半疑，也不以爲意。記得以前歷史教科書上說，「三保太監」鄭和七次下西洋，最遠曾到非洲東岸，大概就是香奇葩吧？

從香奇葩回來後約莫過了半年，有天閒來無事心血來潮，翻書查考鄭和的航行路線，想求證他是否到過香奇葩。誰知答案是否定的，鄭和抵達的是現在肯亞南岸的馬林迪（Malindi）一帶，不是香奇葩。那麼去香奇葩的中國人究竟是誰？或者那位館員只是隨口說說而已？

我於是東尋西覓，花了好些氣力，遍查中國歷代的航海史料，這個疑惑終於水落石出。

原來香奇葩古稱「層期」，語出Zangi，是阿拉伯人對非洲東岸的泛稱，意爲黑人海岸。歷代文獻的譯名都不一致，例如《舊唐書》、《一切經音義》作「僧祇」，《蠻書》作「僧耆」，《冊府元龜》作「金抵」，指的都是東非與香奇葩一帶。唐代筆記與傳奇中，經常提及「崑崙奴」，亦即當時的外籍勞工，其中應包括非洲黑奴，可能即是從香奇葩「進口」而來的，顯然早在唐朝，中國與非洲就有往來。

南宋周去非的《嶺外代答》，寫成於十二世紀末，其中提到的「崑崙層期國」，可能也指香奇葩，古人常把遠方或海外稱爲崑崙。另一位南宋人趙汝适，在十三世紀初著成的《諸蕃志》中，對非洲與歐洲的某些地方，有中國前所未見的記述，此書把香奇葩稱爲「層拔」。香奇葩曾發掘出大量宋瓷碎片與錢幣，可見當時與中國已有密切頻繁的貿易關係。

周去非與趙汝适都不曾出過國，只是搜訪商旅海客的見聞，撰錄成書。然而元人汪大淵的《島夷志略》（成書於十四世紀中葉），卻是航海家的親身經歷。汪大淵曾經兩次遠航，遍遊天下，到過非洲的「層搖羅」（搖應作「拔」），是文字紀錄中，第一個到香奇葩的中國人。

我常想到那個「只有很少很少」中國血統的館員。究竟是哪朝代的哪個水手或商人，在遙遠的海島上留下了骨血？他是滿載象牙回去還是終老異鄉？在中國與香奇葩一千多年的往來中，這樣的例子還有多少？當中一定充滿了故事。

可惜這些故事已經永遠遺失了，深深埋藏在丁香樹底的火山灰裏。

——選自《南方絳雪》．聯合文學

【作者介紹】

蔡珠兒，台灣南投縣人，台灣大學中文系、英國伯明罕大學文化研究系畢業。曾任《中國時報》記者多年。現居香港離島專事寫作。獲有吳魯芹散文獎。著有《南方絳雪》、《花叢腹語》等書。

壯遊

孟樊

朋友C頭一次帶著妻兒去了一趟中歐，維也納、布達佩斯、布拉格、華沙、克拉科夫諸城，分別盤桓了數日，旅行足足一個半月。這次形同他的「破冰之旅」的行程，無論就時間或路途來說，都是他生平中最長的一回，沿途所見、所聞、所思，遠遠超出他的想像。返台後，他竟然一反常態地連續數日失眠，而失眠則無關時差，他說。

歐洲風光旖旎，人文薈萃，尤其是匈牙利的鄉間景致、湖畔迷情，最令他印象深刻。「旅行是一種滌洗，是一種探索。我可以花一個早上坐在平整如鏡的小湖邊看高巒的倒影、飛鳥掠過半空的蹤跡；或站立參天的針葉林間，爲一隻麋鹿不期然的出現，屛息長久不敢出聲驚動；或倚著欄杆注視千萬活水的瀑布，從雲煙的山頭雷轟傾瀉，濺起無窮的濕寒，又落在曠古的青苔上，注入冷澗，終於緩緩流去，切過開滿黃花的草原，向海洋的方向。」詩人楊牧這段旅遊心境的寫照，終於讓他有了親身體驗的機會。爲什麼失眠呢？原來思如泉湧的他，胸有塊壘，正在考慮做人生中一次最大的抉擇，歐洲人文美景的感動倒在其次。

然而，C的決定將後半生的事業轉而挹注在中歐市場上，無疑是因爲來自布拉格人文美景的撞擊，而旅途中從華沙開往布拉格的夜行火車上被搶的意外插曲，並無損於波希米亞人予他的良善印象。那天，一個風和日麗優閒的午後，在一間有著維多利亞英倫風味的茶館，淡淡的大吉嶺茶香中，聆聽他那眉飛色舞的旅遊見聞，還讓我差點出了神。

不如說C的這趟破冰之旅是一場「壯遊」吧，如果你讓我用一句話來形容的話。但，什麼是「壯遊」呢？楊牧在同名的一篇文章中曾約略提及，壯遊的英文字叫 grand tour，是十七世紀的英國詩人一生中至少必須體驗一次的旅行，他們要「到歐洲大陸去度過一段敏感時光，才算完整地成長了」。原來是英倫三島久懸於歐陸之外，歐陸的風光與人文，包括巴黎街頭的咖啡館、塞納河畔的可頌、阿爾卑斯山的山巒湖泊、普羅旺斯的田園、蔚藍海岸的陽光、維也納的音樂、威尼斯的水道、羅馬的古蹟、梵蒂岡的教堂……凡此林林總總，莫不對英吉利海峽彼岸的貴族、文學家、藝術家，構成「致命的吸引力」，尤其是浪漫派的詩人，這種遠渡重洋所做的人生壯遊，既浪漫又偉大（romantic and great），詩人的神采之筆因壯遊而神聖而流傳千古。

我手邊正好有一本畢克里斯（Sheila Pickles）編的名爲《壯遊》（*The Grand Tour*）的旅遊小品文選集，記錄著從十八世紀以來文人雅士關於旅行的遐思、見聞，短文、雜記，甚至還有小詩，配合著一幅幅生動的彩畫，雋永、莞爾，深富啓迪性，光看五十三頁〈穿越黑森林〉（Walking Through the Black Forest）一文的配圖，靜謐的森林裏，髣髴可以聽得見小河淌水涓涓流出的聲音，茂密的樹叢中洩漏的數道陽光，似乎要透出紙頁來，還有濡濕的氣息，令我愛不釋手。這書首頁開宗明義便指出：

> 壯遊首先出現在十八世紀，那時富有家庭的孩童被送到歐洲去完成他們的教育，學習藝術，並擴展其視野。浪漫派詩人，拜倫、雪萊、濟慈與白朗寧，因而發現地中海予人所帶來的樂趣，

寫下大量有關義大利和希臘的詩篇；而這也同樣吸引了美利堅的作家與藝術家，比如馬克吐溫和亨利．詹姆斯。這種情形致使歐洲之遊在維多利亞時代，對美利堅人而言，也像不列顛人一樣，變得很時髦。

維多利亞時代英美人士的歐陸壯遊——尤其是浪漫派詩人，肇始時間被楊牧往前多推算了一個世紀。我並非在做考據，壯遊始自十七或十八世紀並不重要。有趣的是約翰生博士說過的一句話：「不是住在義大利的人，總是有低人一等（an iferiority）的感覺」，就是因為如此，所以才有一大群人揚帆遠涉長靴形半島的各個城鎮；即便當時的旅途有多險惡、交通情況有多困蹇，仍舊抵擋不住作家、詩人、紳士、淑女去探究這個古老的歐陸世界。

的確，壯遊一開始就帶有探究的動機，而且這探究更富有「實現理想」的意味；然而，究竟是什麼樣的理想呢？旅行的目的難道是楊牧在前文中諄諄告誡年輕詩人的——是要充實自己，為了體驗人生，為了考察文化，為了回饋鄉土，甚至為了報答國家（至少他對這些不表懷疑）？換言之，誠如那位年輕詩人所鄙夷的卻為楊牧所苟同的這一句話：「為旅行而旅行是一件可恥的事」。偉哉，壯遊——原來遊之所以為壯，蓋因其具遊以外之目的也。

我於是想到明末著名的旅遊家徐霞客（徐宏祖）的遊記。《徐霞客遊記》是一部綜風景導遊、科學考察、文學描繪、歷史實錄於一體的「奇書」。徐霞客從廿二歲年輕時代起即出遊，三十多個寒暑之間，馳騁數萬里，足跡遍及大江南北，至五十五歲身染重病，雙足俱廢，始被送回鄉梓，半年後旋與世長辭。這位一生以旅遊爲志業的「奇士」，從其以日記體撰寫而留下的這部奇書的內容來看，已非單純「遊記」一辭可概括，後人甚至認爲它是「認識明末社會情況最直接的信史」。徐霞客之遊當初也許是「爲遊而遊」，唯其遊已超出遊之本身所能承載，而進入科學史、社會史以至於文化史的範圍了。壯哉！斯遊。

但徐霞客的壯遊卻也令人困惑。如同畢氏所說，壯遊之遊，本身即是一樁優閒的餘暇活動——所以拜倫的壯遊隨身要跟著五名隨從——在馬車上悠哉游哉地翻翻書，讀累了隨手窗簾一掀，探探疾馳的景物，然後菸斗離嘴，緩緩吐出一口細細的煙霧，好不愜意！想來徐霞客如何有此等氣定神閒、老神在在的功夫？而拜倫、雪萊、濟慈等人的浪漫情詩，又那來「治科學史、社會史與文化史於一爐」啊！

壯遊更不必以終生爲志業，遊若至斯境地，則不言「爲遊而遊」也就奇怪了，徐霞客自不必爲我輩壯遊之楷模。然而，確實有不少人曾抱有旅行全世界（每一個國家和地區）的懷想，看過報紙的報導，知有洋人費了十幾二十年的功夫，胸懷壯志要踏遍全球每一角落，迄今仍汲汲於旅途中；不說洋人，以我所知，我輩即有胡榮華氏，前後也花了好多年的時間，單騎走天涯，自行車足跡遍及五大洲。他出家門時幼子尚在襁褓中，返回故里時一個會跑會叫的孩子對著他卻喊不出「爸爸」兩字，可以想見當時他那近鄉情怯、斯人獨憔悴的模樣。

胡氏後來也留下幾本記錄旅遊的著作，但給我的感覺似乎少了點什麼。少了什麼？一時也說不上來。壯遊之爲壯，不在時間之長短，還在那分旅遊本身所帶來的厚重感，楊牧自述說，他寧願選擇一個沒事的週日，帶著妻小，開車不超過兩小時到一個遊客不常涉足的地方，選定一座木屋旅棧，將被褥安頻好，然後徒步到幽靜安寧的角落去散步，或在海岸的沙灘，或登河流懸崖之上，看路旁的小生物，鳳尾草、蘆荻花，空中鳥飛、水中魚躍。黃昏時分在屋前生火烤肉，喝喝啤酒，看他兒子在草地上奔跑；天黑後等他們都上床，還可以就燈前寫作，聽野外的蟲聲和激激水流。坦白說，這樣子的旅遊太不食人間煙火了，欠缺的正是那分厚實感。楊牧或有自知之明，始戲稱「那是休閒度假，不是旅行」，更不是壯遊。單騎行萬里的胡榮華，缺的大概也是這個吧？

缺的或許就是我此刻案頭上擺著的余秋雨的「文化苦旅」。《文化苦旅》書上說，作者發現自己特別想去的地方，總是古代文化和文人留下較深腳印的所在，說出了他心底想遊的山水並不完全是自然山水，而是一種「人文山水」。這就對了，壯遊之所以爲壯，壯在其遊者爲人文山水而非自然山水，人文山水當然也包括自然美景，但在山川之外，兼有文物的部分，在文物之外，更有風俗習尙者，在風俗習尙背後，還有常民之心，一個民族的性格等等。我們做一次壯遊，摩娑著的除了當地的山川文物，還有它的民俗人心。

C的中歐之行，吸引並導致他下了人生中重要決定的，絕非捷克的山川文物而已，由一個文化的激盪而迸發出的商機火花的啓示，才是他這趟壯遊的關鍵所在。如果是休閒度假，豈能有這種厚重感？年近四十即將步入中年的我們，當知其決定至關重要，而這層彼此會心的領悟，跟我們的年齡或不無關係吧！悟性須來自歲月的積累與淬煉，那麼壯遊之壯，也和年歲之壯沾上一點邊，尤其要在旅行中攫取那分厚重的感覺，非有長時期經驗、知識、磨難的培養與鍛鍊不爲功。不提《文化苦旅》作者的壯年之齡，就說最近正紅的一本也是遊記的書《旅行就是一種SHOPPING》吧，新新人類的作者給出的那種輕飄飄的感覺，相形之下，就是少了那麼一點「壯」。

如果再在年歲上斤斤計較壯遊之壯，那麼我可能就要被目為八股了。想當初拜倫、雪萊、濟慈等人，到歐陸壯遊時，雖非為小留學生，年紀也都是青春年少，詩的光采一樣亮麗輝煌，「少」遊也可以和壯遊劃上等號。至於C和我的年紀，勉強可列入「壯」遊的行列了。下回再出發，希望能和C同行，好教我再次親澤布拉格的芳香，重來一番壯遊。

——選自《自由時報副刊》．一九九八．二．廿六

【作者介紹】

孟樊，台灣嘉義縣人，台灣大學國家發展研究所法學博士。曾任報社主筆、出版社總編輯。曾獲中國政治學會傑出碩士論文獎。曾加入漢廣詩社。現為佛光人文社會學院當代詩學研究中心主任。著有《S.L.和寶藍色筆記》、《台灣文學輕批評》、《喝杯下午茶》、《台灣後現代詩的理論與實際》等十多本書。

3

旅行小說

當代台灣的旅行小説不易編選，因爲很難找到嚴格定義下的旅行小説作品，尤其是純文學作品。這裏所選錄的五篇小説，是基於定義被放鬆後所編選進來的。

林文義的〈去伊斯坦堡之路〉是從他的散文集《旅行的雲》中選錄的，但通篇看來，由於他採取的是第三人稱的敘事手法，毋寧更像一部短篇小説，而且也是一部較符合嚴格定義之下的旅行小説。張瀛太選自《西藏愛人》的〈豎琴海域〉一文，情形亦同。文中攝影師身分的「我」，因爲拍片的關係，進入聖羅倫斯海灣所見到的「豎琴海域」，實係出自作者的虛構，是一篇頭尾俱足的「溫情小説」，雖然它得到文學獎甄選的散文獎。

蘇偉貞的〈單人旅行〉，處理的仍是她擅長的情愛題材。小説中的「我」擬藉由「單人旅行」重新爬梳自己的心情與思緒，代表過往的「你」就像過去，而過去宛如一場夢，竟未能一刀兩斷，使得「我」耽溺在過往與現在（現實）的錯會中，游移不定，單人旅行中的外在景物不過是「我」不定的心緒所反映出來的一面模糊布景，而景致之描寫就彷若過眼雲煙不那麼重要了。朱天心的〈五月的藍色月亮〉則是較稀罕地以第二人稱敘述，在「你」的娓娓道來中，作者爲我們同時展示了一幅古地圖與一幅現代地圖，「你」卻不時來回於這兩幅不同的時空地圖裏，讓我們的眼花難免撩亂，而其中所滲透的上下跌宕的傷逝情緒，讀來又不免令人「鬱卒」，好似一場沒有出口的「夢遊」。至於藍博洲的少作〈旅行者〉，對於小説中主人翁D・J來説，那一場單車的「東部之旅」可謂是「轉大人」的「啓蒙之旅」，耽溺於沈思的青年或可從這一趟單車旅行中獲得救贖，只是這位青年的遭遇、性格的呈現太「東洋味」了一點；而作者刻意使用的冗長句子似非必要，於敘事的進行並無裨益之處。

整個來看，對於景物的描寫通常只後退成爲旅行小說的背景，而「旅行」對小說中的人物而言，扮演的不過是觸媒劑的角色罷了。所以，旅行小說不能做爲旅行的指南。

單人旅行

蘇偉貞

是一次旅行的開始，這次，我們一起出發，你離開，我留下，在一個新形成的時空裏做單人旅行。我終於看到，一次巨大的結尾，將推我們回復最初的境地；我雖然無法自斷是非，但隱隱察覺其中變數，是類似創作生命失序的遺憾——我年輕時所寫的篇章，如果我們夠大，那麼有一天，重新出土，因為外力反倒成為最新發表的作品，而那時，我們已停筆多年。

一個舊的情感壓軸，逼使後面的創作退位；舊時情感實驗生命意義大過一切，不料現世環境翻案，強行回到我們面前、情感之前，消失的空間。而現在的我，亦無意願向你或時間借路開啓那道節奏之門。如果這已是結果，我相信，這就是命運。來自人，並且由人。

於是我有意藉由單人旅行，回溯更深的因緣。你離開的第三天，我回到那幢年前曾獨居一月的山宅。連夜開車上山，黑暗在車燈處往前延伸，沈著如不死的記憶之身。再次面對山間歲月，院中蒜香藤花期已過，這社區沈默的像在等待什麼，有著生活本身。等待什麼？我不知道，我不是你，你見過的一種狀態。呆坐往昔台階上，新形成的時空尚未定影，我因此無話可傾訴；新舊花期中間，重回逃避之地，彷彿翻沈默的案。生活中的不交談，不一定就是等待什麼。

也許我們可以換一道心情遠眺，看到一個日子的結束，正以反沈默之姿降臨，而那時，人對人的善意或相互激發出的潛在歡愉亦以反速度消失，一個從來沒有記憶的人正在銷毀他的私密地帶。一場午後陣雨。

我們並不一定非得沿記憶之階往上爬。在那裏，我們將遇到一段灰色時光，貫穿你我生命，任意予以命名者，將重回記憶本體。我無意嚇你，現在，它正在俯視我們，如靈魂自身。

稍晚之後，我離開那裏轉進旁邊唯一的土產店用餐，店裏居然客滿。划拳、喝酒、喧鬧，我曾經每晚等在旁邊帶食物回去。山路在土產店前拐個大彎，行車經過後，一團光往前移位，與死谷對答。沒有回應的情感，不等於無法吸引光的黑暗。我試想，我面對的不是陌生的店家而是你，那麼，你此時可能以爲在旅行途中看見某些晃動的事物，以訊息交換生活，你在的地方成爲推演人情世故的座標；接近你，就是接近一種尺度，強勢？弱勢？銅板的兩面，我聽到的，你一定也聽到了；你不會相信，有些人是自願站到弱勢那一邊；正如一圈暈光向黑暗中駛去，人的表演有時候不是爲別人，只爲自己。而人與人交往，因此往往不免是把賭注放在情誼之手的指尖，那麼重要卻又那麼沒有價値。

我感覺到一種秋意，彷彿坐在水中，與你同桌共飮。十一月底的沙灘，無限擴大，我暗想，這像一首通俗的詩了，人人皆可朗誦，但此時沒有任何遊人，沒有人來閱讀你我。那的確不是一種境界。坐在我前面，你剛從一次旅行回來，那時候，交換者已經試探過你了。是的，我感覺得到。我對你說：「這是離別的歌呢！」你繼續沈默，我又說：「當然由你決定。」情感像一場旅行，沒有以前，也沒有以後，所有發生都是獨立時光。你在我面前，更早以前，你有祕密，但是沒有心事。我原來應該問你，但是我缺乏勇氣，即使是現在。旅行是什麼呢？我反覆比喻，尋求可以安慰自己的答案——是以現在印證過去、是以你印證我。旅行的時候，未來是不存在的。情感也是。

那天，事實上沒有一道菜是可口的，甚至並不新鮮，人生緣分無論短程或長途，都教我相信，那已經是我們所能得到最好的，雖然你也知道不是的，我們一向在催化這過程，以一種習慣，或者你曾稱之為個性的，在事前就設定那是我們所有最好的。

這次，我回到一個記憶之地，重溫樸素情感原味，放棄生活偏見，久久之後，並沒有等到解謎的鑰匙。帶著在山產店灌下的醉意，從海水中起身。黑暗並不可怕，鬼也不可怕，但是，我算是見到了。

單人旅行二度腳程，我回到從小生長的南部眷村，是的，我回家了幾天。提姆颱風登陸那天，傍晚我由南部回來，內心有一層薄薄的安慰之膜，散發一種不易察覺的恬靜氣息。不意正好遇上風頭，由青少年四度空間回到現實的我城，一路狂風驟雨，進入市區後，卻感覺分外冷清，風的音節，雨的聲勢，兩者所形成的狹窄世界，默默安慰著我，暴雨沖洗著擋風玻璃，這模糊的街道，模糊的記憶，沒有比在巨大不快下被迫遺忘更殘忍的了。在這樣巨大的空洞裏，我忽然明白發生了什麼事，風雨正以大自然的神力感應我茫然的心靈。原來如此，對你而言，我們現在才等於眞正開始向以前出發，並且超越以前。記憶到此結束：在某一處，你將與未來會合。你的方式已經確定。在這之前，我還以為懲罰我的，亦同時懲罰你，我的直覺卻沒有將你要宣告的事正確傳達，是的，我擁有比別人強烈的直覺，卻缺乏解釋具象的能力，不過上天還是告訴我了。這世界並非絕對的殘忍。雖然了解眞相的過程是相對的殘忍。你應該直截了當告訴我關於你的想法。那一定也曾經使你困惑。氣象預報說提姆後面緊跟著另一個道格颱風已經發展成形。我想到，這時你將同步回到城市，花等量時間，如今才求得彼此一程，我不再妝點你，情感雖如一種儀式，但不宜過分重視價值。是的，看看這城市此時以什麼面貌催化未來。

這些年，可以這麼說，我們一直處在信任的邊緣，人若要蒙蔽自己，那幾乎會讓情感交流成為一項特殊技能，如今，我恐怕將被動地放棄情感本身，你將失去的，是情感價值觀，我們已經被迫站在平頭點，以同高視線看世界，置身時間中心，分乘眞相之光回返最初之境，不再冒犯你，你沒有失去你的自由，你沒有失去你的權力。一切原封不動，你可以放心。

風雨逐漸移動，回顧以往我在的地方有如暴風眼裏冒險，一種對過程的眷戀，我彷彿隨時穿越成人世界，回返童眞之地，看見自己滿身無知——在現時與過往的情愛陋巷中穿堂，不禁覺得感傷。這心情，你必不陌生吧？你不需要回答我。

是的，你心底當清楚，什麼是支柱你生命的兩大山脈。小時候，你上學路途，山脈在你左邊，你低頭向前走，聽見深山回聲：你愛這裏嗎？你要離開這裏嗎？放學，山脈在你右手邊，你答：是的。人都有眷戀，但是離開有時也是一種情感。你我的信仰，已經被摧毀了。聚與散，是人的兩條路吧？往往殊途同歸。

回家那幾天，記憶無所不在。我的童年生活非常平穩，周圍發生的事情，在我看來，絕未以不凡之姿，企圖誘惑我，我在我自己的世界中獨自長大了，卻也懂得人間的高矮與價值，我從來不認爲，人對人的需要是羞恥。我保持我這樣完整的信念幾十年，然後以單一的方式對待你或者他人。上天厚我，我知道這是一項難得的本質，洞悉這些，毋寧使我更有自省的能力，那包括拒絕。在我的原鄉，我走到一些你也熟悉的角落，坐在那裏，回味我的青少年，我很高興你並不在那裏。幻想我並不認識你的時光，使我覺得自己人生最破碎的一段生命尚未開始，我仍然是一個完整的人。人格即人。

你曾經在回到童年的村莊路上聽到當年的回聲：你喜愛我嗎。你並未遺棄任何重要的片段，情感若亦是原鄉，你仍十分完整，你不需要回答我。我承認嘉南平原的平坦無法與你山一般深的性格相丈量，我不了解你時，才明白我的信念已經重整，我不是你。

但是，一種對平穩的體會，我知道，我會比你堅強，懂得浪費的必要。眞實給我的訓練，使我不會對宿命般的仇恨付出代價、反覆糾纏，陷你我入世代一般的輪迴；我的教訓是，置身現世，情感路上發生了什麼事，再出發，我已遺忘。人的遠近，一點都不重要，我只是沒有辦法開口向你要什麼，問你爲什麼？我的直覺告訴我：殊途同歸。人生並不是回聲。

現在我回到城市，風雨依舊，一個再度有你的時空，如果我沒有記錯，我嘗試過了，我曾轉身呼叫你，你迅速還原成你的山脈，站在我面前發話，讓我措手不及被回聲擊中，彷彿聽到一段狂放的對話，紛亂的腳步由你身邊走開，成年人的生活沒有天眞，你重複：「沒有關係！」響在天空中的閃電與雷聲，非常公然。你做得很好，你也看到那些驚訝的臉了。人生哪有這麼多懊惱呢？人的微不足道，使我根本不會對你失望，我說過，你聽到的耳語，我一定也沒有少聽。我承認你的方式讓我很難受，然而周而復始的難受，是人放任自己溫習痛苦，人怎麼可能成爲痛苦的回聲呢？我至今不明白是如何將你推給了別人，然而我們已經看到。你以抽象之身屬於我，現實之身屬於別人，這兩者角色，是永遠不能合一的。

單人旅行後段路程，事實上，我幾乎放棄了思考；我發現，這些年來，我習慣因爲你而思考，這曾經使我恐懼。你不在，這些腦際反射似的戒律都不存在了，原來魯鈍並不那麼可怖，就像黑暗並不真的象徵什麼。在家停留的日子，我和家人結伴去喝酒、唱歌，很晚了，我們仍在街道竄走，像一隻狼，但並不孤獨，你看過成群結伴的狼嗎？我們就是。我後來離開家往更南方到墾丁。台灣的土地太小，使我們無論由南到北、東到西、北到東……，由一個最邊緣地方到另一個邊緣，稍作計畫，我們早上出發，抵達時往往總是黃昏。

那天到墾丁也一樣。最南之地，卻有著絕對獨立的喧鬧，到處是人，車子陷在人潮當中，寸步難行，這就是墾丁精神吧？我笑我自己彷佛又去了一趟巴里島，這幾年，此地成爲觀光「聖地」之後，發展出了一種純西式的休閒模式，我有些驚訝：這些年，我卻已經完全改變了對旅行的看法：新的環境、渾身充滿好奇細胞的人、探險有如印證直覺……，這些對我而言，都不再是旅程的組合要素，旅行對我，只是離開一個地方，不是釋放自己，也不是尋找自由，旅行不過是使自己消失的單純行爲，別人看不到我，我睜開眼，看到的畫面，是唯一存在的世界；我闔眼，這世界關閉起來。你會看到什麼，一切在意料中，是你要看到的。至於別人眼中，觀察他們的行徑，老實說，我並不知道他們看到什麼。人沒有必要一致，但是，一個人怎麼會那樣碰不得呢？是的，我看不到你所看到的。我因此相信，世界與我們不是所謂的互動，是一格一格獨立的畫面。我們無法永遠放棄一切，且是旅行使我暫時擁有個人生活、獨立的經驗。

於是本命中的黑暗不再存在，白晝也是。我在幻想中得到力量，彷佛自己有了一個全新的樣子，當我們回到同一時空，若我任何話都不說，你分辨得出來嗎？你已有自己的意志，如從一場世紀之旅回來，沿途看到的風景，將成爲你獨特的經驗，我承認，我無法想像。那全是你需要的畫面，一個內在世界。

在墾丁安定下來之後，天色很快在最靠近海峽沙灘處由深紅轉黑，這種換幕手法，我們其實早見慣了，不知怎麼深深覺得抱歉——沒有預期中的驚嘆。夜裏，避開墾丁的人潮，我開車沿海岸轉山路去恆春，沒有想像中那麼遠，但是眞黑，我聽見落山風的呼嘯聲，墜入深海，不斷發出回聲般的巨響，我有一種瞎子似的直覺，在台地上摸索，並不覺得孤獨，前進就是一種力量吧。我經過一座又一座的小村落，他們擁有電視，我想那就是他們的觸覺，摸索世界的方式。我有車子，他們有電視。我突然覺得寂寞是一種很具體的東西，就在我眼前。他們離不開電視，我坐在我的車子裏。寂寞是我們生活的一部分，旅行帶我們到它身邊。

我同時看到曠野中，曝空的天然氣自焚成鬼火一般的景象，當地人稱爲「出火」。恆春古城東門外，天然氣自溪床冒出，日夜燃燒，即使大雨亦然。夜色裏，古城山路邊長長停著一排車，觀賞的人群，一致面向曠野海的方向站立，黑沈的山間，燃燒幾簇火焰，強風一撩，分外烈紅。當時我不明白這是什麼，下車問路人：「發生火災了嗎？」他們搖頭：「不是，是天然氣在燒。」他們說，這裏每晚圍著遠遠近近來觀看的人，透空的大地，無法改變的天然氣命運，擁有信仰的人，大概不難聯想某種上天的旨意吧？我想像，人群總有散去的一刻，火仍無自控力燃著——一種自發性的消耗，人生可以無所爲而爲。旅途終止時，我們之間發生過的事，將成爲一種自燃，我們曾經共有的旅程將在記憶中消耗，沒有一次情感是浪費掉的。可惜的是，那時我還不懂得原諒自己，我曾經受過的，你一定也受過了。

那天正是個好日子，一路去恆春途中，有幾處村子正在辦桌，鞭炮與煙火不時由間落的村莊擴散，煙火衝向天際時，點綴著這南台灣最遠的天空，有著絕對的安靜，大地此時已經替代我呼吸，生命對我而言，突然不再那麼沈重，生命的同質性，發生在你我，是你亦堅持以自己的方式思考。那是我不該僭越的範圍。生命的形式，有人因爲自然而偉大，有人因爲他要做成那樣的人而偉大。我相信傳輸思考也一樣，有人天生誠懇，有人表演誠懇，沒有對錯，那是人的權利。更何況你我已不需要「定義」了，你決定自己的命運，行走一條現實的軌道，隱形的城堡。即使提姆颱風登陸那一刹那間，大自然巨力所造成的現象，亦是一項最寶貴的啓示吧?!毀壞亦是一種道德。這世界還需要什麼眞理呢？一切都有合理的解釋，我們之間的公式，還可以包括——情感就是一種覺醒、爭執就是一種尊嚴、祕密就是一種流言、病態就是一種勝利……，有時候，解釋是一種不必要的浪費。站在你的角度出發旅行，我已經確定，你不會同意我看到的景象、我的說法。我的青年之旅、記憶之旅、情感之旅，可能都無法安慰我，我唯一可以證明的，是我去過那裏了。

但是我相信屬於我的封閉世界。我的感應脫離你仍自生自長，人要自毀不會那麼容易。我想到有一次我獨自開車南下，車子在苗栗山區間的高速公路上拋錨，那時候，我剛過造橋收費站，時速一百，馬達皮帶忽然地斷掉，我察覺引擎完全失去動力後，利用車子的衝力慢慢由內線道向路肩滑去、停住，山區很黑，滿耳是台灣相思樹枝的嘩然聲浪，掀亮頂燈，我只看到四周的黑和坐在微弱光裏的自己，一輛輛呼嘯而過的私家車體，瞬間隱去了方向；高速巴士裏倒有睡眠燈及電視亮著，但也很快消失了。我嘆口氣下了車，背著我的旅行袋決定沿路肩往前走，我確定前面一定有求助電話。沿途我不止看到一次拖吊車候在路肩上等故障事件。果然，不到一百公尺處，電話亭發出的光我感覺像人的眼睛，看著我走過去，幫助我開口說話。電話接通後，對方要我回到車上等待拖吊，我又沿著黑路回走，置身那一刻，對旅行，我仍毫無反感，靜靜坐在我自己的世界裏，無法事前預知的空間，別人不可能到來的身邊，旅行變得完全不重要，挫折也是；我在的地方，生命不是一場戰爭，可以容許失誤。

第二天白天，我由南部回台北，在即將接近前晚拋錨的對面車道，我望見公路在兩座山脈間蜿蜒開出，視線所及全是山及台灣相思樹枝，我看見對面路肩上我呼救過的電話亭，一切都明晰起來，這地方白天看起來比晚上恐怖多了，一切那麼開放。有時候，我們會因爲看得清楚的情況下，將一個人有意識地毀滅；完全漆黑時，我們反而很難辦到。

風雨中回到台北，我將重見戴面具的人唱同樣一首歌，我們將再度見面，眞正第一次認識，你同意的那種形式。

那時候，新的空間已經確定，不存在你個人生活及我的思考，我們因不再放任自我，勢必使我們成爲沒有行爲能力的人。我彷彿看到腦際上方蒸發出一片圖騰，那是一個理想國，人與人有著語言的距離及情感的距離，而那距離又不足以發展想像或流言。是的，毀滅使我正視新生，這是另一條公式了，我最後唱的和你同樣一首歌。

因此，就我所看到，我逐漸懷疑自己正在觀賞一場雙人舞，合作者以慢板開始，彼此天衣無縫，協調的意願也高，你們的手勢像在打某種暗號，一場無言的敘述不斷擴大，你，然後是他，然後你們一起。如果傳說你不熱愛這樣的雙人舞，恐怕教人很難相信。表演這樣嚴格、高難度的技巧，的確需要足夠勇氣或者努力，你主控指引你要的狀況發生，即使作爲一名觀賞者，我也要爲你的表演喝采；沒有你，別人單獨辦不到的。你們果然在跳一場雙人舞。

明天，風雨過後，當我們經過市容凌亂的街道，風雨一向試圖用它的方式整理空間。我想像它已經離開，無法再回頭檢視自己的成績，突然深覺到我所擁有的運氣，我至少還可以轉身對你說：你做得很好。提姆或者道格經過的地方，對它們而言，都是一場單人旅行吧？無論它們一個跟著一個。

你是對的，我不免聯想到一些已經過去的畫面，類似單向旅程的交會，我最少敘述的部分。在你的生活周圍、在夢裏，我不止一次巧遇你。有時候我走在路口見你遠遠埋頭走來，我迅速彎進另一條巷子避你；有時候我開車經過路樹大道，偶然抬頭，你的車清楚地停在對面路旁，還閃著暫停燈，你剛離開、你將回來。早一點或晚一點，你便不在。最讓我驚訝的是那天夜晚，我和幾位朋友吃完晚飯，決定找個地方再坐下聊聊，我們並沒有很重要的事，但是當天有位完全陌生的面孔，因此帶了點應酬的性質，我背向巷子坐，聽他們講話，也努力集中注意力回答一些話題，你也知道這種缺乏感染力的交談是多麼困難，但是我希望自己能做到。小酒館裏人並不多，但是小，所以充滿了聲音。我在毫無前奏的情況下，腦際突然浮上一幅圖，是你走過巷子的畫面，那是我能解讀的，於是我回過頭，看見你正走在我有限的視界，那不到十五度，我用餘光目送你走出視界，十點二十六分，這段路程，不過三秒吧？但是，我回頭看見你了。這也許並不代表什麼，你怎麼會在這裏出現？怎麼會這時候出現？如此專注？這次，我固定在某一點上，是你在移動，這對我無疑是特別的經歷。十點二十六分，我，或者你離開這世界，我要知道時辰。敘述這個畫面，這是我唯一的要求。

現在，我如果曾經明白旅行的方式及內容，我相信，所謂雙人舞以及單人旅行都只是人的一場夢，沒有時空，也沒有眞正的事件，依附在敘述或者自由詮釋中，它可以是一次神祕的完成，也可以是公開的表演，它可以觸及很遙遠的國度，在夢土上，建立自己的王朝與歷史。它無法單獨存在，但是現在它單獨存在了。

它經過的地方，你將習慣。

——選自《單人旅行》．聯合文學

【作者介紹】

蘇偉貞，廣東番禺人。政治作戰學校影劇系畢業，曾任《聯合報副刊》編輯，現爲《聯合報．讀書人》主編。曾獲《聯合報》小說獎、國軍文藝小說金像獎、《中華日報》小說獎、《中國時報》百萬小說推薦獎。著有《陪他一段》、《世間女子》、《離開同方》、《沈默之島》、《單人旅行》等十數本小說集。

去伊斯坦堡之路

林文義

1

把買來的紅玫瑰暫時放在冰箱裏，唯恐房裏的暖氣枯萎了美麗的花瓣……浴後，決定到不遠的夜市集買花，二十年了，不曾爲她買過玫瑰，內心竟然湧動著少男初戀時的不安。

這不是二十年前的藝專校園，穿著綠軍衣坐在孔子雕像下靜靜抽菸，等著紮馬尾的她從舞蹈教室出來，然後伴隨她回到永和竹林路家居。她在深秋時，總愛穿紅色的短大衣，有時要他先拿著，甜美的反手把馬尾放了下來，漂亮的長髮深深魅惑他自以爲就是一生一世相攜。

這是二十年後的伊斯坦堡。他看見浴後的臉顏在巨大穿衣鏡中微紅且燥熱，五分鐘前，撥電話至她的房裏請她過來，說有點事。而後他點起 PARLIAMENT 淡菸，站立在晚來微雪的落地窗前，內心如潮。

分手的第二年，他結婚，她也遠嫁到南中國海的遠方，他燒掉了寫了近十年的日記，在最後紙頁成爲灰燼的一瞥痛苦的一行文字是：「也許多年以後，妳我會在天涯的一角偶爾相遇，錯身而過或者傾吐別後種種……」

輕微的敲門聲，他從容過去開門，微濕的髮以及輕淺的魚尾紋，說剛把旅行團的客人安排好，別忘了十九時三十分要去看肚皮舞以及燭光晚餐。

兩人一時間靜止在門口，彷彿領隊與團員的一般應對，卻連話都無以訴說。

把冰箱裏取出的紅玫瑰交給她，只說句：「這些天，妳辛苦了。」輕擁她的肩，在額頭上吻了一下，有些微喜卻又淡然的稱謝。

拿著玫瑰推門出去，他沒有任何挽留。

好像二十年前，深情款款，一天一封情書，她來他往，並且迷戀著退伍的日子，有著溫美而飽滿的，對將來美麗遠景的盼望。

反而惦記起在萬里之遙的女兒，直撥台灣，女兒正在眠中，暈暈然的叫聲爸，說她正在熟睡……。他有些瘖啞的說：「爸爸在伊斯坦堡……。」然後掛斷，有種無邊的惆然。

是不是再出去，爲自己買一束玫瑰？他偏愛黃色。

2

子夜零時列車離開安卡拉。

她遞給他一瓶紅酒，單人臥鋪，既可取暖又能排遣旅人夜來的深寂。拿著酒佇立在臥鋪外古典木質的長廊，他溫慰的笑了出來。

生命中多少充滿著奇妙。脫掉些微濕冷的棉襪，雙腳盤坐在暗紅的絨質床鋪，打開紅酒的橡木塞，讓酒透氣，就是缺一只水晶高腳盃，她拿紅酒過來時，她邀她共飲，他搖搖頭，轉身就走，彼此之間一直在旅程中保持適當的距離，似乎害怕打破了這樣的約束。

不到一坪大的空間，洗手檯以及車窗下的木桌面，紅酒一瓶加上紙杯以及善解人意的菸灰缸，對他，這樣的長夜旅行已是足夠。

憶起前來安卡拉的遙遠旅途，走的據說是古代的絲路，土耳其導遊出身英國劍橋，有著一種知識人與愛國者的傲岸對著他們說：「這條路往東是北京，往西是羅馬，而我們昔時的鄂圖曼帝國曾經征服過半個歐洲！」

在冷慄的高原上往西，從日出到日落，從黑土到雪山，他喜歡與同行的畫家擠在車子的後面抽菸，拉開玻璃窗，伸出手去接觸那向晚後急降的雪花，那種冰冷卻是一種潔淨的清爽，很多意念像源頭雪融後的水滴，流過靜謐如死的心，沒有任何的悔恨、怨艾。

濕冷的棉襪，披在燙熱的暖氣孔上端的鐵皮，一下子就乾並且冒著白煙。紅酒剛好喝完半瓶，那種微醺加上乾燥的小室，情慾的感覺突兀的湧漫而至，朦朧間，熟稔的女子，豐腴的肉體忽隱若現，那種熟悉的呈露某種神祕古印度檀香味，從柔軟的乳房延伸到小腹叢毛纖秀的深處……

可以撫愛或吸吮的激情，卻似乎不是近在同一車廂中另一臥鋪的二十年前的舊愛。他反而冷靜的想到她正在地球另一方的異鄉，同樣在冰雪紛飛的子夜，她是否同時也會追念著正在夜行列車前往伊斯坦堡的這個男人。

再深情依然會背叛。

夜車穿過陌生的城鎮、森林、湖泊，夜來雪不停，二十年來，雪在他心中不曾停過。

3

據說，那是希臘最接近土耳其的邊境，名叫 SAMOS 的小島。

向晚從雅典飛往 SAMOS，擠滿希臘人略嫌狹隘的雙引擎螺旋槳航機，他盯著與他幾乎腳尖相向，正對著他的空姐看。航機正用力爬升，漂亮高䠷、一頭褐髮卻有碧澄雙眸、膚色如雪的美麗女子，朝著他職業性的露齒而笑。每天的航程，漂亮的空姐總要在飛機爬升時，坐定下來，面對著離她不到三尺的旅客，大鬍子或者肥胖的女人……。他側首一望，機窗下的愛琴海彷如千年來一片希臘古老的銅鏡。

空姐臉紅了起來，前方這個東方男子從哪裏來？她的碧澄之眼透露著詢問，接著開口：「日本人……？」他微笑的搖搖頭，抓起筆記本匆匆的畫出她的頭像，而後撕下來交給她，空姐輕呼了起來，燦爛的笑得彷如一朵太陽花，稱謝後摺成對半放進口袋裏，隨著站起。航機已到平行空域，必須去分發餐飲，丟下了一句 bye。

或許在她返航回家，掏出那個東方男子爲她所做的素描頭像，應該就會看見圖下的 from Taiwan 的字樣。而彼時，那個東方男子已在橫渡愛琴海的夜航船上。

異鄉的旅行，一次微小的喜悅，爲一個漂亮的希臘女子作畫，像一首詩中的逗點。不會有任何意義的，他早已穿越過太多的濫情年歲，有些疲倦，他闔上雙眼。

散步在燈火輝煌的港岸，才猛然驚覺今晚正是耶誕夜。

冷慄的海風，岸邊的露天咖啡座空無一人，酒店裏卻傳來大聲唱歌、勸酒、舞踊的笑語，三、四條狗伴著他散步，靜靜抽菸，向在商店買希臘最後紀念品的旅伴互道：「耶誕快樂！」呵，寧靜的SAMOS島。

最後的島之燈火，三十尺長的木殼船，此去就是未知的土耳其，心中流迴著某種音樂，站在船尾，夜暗中的愛琴海水被柴油引擎分出兩道白線。

九個台灣旅人加上四個臨時搭載的歐洲人，希臘船長吃力的捧出一大箱啤酒大聲的帶領喊：「耶誕快樂！」大家跟著用力的喊！

愛琴海在無邊的夜暗裏喘息、呼吸，如夢似幻。

4

被旅伴喚醒時，他愕然發現整片表演場的眼光都聚集到他一個人身上；覺得頭很重有些疼痛，才兩杯紅酒竟然睡著了。聚光燈打得他刺眼，讓他整個驚醒過來的是站在他正前方，充滿著挑逗意味的肚皮舞孃，豐腴、微凸的小腹跟著伊斯蘭音樂顫動，汗水涔涔的浸滿她不斷晃搖的乳房，濃烈的香水味，她要他上台……

伊斯坦堡在深沈的眠睡中。他則舒放的躺在溫熱的超音波按摩浴池，汗水從他微禿的額頭像河流般滴落，微微呻吟著，試著讓痠痛的腰背不費力的飄浮，他看見自己依然強壯的男性黑鬱的陰毛，像深海中的海膽般的隨著水流，伸展出詭異的千萬隻觸手……

就挺著溫熱的裸體站在巨大的落地窗前，只留下窗邊的小燈，丘陵上的旅店九樓向著博斯普魯斯海峽，歐亞大橋的霧燈從這端的歐洲迤邐到那端的亞洲。

如果有人從首都大道的方向看見旅店九樓的暈黃之窗，該是像一個小小的人形剪影吧？千年的回教古都，充滿著黃金、紅寶、香料與伊思蘭教堂尖頂，神祕而燦美的伊斯坦堡啊，彷彿有一首歌，自始在他內裏流迴，往南是柔麗如蜜的地中海，向北是蒼藍如墨、冷凝似岩的黑海，而他，僅是偶爾路過的旅人。

「此生，能夠相偕至此旅行，生命的缺憾事實已獲得可感的塡補，以後呢？……」

他在隨身的羊皮小冊記下這段文字，就幾乎無言以對了，反而更多想起的，是離職的報社，總像有心事的女兒以及一生都充滿著不確定性的年老母親，自己呢？

他一直想送她一枚鑲著土耳其玉的K金戒指，彷彿二十年前在草山的溫泉旅店，燃起一室燭光，相互許諾一生的相攜……再追憶二十年前已然毫無意義，只是驚覺：自己竟也有那般至情的年輕，啞然失笑，他自嘲的搖頭。

順手拿出旅店的風景明信片，一張捎給女兒，一張寄給遠在南半球的女子，同樣一句短短的問安，並且說：「我在伊斯坦堡。」

——選自《旅行的雲》．聯合文學

【作者介紹】

林文義，台灣台北市人。曾任《自立晚報本土副刊》主編。著有《島嶼之夢》、《銀色鐵蒺藜》、《母親的河》、《旅行的雲》、《鮭魚的故鄉》等二十多本書。

五月的藍色月亮

朱天心

簡直想不透，沒有戰亂的年代（很長一段時間、在你的國家），它什麼時候偷偷暴長成這樣巨大，咬噬著你，不吞掉，也不鬆口，彷彿一隻玩弄蜥蜴的健康「冷酷」的貓（依動物學家勞倫斯的說法，牠只是正常愉悅的進食用餐，與冷血殘酷毫不相干）。

愉悅的進食……，一定也有人這麼覺得，九一年，英國《衛報周刊》訪問作家寇特．馮內果：「你希望以什麼方式死亡？」馮內果說：「在吉力馬札羅山頂墜機身亡。」

你並非一直都是如此畏死之輩。沒有太多年前，在一次感情極度失意的情況下，你也曾主動選擇以結束生命來面對死亡（自然，結束生命與面對死亡在你看來全然是兩碼子事）。你眞佩服當時何等的勇氣，甚至連一般人値此之際必然的耽溺於選擇哪樣的自殺方式、哪樣淒美的向世人告別的手勢，你也並不窮究。

耽擱你的是數日之後的統一發票開獎，你好想知道可不可能這次就中了兩百萬元頭獎。

開獎當天，你的感情對象約你見面，他瘦了一圈的告訴你，他決定放棄別人而選擇你，非常溫和的看著你，瞳孔貓似的放得大大的，大概也發覺你瘦了一圈。你呆呆的，無法有任何反應，一隻剛從貓口逃生的蜥蜴。

剛逃過一劫的蜥蜴確實就是這麼樣，呆呆的，驚魂甫定，或其實繼續詐死。秋天的時候，你一定要從家裏的貓口搶救下幾隻蜥蜴。牠們被叼返家時多半是活的，你趕忙灑些貓糧餅乾讓貓鬆口。有時蜥蜴還是被咬傷了，你便替牠灑一些速備粉，把牠帶到附近山壁去放生。

蜥蜴長得好聰明相，靈長類似的精緻美麗想必同樣靈活的手指腳掌，黑猩猩一樣敢與你對視的雙眼在思考，思考著要不要狠狠咬你一記以便逃亡、或暫享受你手心的溫暖。面臨死亡，能想的其實不多。放生過好多蜥蜴的山壁枯木幹上留著隱隱一道白色的速備粉，一場秋雨，便洗刷乾淨。

面臨死亡，眞的能想的其實不多嗎？

你眞希望也能發自內心大喊出聲：我希望在吉力馬札羅山頂墜機身亡！

只因為生命太太太脆弱了？好難呵護？於是索性玉石俱焚？

沒有戰亂的年代，醫學科學最發達的時代，你身畔的友人至親平安無恙，你唯二不在的親人都近九十壽終，你哪兒有資格說什麼生命太過脆弱太難呵護什麼的。

何只太過脆弱，根本連莖一年生的野草也不如……，每每飛機起飛的時候，不管是出國或在返家旅途的異國機場，你憑窗看著艙外陽光下疾風中顫慄慄的管它什麼草，無可比擬的打心底羨慕它，羨慕它的可以不用離開地面，一輩子。

第一次有這樣的感覺是年輕時一次快樂的旅行即將結束時，你在與你自己的國家有六、七小時時差的異國，疲憊而快樂的想著不久就可見到分別月餘的心愛的人——隨即驚恐湧現，天啊你們眞是分別得太遠太遠了，太遠的不是加上轉機候機的二十多小時的航程，而是好大一塊地表上最古老的大陸、第三大洋、最大的半島……，你將臉頰平貼於地表，感覺它第一千八百多億次的轉動，又假想自己是隻擅飛的海冬青，展翼於萬呎高空的上升氣流中，任憑海洋、沙漠、落日緩緩靜靜從你爪縫下飄移而去……

太遠了，你害怕全球性的核戰爆發，關於現代文明的所有一切全都毀去（雖然在某些時空裏，這曾是你所期盼），你沒有飛機可搭，沒有輪船可渡，甚至不再有會破壞臭氧層的四輪機械可載送你，你得全憑自己——信用卡、貨幣也不再具意義——你得全憑自己的肉身雙腳、執念的往日出處走去。那時候，不再有東方、西方，你得學習以日出日落或那朔風吹起處辨認方向。你的計時器終將電力耗盡，你必須牢牢記住日落幾次或候鳥如鶴已幾度南飛，因爲鳶、燕是經年留在南方哪兒都不去的，如果你擇地中海北岸走的話。

如果你擇地中海北岸走的話，你得先走出這四周有崇山峻嶺圍繞的古內陸湖區，並不難，只消找到唯一的峽谷，海神波西頓某次震怒所造成的大地裂縫，穿奧林帕斯山，小心別遇著獅子或吉普賽人，順利的話，日落七次後，你進入色雷斯平原，南端臨海處初極狹，是進入亞細亞洲最短距的横渡處。你想辦法回憶那渡輪渡你的時間，也許一小時，也許更多，不知是那船速太慢、或海面平靜到幾乎不覺船行，海風微微，頓時神思飛遠，直到對岸港口的霓虹燈 SONY 倒映在波光流離的海面。誰會知道日後你必須再渡一次，全憑己力。

不管多久，多遠，你不會游泳，也沒有那造米諾皇宮工匠的巧藝可以爲自己裝上蠟凝羽翼以飛越海峽。你放棄從那兒入亞細亞，像史上幾場著名戰役的大英雄們所做的那樣。

你頂朔風而上，日出至日落放眼所見全是同樣單調的景致，高大成行的白楊樹在氣溫零度的藍天大太陽下颯颯作響，黃土地與黃脆的秋草一色，有向日葵菸葉棉花田處一定曾有人煙，你不敢片刻分神萬里外的親人，害怕思念引爆而不得見面的事實會當下把你變作白髮老人，秋水望穿。

要不是那肯定從遙遠北方恆久不歇的朔風簡直就要沖瞎你雙眼，你會懷疑自己一直在兜圈子走，因爲景色不斷重複。

沒有兜圈子走。你忘了旅程中曾花十幾小時車程穿越色雷斯平原？那天清晨五點就起床出發，中途未有停歇的天暗才到海峽至窄的達達尼爾渡口；天完全大亮時，行經一小鎮，同車有晨起不及盥沐的便要求得上廁所，你們車泊鎮郊，據說廁所衛生狀況和間數不佳，所有人上完足足花了半個多小時，你藉此漫步至不遠處的海邊，有非常古老的橄欖樹和你認不出的溫帶樹種，一名小學生年紀的男孩前來向你兜售東西，你傾身細看，像二十年前你故鄉一樣用舊報紙或書頁捲做圓錐筒狀，裏頭放了十來顆栗子，因爲很不貴，你如數給了他開的價錢，接過栗子，向著充滿最多神話的那海洋吃起來。

栗子都又苦又澀，並且住了一些安居落戶頗久的小甲蟲原住民，你不放棄的試了每一顆，無一例外。小男孩還在老遠那頭繼續向其他遊人推銷，你想他一定是平日玩捉迷藏的空檔在這附近樹下隨便撿撿，回家拜託媽媽幫他煮一煮，等熟的同時，把舊作業簿一張張拆下糊做圓筒狀，一定是這樣，你一廂這麼想。

你都忘記了以前讀過的，除了印度人外，色雷斯人曾是世界上最大的民族，兩千多年前大流士的手下大將如此描述過色雷斯：這裏有豐富的造船用的木材，有許多橈材和銀礦。

其時，他們習於把男孩當作輸出品賣往國外，他們對年輕女孩放縱得很，任她們和所喜好的男人發生關係。刺青，刺青被認爲是出身高貴的標幟，身上沒有刺青就表示是下賤的人；無所事事的人被認爲是最尊貴的，耕地的人則受蔑視，靠戰爭和掠奪維生的被認為是所有人當中最榮譽的（多麼像你的家鄉同胞）。

核戰後，這一切都將會連帶毀去？還是時空瞬間短路？像很多好萊塢電影一樣，重回到兩三千年前，那麼你將會遇到希臘聯軍中的色雷斯軍人，他們不難辨認，頭戴狐皮帽，身著緊身內衣，外罩五顏六色的外袍，他們腳上和脛部穿幼鹿皮的靴子，隨身攜帶投槍、小圓盾和小短劍。

——你害怕現實中未被父母輸出國的小男孩早晚發現你棄在橄欖樹下的栗子，你重新拾攏起它們，拋擲進眼前並非藍色的平靜的海中，栗子載沈載浮，瓶中信似的，然而它們是遭煮熟了的，有幸漂流到亞細亞也無法落地生根——

你必須想法跟上他們的腳程，尾隨他們北上渡海，彼處海峽寬二十幾公里，儘管比最窄處的赫勒斯龐寬十六、七倍，但有舟橋可渡。有文字的時代，你不是記得這樣的句子：芒德羅克列斯在多魚的博斯普魯斯上架了橋，於是他把這幅畫獻給希拉以紀念他的功業。

你務必得一心一意跟從色雷斯軍人，勿被自信是長生不死的蓋塔伊人所迷惑駐足，你或將數度瀕臨伊斯特河及其支流，支流的敘帕尼河畔有白色的野馬遊蕩，你必不可因為神往——實則牠們是至今已經絕種的凍原馬，個頭不會比一隻阿富汗犬高大多少——你必不可因為神往字面上的「白色野馬」而流連不歸而走得太北，請記得往日出處走，因為老實說北面什麼都沒有，從沒有人能確實說出那裏住有什麼人，伊斯特河北，你所能看到的只是一望無際的荒漠地帶，那裏的馬據說身量矮小、全身長著長有十公分的絨毛、鼻子短而扁、不能供人乘騎，但用來駕車卻十分速捷。據你推測，那應該是如今只存一亞種的歐洲森林野馬。

色雷斯人說，河彼岸的全部土地到處都是蜂，誰也不能到那裏去。

也有兩千多年前與你同樣愛四處走走看看的人提出他的看法，他說蜂那種生物是很不耐寒的，毋寧說，熊星下的土地之所以沒有人居住是由於寒冷的緣故。但畢竟他無法故意略過阿巴里斯的故事，說這阿巴里斯據說是一個極北地帶的居民，他一直不吃東西並把一支箭帶往世界的各個角落，但是，這引出一個合理的推測，如果果眞有極北居民存在的話，那也就應當有極南居民存在了。然而，當世多少畫過全世界地圖的人都沒有理論根據的極爲可笑，因爲他們把世界畫得就像圓規畫的那樣圓，四周則環繞著歐凱阿諾斯的水流，而且他們竟然把亞細亞和歐羅巴畫成一般大小！

事實上，根本歐羅巴要比亞細亞大得太多了！兩千多年前的人如此強烈主張，並且殷殷告訴你，亞細亞直到印度都是有人居住的，但是從那裏再向日出處則是一片沙漠，誰也說不清那兒是怎樣的一塊地方了。

你進入亞細亞，太陽落入黑海，夜晚的風貌兩千年之前之後一樣，沒有日本大商社的霓虹廣告看板，不久前你曾行過的破落小鎮電線桿上貼著十五年前李小龍的電影廣告，精赤著上身手執雙節棍的李小龍，不知有漢，無論魏晉，難怪不時有大眼深膚的鎮民充滿善意好奇的老遠喊你：「嘿、秦！」昔年的突厥人。

你因此不敢直上伊朗高原，也遲疑該否繞高原南麓向東挺進。你記得不久前曾一日復一日走過的小城小鎮，例如很多小崗丘上的衛城廢墟，往往最下層是波斯人建的，而後雜著紅磚和白堊混凝是拜占庭，露於表層純石材的是希羅時期……，總總就幾支孤零零的愛奧尼亞柱子，某尊阿波羅神像的基座，某隻某大神的腳丫，某覆滿了被風吹成海浪似的野草野花的古戰場……，活人漸少，愈走愈像走進歷史裏，很深很深的歷史裏，不只三千年深，你站在某個保存較佳的古城，眾聲喧譁眞的分不出是那愛琴海海風還是被海風浪湧的橄欖樹和荊棘，還是專好無聊爭執喋喋不休的神祇們，走下去，就算再兩倍於奧迪賽的返鄉時間，你也回不到有你親愛渴望重聚的親人的時空了。

你終將走到高加索山下，你會見到當年爲了同情你們替你們從天庭盜了火種而被鎖鏈在山上的泰坦族人普羅米修斯，他告訴你：「我寧願被束縛在這岩石上，也不願成爲神的忠順奴僕。」

你好吃驚他想法與你一致。

你竟然走到了銅和銀交界的時代。

或許，當初應該擇地中海南岸走。

擇南岸走，你只消耐心等候，總會有自古以來就喜愛航海的民族出海打魚或刼掠或經商或純粹冒險，希望你運氣不致糟到像某次駕阿果號出航的傑遜被一陣北風颶到利比亞的托利托尼斯河口淺灘，至不濟像那名採紫螺的漁夫，他因大風迷航而漂流抵的沙洲小島要近尼羅河口多了。

從河口直下底比斯，走河道的話需時九天，但兩千多年前的人沒細說九天是腳程或航程，令你難以估計，因爲你乘的是火車，夕發午至，臥鋪睡至中夜曾起身看星星，唯車內的照明讓你什麼也看不到。你遂等日出，埃及侍者像當年伺候英國人似的爲你端來英式早餐茶和鬆餅，你睜大雙眼望盡車外景致不願錯過，因爲那時以爲今生不可能會再行過一次。

景致未如你以爲的沿尼羅河走，它行過好長一段早晨陽光下柔和金色的沙漠岩丘，比較像聖經故事中痲瘋病人的藏身處。著一身白服的人們仍然像上世紀末鐵路剛通車時的立在山丘頭朝火車揮手，沿路不絕。好奇怪他們都未攜任何農具器械，尤其有一段地勢較平坦，右首窗外隱有河意，沃潤的土地似沼澤，看不出是否是作物的怒長著看似很像甘蔗、高粱但應該不是的植物，是因爲氾濫的肥饒使得他們不必多做其餘農事？難怪他們會不可思議希臘人竟然得全靠天上的雨水灌溉，而不像他們年年只消等河水的必然氾濫得以灌溉，如果哪天宙斯不賞雨水，希臘人不就沒啥指望了。

你的火車旅程至亞斯文便止，到老皇宮改成的旅館途中，夾道全是夾竹桃，異於你家鄉的夾竹桃，盛開著介於純白和砂白之間比較像居民的白亞麻衣那樣的白花，你以爲當地的導遊會安排你騎乘駱駝去底比斯，純粹因爲那三個字的名字爲你帶來的意象的緣故（怎能不靠駱駝，你甚至打算換裝他們的衣著頭巾，白麻布內衣，內衣衣緣垂在腿部的四周，這款內衣他們稱爲卡拉西里斯，內衣上罩著同樣的羊毛外衣，唯毛織品是不能帶入神殿或與人一同埋葬的）。

結果你搭乘螺旋槳飛機至底比斯，機上反常不教任何有關空難的逃生技巧，是因爲窗下是難以察覺其移動的不變的上埃及沙漠區，就算及時穿上充足氣的救生衣又有什麼用！

我眞希望在吉力馬札羅山頂墜機身亡，眞希望那時就知道有這句話。

總之你必不可遲至次年的氾濫季節才抵河口三角洲，要知道當尼羅河水氾濫到地面上時，只有市鎮們包括孟斐斯的金字塔才能浮露於大水之上，如同你不久前行經的愛琴海上的島嶼，差別的是這些島嶼間的水域將沒有月光下飛躍的海豚，全是你害怕的尼羅河鱷，底比斯以南的人們吃牠，底比斯和孟斐斯的人們卻把牠看作聖獸，能夠的話，一人養一隻，訓練牠，使喚牠，把熔化的石頭（玻璃）或黃金耳環戴在牠們耳朵上，腳環套在前足，餵食蜂蜜、蛋糕，死後製成木乃伊，埋到聖墓裏去。

無論如何你畢竟到達底比斯了，活人住尼羅河東，死人住河西，日頭當空幾乎萬物沒有影子的時候，你們乘船渡河去拜訪埋有歷代列王包括年輕的圖坦卡蒙棺槨的山谷。導遊可能不滿意小費，沿途九人巴隨意走走停停，有時放你們烈日下曝曬半小時全無交代，同車的一對年邁德國夫婦因此非常害怕，彼此緊緊扶持，兩人狩獵裝式的及膝卡其褲下給日炙得粉紅一雙腿。

你美金一元一瓶的礦泉水就快喝光了，不禁十分觀光客的懷念從北到南旅館早餐供應的石榴汁，酸澀如仙楂洛神，但顏色美過紅寶石，比葡萄汁或酒要像多了耶穌寶血，手帕拭過的痕跡再也洗不掉。

九人巴又暫停荒漠中某尋常民家，門庭前散置很多未完工的石雕和石材，車窗一拉開，有背負嬰孩弟弟的大眼睛女孩仰臉湊上前來，你未加考慮的掏出兩枝原子筆給她，隨即非常羞愧，爲何會把她當作是前來乞討或兜售什麼的小販打發……，臨開車際，小女孩前來敲敲車窗，她的眼睛眞長眞大，描了濃黑的眼線眼影似的，酷似她數千年前一手權杖、一手打穀杖、額上一鷹一蛇的祖先圖坦卡蒙，然則她匆匆塞給你什麼，硬硬的，車開，你攤開手心，是一片櫻花色花崗岩石材崩裂下來的碎片，她一定覺得它美麗非凡。

後來導遊不知爲何改變了心意，放你們回岸東，並好言說他自己是某蘇丹酋長，三代皆從事觀光業，今年三十一歲，只有一個老婆，說著意味深長的故意看車上某年輕女客一眼。你們轉又有點同情這名爲了小費躁鬱了整日的酋長導遊，他長得確如一頭純血馬般高大俊美，非常崇洋，以能指認出同行遊客穿戴的名牌爲樂事，他自己腰繫一條皮爾卡登皮帶，Ray-Ban墨鏡，手勾書本大的Bally皮夾，全身散發著努力掩蓋羊羶味兒的古龍水，其餘你就辨識不出了。

你們配合他建議的搭乘馬車返旅館，一人繳五埃及鎊，簡直不知貴還便宜。非常乾涼的晚風裏，應該是很巨大的時間差都失掉意義了，你好奇著兩千多年前與你曾同樣行過風貌半點沒改變過的此地此景（包括偏南的天空最明亮的狼星）的那位生於小亞細亞的希臘人，會是怎麼樣一種心情，動不動老說「自古以來直到我的時代也沒有看過底比斯下過雨。」「照我看，一萬年的時間也就夠了，因此我相信，在我出生前，一個海灣是可以被這樣一條急流大河變成隆地的。」「當我從祭司們那裏聽到這件事時，莫伊利斯國王死了還不到九百年。」……天知道莫伊利斯死了有快三千五百年了！

於是就算你不在氾濫季循河道南行，學會吃椰棗泥、紙莎草根、喝大麥酒佐生醃鵪鶉，你終將遇到人口眾多的納撒摩涅斯部族，他們捕捉蝗蟲，將之曝曬、研碎、散到奶裏飲用（不知好不好喝）。你也終將遇到從日出那方來的伊索匹亞人，他們有著全人類當中最富於羊毛性的頭髮，頭戴自馬身上剝製下來的整個前頭部，馬的耳朵和鬃毛尚留存，他們用馬鬃來代替冠毛，並使馬的耳朵硬挺挺的豎立著，他們都不用盾牌，而是用仙鶴皮當作一種防護武器，而河水上漲淹沒兩岸平原時，水中會大量生長羅托斯百合，機率極小的你應不至碰到西北方的食蓮族羅托斯帕哥伊人，顧名思義他們唯一的食品就是蓮子，不單吃它，還用它來釀酒，你切不可接受他們的飲宴招待，否則將如某則神話傳說，你將會徹底遺忘憂煩，遺忘與你有關的一切，不用說，包括你的家鄉，你的執念想能再見面的親愛的人。

你沒計算或記憶錯的話（例如衣縷打了幾個結或口袋裏藏了多少顆獸齒），那都應該是第四或第五年了，你沒有剪理的及背長髮在某個秋天開始竄出幾綹初以爲是反光的亮白髮（怎麼能不有白髮），你向阿蒙神祈禱，你不住三角洲，又不講埃及語，希望神能允許你吃隨便什麼東西，因爲都是羊肉，沒牛肉可吃。

你到老市集去，只買了一顆壘球大小的石榴，因爲從頭到尾都被各式兜售者團團包圍著，沒能一攤一攤仔細瀏覽。你決定要抽身離去時，被一只湊在你鼻尖的銀鐲給吸引住，鐲是純銀或鍍銀，總之它暗暗放著古老的微黃澤輝，鐲頭是羊頭，曲角的綿羊，底比斯的宙斯像便就是有著公羊頭的。你議了價，成交，沈甸甸的放在褲口袋裏，信物似的一種感覺。

你揣著信物，淨了身，去夜晚的卡那克神廟。

行過夾道數十尊羊頭獅身臥像的大道，繞行進出幾座門樓，神廟最壯觀的圓柱殿已從好些個角度打足了夜燈，燈光自地面仰射至柱身柱底天空，一百多尊直徑三公尺半的列柱，便單單純純蓮梗或莎草莖一樣向天空生長上去，這樣造是爲了懷想創世神造世界時的原始沼澤吧，你們當然是其下的蜉蝣類了。

風從很涼的地方吹過來，你坐在露席上，很快就適應夜色，地平線與天交接處非常明亮，清晰細緻的映出剪紙般的幾株椰棗。你都不專心聆聽莎劇腔調的男低音正緩緩講述歷代列王的歷史傳說，你一直被很遠很遠比天邊椰棗還要遠處傳來的犬吠聲所吸引，那犬吠得跟你家鄉一模一樣好奇怪，可以想像牠的旁邊一定有一家子人，幾千年來都有著那麼不絕種的一家人，幾千年來幾千隻狗都那麼每夜吠叫著，你完全了解，再沒有一刻感覺時空的界限阻攔失去意義，例如了不起的哈西普蘇特女王也一定在同樣一個夜裏聽過一模一樣的犬吠，她一定同樣也感歎著「自古以來」或「到我這時代」……，好像她不可能會死掉，因此當然也不會有以後。

你們都多慮了。

昔日的富人宴席上，進餐完畢之後，便會有人帶上一副模型，模型是一具塗得和刻得跟原物十分相似的棺木和屍首，大約半公尺至一公尺長，他把此物呈給赴宴的每一個人看，說：「飲酒作樂吧，不然就請看看這個，你死了的時候就是這個樣子啊！」

然而要如何讓怎麼好像愈走距離愈遠的家鄉親人也能同樣感受：飲酒作樂吧，因為我們死了的時候，無非就是這個樣子啊！

也許你終必成功穿越日出方向的採石場廢墟，其中你會遭到伊索匹亞的穴居者，他們比所聽過的任何人都要跑得快，他們以蛇、蜥蜴和類此的爬蟲動物為食，他們的語言和世界上任何語系都不同，就像是蝙蝠的叫聲。

你到達紅海畔，奇怪怎麼會選擇到這罕有人跡處等待過海，可能原先直覺以為過了海，那塊缺乏人類文字記述和傳奇故事的沙漠半島好像因此易渡得多，屆時你必不會被任何文字所吸引、所攔阻。

你必要在天狼星與日偕升的那一天前渡海，那一天，尼羅河開始氾濫，人們把天狼星尊為伊西絲女神，以為女神又開始流淚了。

海不難渡，數千年前的人為你探過路，是埃及的國王涅科斯，他派擅航海的腓尼基人乘船出發，命令他們在回航時得經過應該是直布羅陀海峽的海克力斯杜，最後再從多島海回埃及。於是腓尼基人便從紅海出發往南海航去，秋天來的時候，不管他們航行到哪兒都要上岸並在該處播種，他們且得待在那裏直到收割了穀物再繼續上路。第三年時，他們繞過了海克力斯柱回到埃及。據他們說，在繞行非洲時，太陽是在他們的右手邊，有人信了他們的說法。

他們是走到南半球去了。

請記住，你必要叫太陽永遠從你前方升起，右手邊則會吹來永恆的印度洋溫暖潮溼內藏丁香肉桂氣息的海風。你得一直往東去，因爲你已經身陷於一個地圖畫亂了的時空，他們全都相信地球平如一方臺，儘管他們大多將世界畫得像圓規畫成的那樣圓，四周環繞著歐凱阿諾斯的水流，而且天曉得他們竟把亞細亞和歐羅巴畫成一樣大小！

對此同樣極度不滿的人便提出質疑：我就從來不知道有一條叫歐凱阿諾斯的河流，我想那是荷馬或者更古老的某位詩人發明了這名字，並把它用到自己的詩作裏面來的。

你眞懊悔對渡海東行之後的行程地理常識不足，簡直不會比他們畫出更佳的地圖，你只得接受前述的質疑者在兩千年多前的努力訂正後的地圖及其解說，例如他認爲「尼羅河的氾濫是肇因於它上游的融雪」，這說法是極爲荒誕無稽的，因爲「自古以來」從那兒吹來的全是熱風，二來當地居民的膚色如此之黑正可證明太陽的熱力；所以爲什麼河水會在夏天時上漲，因爲在冬季的時候，太陽被暴風吹離了它原來的軌道而移轉到南方了，關鍵在此：凡是離日神最近的地方，或日神直接通過的地方，那裏的河水便也最少。

你接受他的地圖，接受他對這世界的描述：荷馬或其他詩人不負責任發明出來的歐凱阿諾斯河周流於全世界，日沒那方好大一片是野獸出沒區，南方沒有雨雪的更大區域是逃走者和侏儒區和長壽的伊索匹亞人……

至於你最亟知道的日出處是空白一片，連荒誕或幻想的文字也缺乏，你回不去了，你終將等候凝立成石成鹽柱，早晚遭風吹杪，因爲數千年前書寫在紙莎草紙或陶片上的詩歌早已經記載清楚你的命運：

死亡今天就在我面前，
像沒藥的香味，
像微風天坐在風帆下。

死亡今天就在我面前，
像荷花的芬芳，
像酒醉後坐在河岸上。

死亡今天就在我面前，
像雨過後的晴天，
像人發現他所忽視的東西。

死亡今天就在我面前，

像人被囚禁多年，
期待著探望他的親人。

……

——選自《漫遊者》．聯合文學

【作者介紹】

朱天心，山東臨朐人，台灣大學歷史系畢業。曾主編《三三集刊》，現專事寫作。曾獲《中國時報》及《聯合報》小說獎。著有《方舟上的日子》、《擊壤歌》、《時移事往》、《我記得……》、《想我眷村的兄弟們》、《古都》、《漫遊者》等書。

旅行者

藍博洲

K走失了。

*

這單車環島的旅行計畫是K在枯燥的文法課時和我提起的。

「D．J！暑假一起騎單車環島旅行如何？……旅行可以讓你認識到許多你的世界以外的人事。當然，因著這種以你那全然好奇深思的心態投入你所旅程的一個又一個新奇的城市和陌生的村鎮的旅行必然會使你內在的心靈世界拓展至另外一種書本的知識所不能給你的成長的。」這就是K那時向我提起的旅行。

後來的一段日子裏，我便陷入即將來臨的旅行的興奮期待裏。

可是，K走失了。

我的旅途頓時變得孤獨寂寞了。雖然如此，我還是依著我們原本的計畫繼續踏向未完的旅程。

在寂靜的花東濱海公路上，我孤獨的騎著腳踏車往那一切陌生的、熟悉的村鎮前去。夏暑炙熱的陽光把公路上的柏油瀝青照曬得軟糊了；卻是那波瀾壯闊浪濤拍岸的太平洋以及那秀而不險的海岸山脈所組就的山海景致教我暫忘了旅途的寂寞與烈日的曝曬之苦。偶爾一輛輛夏旅的汽車疾駛而去，空氣便瀰漫著濃黑的車煙或者是依稀繚繞的年輕學生的歡唱；他們在享受著青春的美好，青春總是人生美好的一段歲月呀！車煙飄逝、歌聲沈寂，大地又只有浪濤夾著風吼的自然樂音在輕唱。偌大的公路卻只我一個人汗流腳疲的踩踏著這樣一輛破舊的單車千里獨行。

夜裏，這東部的海岸竟然不遇可宿的莊落。於是，我只得在一片廣垠平闊的沙灘之後的那片木麻黃樹的防風林隙紮營。

撿拾枯枝，生火炊煮，飽食之後卻是夜的寂靜。海水沖湧、星空寂寂，曠茫的海岸除卻浪濤了無音聲；既無蟲鳴，更無鳥叫。這海邊的夏夜，靜得教我感受那深深的孤獨而來的怕。

寂靜裏，我心虛的由著微弱的柴火看了看周遭的景物。我看到，一株株挺拔修直的木麻黃樹在夜風裏有如一群巨大的惡靈般緊環我孤獨的身影伺機而動。這不經心的一瞥，只覺火光所及的樹林之後那無邊無盡的黑暗裏竟而有著難以言說的鬼魅！立時，我那敏感的心思便浮現出一幕幕我所經由電影、電視、小說、傳說的種種而知的恐怖景象。

我，一個二十出頭的、年輕的、有著相當的智性訓練的，力唱「歸返自然」的論調的大學男生竟而在這太平洋中一個美麗之島的東部海岸的夜晚——一個不受些許文明污染的全然原始的夜晚裏因著這屬於大自然的寧靜祥和而驚怕著。

幽漫寂靜的夜晚，我的心一直在思念著、期待著；那思念，那期待竟而更甚於一熱情的男子在思念、期待伊人之時的急切。我期望K會突然出現這海邊的夜晚一如他突然走失於花蓮那般。孤獨、寂寞加之莫名的恐懼使我無法入眠。

天色初明，我便繼續著我的旅程往南騎去。

經由臺東沿線的城鄉部落，我的旅程南迴至屏東海岸一個叫做楓港的海鎮；這是一個風物殊異的海港小鎮。在忙碌的港岸，我看到：黃昏的落日以及進港出港，這裏那裏打撈的漁船。這幅熱帶海岸的景致教人多麼依戀呀！

家住高雄的大毛在車站接我時，已然是我和K走失的第五天了。入睡前，大毛遞給我一封厚甸甸的信。是K寫的，他這個人就是喜歡寫長信。我看到信封上簽署的發信地是東部的小鎮——關山。

我拆開了信……

*

K說：那天早上，天祥出發的伊始，我便一直緊緊的跟在你的後面。車子出了驚險的中橫我們便來到了太魯閣，然後經過新城、三棧這一些我所陌生的東臺小鎮。寬廣的公路上車輛不多，我們朝著花蓮的市區前行。雖說我的貪看這異地的景物不覺緩了前行的車速，你的身影卻也不離我的目力所及之處。

太陽從臺北出發的旅途起始乃至這東部的城市始終高掛在無雲的天空上，地面的暑氣因著日午更加高熾。我流了汗，一直流個不停；於是，我的背心汗濕了。我看到一顆顆晶瑩的汗珠流經我那黝黑的容顏而滴落地面，瞬即乾無。我很渴，因爲感覺到渴我才想起自天祥之後我的唇不曾沾潤過一滴之水；我想，是該喝水了。水呢？這時，我才想到水壺塞在你的背包裏。如果我要喝水，我必須趕上你或者叫你等等。這樣一想，我便放開嗓門叫了幾聲。

「D．J！等等我……」

「D．J！」

但是，我的音量終究不及於我倆的身距。我看著你的身影愈來愈小的往前騎去，我只得苦苦的追趕著你，爲了背包裏的那壺水。

我就那樣騎呀騎的騎向你所往的地方。公路兩旁的民房、田園因著車身的往前而往後倒駛。然後，我看到一輛飛機呼嘯著從寬廣的地平面高拔突起，流線型的機身平穩的滑向前方的無限遠處。我看看周遭的景致，我想，是花蓮機場了。

至此，你的身影已然一如逐漸遠逝的機身消逝於我的目力所及之前方遠處。

D．J！這時我眞的渴得無法忍耐了。人的忍耐總有一個限度的，一旦超越這極限之時，人必定會在困局裏掙扎出新的出路的；這，就是我一向所高唱的所謂「置之死地而後生」的追求生命的更高境界的途徑。我是相信著，人唯有瀕臨一種死寂破滅的絕境之時始能了解到生命的意義與幸福之爲物？人，在認識到那生命的意義與幸福的本質之前的一切歡樂皆是假象！那不過是怠惰懦弱的人類不敢面對死亡的必然而來的逃避而已。人，唯有經由受苦經驗的思考反省始能體會出幸福的本質，始能安然承受那對於生命不安的恐懼。正如，唯有經由對於渴的極度忍受，人，始能嘗受出水的甘美，始能體認到水的意義。在這之前，水的存在對於人類沒有任何的意義可言。

可是，就如你對我的了解，D．J！我並不是一個能夠當機立斷的人。面對抉擇，我的心情眞是矛盾得亂七八糟呀！我這樣去想再那樣去想，我希望能夠經由不同角度的思考而完滿的處理這時的困境；但我陷入了「魚與熊掌」的難題。

我想，在盛暑日午的強烈陽光肆虐之下，我那削瘦的身體必然難以承受。如若我再不喝水，我的中暑暈厥於花蓮這異鄉那是必然的呀！我想，我不該因爲這可以避免的意外拖累你的行程。

D．J！當初我之所以邀你結伴單車環島原是爲了一免旅途的寂寞。但是，如果因著我的不支而拖累了你，耽誤了行程，甚至破壞了整個旅行的計畫，於我是良心不安的。

可是，只要我停車飲水稍事休息，你我的距離勢必更加遙遠；除非你在前頭的某地等我，否則你我的失散是必然的了！

D．J！對於人類來說，抉擇，可以說是最最難以堪的磨難呀。人的一生除卻起初的生與末日的死亡是不容人抉擇之外卻是充有著種種不同的抉擇！

抉擇的本身已然涵蓋著割捨或陷入的困境。對於割捨來說，人總難在割捨造就的美好的過去的消逝裏釋然。反之卻也讓人陷入一種沈淪的深淵裏難以自拔。人，似乎永遠欠缺著超越當下困境的智慧與能力。於是，缺憾似乎是人的成長過程裏必然的哀傷！

D．J！如若缺憾之於人生是恆存的；那麼卑微渺小的我們只好以「將缺憾還諸天地，是創格完人。」的心懷去面對這種必然了！

D．J！我又想是否「以虛對有，以靜制動」的胸懷對於困境的突破是個較好的態度。我這樣想的，D．J！不加抉擇的本身便是最好的抉擇，試著讓我們的心靈澄淨於一片虛空，不信任何的概念、假設與期許，要像一面明鏡，用最深處的本心去觀照投映於這明鏡的物象；唯有這樣，人才能免於一切概念、假設的蒙蔽，才能不加抉擇的抉擇出最最清純自然的和諧之路，沒有缺憾！

如是一想，我隨即從這停車與否的矛盾糾結裏超越了；我順之本心的使然前行著。許是命當如此，我那舊老的車胎禁不住臺北以來公路的長時高溫的磨損而破了。D．J！此時，除就停車修補之外，我也別無選擇了

再上路，已是半個鐘頭之後了。D．J！這時，你的身影更是如夢如幻的縹緲虛無了。

我仔細的張望公路兩旁的行人，我企望著你的身影出現我的眼前。在期許的失望裏我茫然的滑下一段坡路進入花蓮市區。我在路邊一家麵食館停車午餐。我故意把車停放在顯眼之處。我這樣想：如果你在路上的某處等我，但我卻沒有看見；那麼，當你趕來之時，因著你的注意到我的車將會使你我再碰頭吧！

我饑餓了，我叫了一碗牛肉麵吃。卻是我那一身旅人的行裝吸引著那麵店老闆對我的好奇談問。

「先生，旅行嗎？從那裏來的呀？」他說。看我吃完了那碗麵，順手遞給我一根香煙。

「謝謝！」

我點燃香煙，深深的吸了一口再緩緩吐出，一時，談話便在煙霧繚繞裏展開：「我從臺北出發，經由北海公路到達宜蘭山的內裏的一座位於龍潭湖畔的禪寺，在那裏住了兩夜，參禪唸佛；然後行經峻險的蘇花公路來到太魯閣再折進中橫到天祥宿夜。今天早上，我是從天祥出發的。」

……

……

「老闆，在更早的時候，你有沒有看到一個裝扮如我的男子經過？」我問。

「沒有仔細注意吔！」他說：「生意忙不過來。」

D．J！我想，搞不好你還在路上的某處等我也說不定？於是，我便更加專注於路上的行人動靜了。

如是等待了三個小時之久卻始終不見你的身影行徑。我知道，你我已然走失了。我只好一個人繼續未完的旅程。

＊

這時，我想起了在我更年少的時候的房東葉子的故鄉就在縱谷公路所經的關山小鎮；於是，我便捨棄了濱海公路而前行於縱谷公路上。

出了花蓮市區便是吉安，吉安再過去我便來到一個叫做壽豐的村鄉。途經一道水泥橋之時，我被一陣陣原眞的歡笑聲吸引了。我看到三個男童在橋下的溪圳裏裸身游泳。我看到他們童稚光潔的男體在陽光和溪水的映照下是那樣瑩潤晶滑的美好。我拿出相機捕捉他們童稚的男體的清純；這清純，即將因青春之成長而消逝。

一個男孩回到家裏拿了一個水壺給我，裏面盡是旅途不可或缺的水。

「給你。」他說。然後以一雙好奇的眼神盯著我那一身的旅人的裝扮看個不停，慇慇的問說：「你為什麼要到外面旅行？旅行對你有什麼好處呢？」

D．J！這樣一個童稚的問話頓時把我引入深深的思考裏。

D．J！我的確是因著這樣的問話而一時呆然了。是不是我們活著卻一直不曾去認眞思考過爲什麼便理所當然的這樣活下來了？是不是我們不敢去思考，去質問這生命存在的本質和意義？

D．J！如若我們沒有想過我們爲什麼要旅行？或者沒有認眞思考過旅行的意義一如那個孩童所說的「旅行對你有什麼好處？」之時，這樣的旅行是不是只是一種徒勞而已？

那麼，如若我們一樣不曾想過人活著是爲了什麼？或者不曾認眞思考過生命的本質意義之時，人這一生的所有努力是不是只是一種逃避虛無的空忙而已？

這樣的話，D．J！我想，當我們眞誠的去思考反省我們因著年輕的愛戀而來的喜笑泣淚之究竟時，是不是我們必須謙虛的說我們並沒有眞正的去愛過呢？是不是我們只是因著思春期而來的生理分泌的刺激便把我們原始的行爲反應一直錯認爲是所謂的愛呢？是不是因著年輕，因著激情，我們便一直無知的，或者是放縱我們原始的需要而褻瀆著愛情的聖潔呢？

D．J！我是說如若我們不能了解愛情的本質之時，我們是不是只是耽溺於我們年輕的情慾而不可自拔呢？

D．J！我是這樣的反省著而踏上我未竟的旅途呀。

＊

車過鳳林，天色已經漸漸暗了起來。在空寂的縱谷公路上我孤獨的往陌生的城鄉前去。公路兩旁是一片片結實纍纍的西瓜田，勤勞的瓜農們珍惜著未黑的天色操作農事。遠處有人燒起野火，濃濃的煙霧便瀰漫了暮色更深的黃昏田園了。我是在這樣祥寧的田園景致裏進入光復這一個阿美族人的城鄉呀。過了馬太鞍橋，公路兩旁稀疏排列的街燈也一一的亮起了微弱的光芒；我想，它們是在歡迎我這異地遠來的孤獨的旅人吧！

夜色完全塗滿了四野，我只得在這純樸的城鄉找尋一個可以歇腳的地方。

我在陌生的街巷穿梭尋覓，終而，我看到一個偌大的十字架深嵌在慘白的街燈照耀著的紅磚塔壁；循著十字架的指引，我好不容易的來到這空靜無人的教堂；神父到花蓮去了。

我心悵然，我只得另覓宿頭。

我的喜悅是：這阿美族人的小鎮給予一個流浪男子的深深溫情。

極度茫然裏，一個楊姓的阿美族婦女，以她對於人的十足的信和愛，把我這樣一個浪遊於大馬林街頭的陌生男子領入她那溫馨的家庭，她一一的介紹了她的家人讓我認識。在多日孤單的、浪遊的旅途之後竟而在這異地的星空下我享有著一個甜美的夜晚。

這是一個虔誠信仰天主的家庭，從她們飯前禱告的容顏裏我領會了許多這一個族民因著被侮蔑的過去而來的滄桑和心懷。誰說這些島的原住民的秉性是凶悍野蠻的呢？他們對於一個陌生的、浪遊的男子的熱誠招待的背後那種對人濃厚不疑的人情味又豈是過度世故的都市人內裏的巧詐所可比擬的？

那個晚上，我享有旅途以來最好的美食和睡眠。

＊

第二天，我的旅程更加的逼進於我那年少時候的房東葉子的故鄉——關山。

關山昔時稱「黑壠」。

入夜時，我安頓於小鎮僅有的旅棧。

白日的勞累，我已無心逛賞這東部小鎮的街景民情。飯食沐浴之後，我慵懶的躺在牀上翻閱旅遊指南。依據書上的指示，如果要一遊南橫可以經由此鎮搭車入山。

D．J！這時我心矛盾又起，我的思緒又陷入明日何去何從的矛盾糾結裏。我想，花蓮以後你必是行經海岸公路南行吧？如若我按照原定的行程往南，或許我倆會有相遇的機會吧！但是，南橫沿途的原始景致對於酷愛山水美景的我卻是難以抗拒的誘惑。於是，我決定把孤獨的我投入群山的懷抱，我決定改途南橫。

我立時起身下樓。走著走著，我忽然直覺到一種被人暗中窺伺的不安；無意裏我看到旅店一隅的沙發椅上有個中年婦人以著一對妖冶的黑眼珠在打量我。旅行的經驗立時告訴我這應該是一種什麼樣的眼神？我不予理會，兀自走向櫃臺。

「先生，請問這幾天南橫的路況如何？」我問櫃臺的中年男子。

他抬起頭來，用一臉狐疑的表情打量我，愛理不理。

「先生，可不可以麻煩你告訴我南橫最近的路況？我想明天進山遊玩。」我更加客氣的問他。說完，我便順手遞給他一根香煙，劃了火柴，點燃他的冷漠。我想，香煙終究是人與人間最好的溝通橋樑。

噴了一口濃濃的煙，他終於開口了，他說：「你要到南橫？」

「是的！」

「就你一個人？」

「是的！」

「搭車嗎？」

「不！」我說：「騎腳踏車。」

「不行哪！埡口到天池之間坍方吔！」

「那麼，走路通不通？」我急切的問。

「可以啦！」他努力且專注的吸著香煙。

「謝謝！」我說。

「對了，請問那裏可以托運腳踏車？」離去時，忽然想起該把單車運回臺北。

「火車站。」他又恢復原先的冷漠。

上樓時，我直感到那一對妖冶的黑眼珠又在陰暗的一隅向我冷冷的打量著。

*

「咚！咚！咚！」

我剛把門帶上敲門聲便輕促的響了起來。

「會是誰呢？在這異地我是全然孤獨陌生的呀？」我狐疑的把門打開。

「先生，要小姐嗎？」一個女人突兀的問說。她是一個身著黑色低胸露背洋裝的半老徐娘。在幽廊那盞暈黃的壁燈流光照耀下我看到她那已然乾癟的乳房一如熟過季節的蘋果般的下垂著；她那一臉的漸露的皺紋下的臉蛋兒卻依然隱約的呈現著年輕時該有的姣美；她那頗有東洋味的韻致使我不禁懷想起有著一對水靈靈的眼睛的我那少年時候的故鄉於關山的少婦房東葉子來了；卻她那一對因著滄桑風塵的貪慾而來的妖冶浮腫的眼神冷息了我的憶想。她用著一種對於人性十足了解的自信帶笑的等著我的回答。

我沈默了許久。

她又說：「你一定是個旅行的藝術家吧！我知道你們這種人需要什麼樣的女人。要不要？不很貴吔！」

「不要！我要休息了。」我把門重重的關上，反鎖，我拒絕了她。

我躺了下來，扭熄桌上那盞檯燈之後，夜色便從四面上下完全的流浸了我那孤獨的身軀。這時，我的思緒便毫無抗力的循著回憶的軌跡流回那段過去的歲月，那段我那破敗的青春生活……

＊

她是一個饒富韻味的女人。細緻勻稱的瓜子臉，小小的嘴唇，挺秀的鼻以及不很大的一雙鳳眼，淡淡的眉毛，給人一種潔淨的感受；她那瘦細白皙的頸項後流瀉著一頭烏黑亮麗的髮茨，苗條而不顯得柔弱的修長體態頗嫵媚的。她是一個十足東洋風味的少婦。她是我的房東——葉子。

那年，我十六歲。

蟬鳴枝頭的盛夏結束了生命裏的國中生涯。秋天，帶著家人的期許，我初次離開我那山城的故鄉；搭上火車，我南下到中部省城的中學就讀。

D．J！多年的歲月流逝之後向你傾訴這樣一段我那年少的晦澀是依然教我深深的陷入一種下墜的心境而難以超拔的呀！但是，我想，這樣的過去的內在糾結終得要我親自的一絲一縷的解開，我才能眞正的健康活著呀！那麼，請你靜心聆聽我在這東臺小鎮對你告白的關於我的那段陰晦、沈墮而且懵懂的年少初情吧。

初次離家負笈異地而來的孤寂使得年少不更事的我常常在夜深人靜時驚醒於夢魘的糾結。總是夜色最濃最深的時候，驚醒之後我便起身愣坐桌前，望著窗外幽幽寂寂的長巷冥思。偶爾，我看到淒慘的月色努力的穿破雲層再經由窗外那棵枝葉濃密隨風婆娑的老榕葉縫照進我那黝黑的斗室；我那一顆年輕脆弱的心再也禁不住思鄉而來的愁情便咽咽的哭了起來……

就在幾個哭泣的夜晚之後，我那韻美細潔的房東終而注意到了我的難過。

那是一個沒有月亮的晚上，巷口老王的麵攤收攤以後，窄巷的夜便完完全全的進入寂靜詳寧的夢鄉了。我在數了無數隻的羊以後才沈沈入睡。當夢魘驚醒之時，我不過睡了不到兩個鐘頭的時間而已。

一如以往，我在冥想起故鄉的山園親友時再也禁不住的哭了起來。我想，我那儘量壓抑的咽泣終於驚醒了我那美麗善心的房東少婦了。

一陣輕微的敲門聲之後，她悄悄的走進我那狹小的斗室；我那除卻一張單人牀、書桌、椅子之外就只一個衣橱，然後再也容不下其他東西的斗室。

「想家嗎？」她有點羞怯的問我。

微弱的暈黃燈光下的她的容顏是很有一種令我心動的少婦韻味的。她的關切竟而使致容易臉紅的我不知所措於自己少男的不更事了。

兩人在靜夜裏因著陌生而沈寂了許久。我聽到遠處依稀有淒厲的犬吠。夜眞的很深很濃了。

「家在那裏？」她試著打破沈寂。

「苗栗。」

「噢，苗栗！」她狀似熟悉的驚嘆說：「去年到大湖採草莓時還經過的。那一條又長又窄的街道從火車站一直蜿蜒下去就到大湖了。那是一個純樸美秀的山鎭。」

「妳去過山鎭！妳眞的去過嗎？」我那思鄉而來的莫名愁情因著一異地女子對於故鄉的談聊立時釋懷了。

「是啊！我眞的去過啊！」她說：「那是一個很有味道的小鎭，街上的行人寥落，山風一起便這裏那裏吹颳著地上的塵紙滾滾飛揚，眞有點西部片裏的調調。我滿喜歡那個小城的。」

「妳知不知道還有山坡上那一片蒼綠的山野，那一地如茵的牧草，還有那散置放牧於山丘的牛群呢？」

那一個晚上，我倆便從關於山城的種種聊起。天亮的時候，我們彼此也有了初步的認識了。

她叫葉子，我的房東，她出生於東臺的小鎮關山。

「那是一個樸實蔽塞的小鎮。」她幽幽的說。

她是一個長期飄泊海外的海員的妻子。她是孤獨的。於是，她把這幢傍於公園之彎的清幽公寓分租一間給人以減寂寞之苦。因著離校不遠與不貴的房租我便成了她的房客。

之後的兩個月，我便不明就裏的和我那媽媽一般的葉子房東相戀起來。青春的我便一步步的耽溺於不可自拔的沈淪裏。

D．J！此刻我來給你寫信的時候，我想，對於我那男人的初次的緣由我才得以有著清楚的認識來解釋這畸戀的！

一個孤守空閨的少婦給予一個初次離家的青春男子的感受，除卻那樣一種母性的關愛之外是還充滿著青春期的男子對於性愛的神祕誘惑的！然後，一切都發生了……

不再童貞的我便因著對於情慾初嘗的甜美而無由自主的耽溺於那樣茫然沈淪的日子裏了。

正當發育成長期的我那已然壯碩的身體卻因著這樣的沈溺而日復一日的消瘦以至於病倒了……

深秋的一個黃昏，我那得知我兩個月來的生活究竟的父親便把我帶回青色的山的故鄉。從此我離開了省中，離開了我那十足東洋風味的少婦房東——葉子。

D．J！離別時的我對於伊，正如伊對我，竟而是互相冷漠得有點茫然的……

D．J！關於葉子，關於我那年輕歲月的陰濕生活我所能敘述的就僅止於這些始末了；至於整個事件內裏的種種，我想，那只不過是因著年少的無知而來的沈淪而已！還是讓它沈澱於流逝的時間裏吧。

＊

D．J！回到山城，十六歲的男孩的我在鄰人的眼裏已然是個十足的「敗德者」了！因著這樣，我便從茫然裏甦醒，我開始對於我的過去認眞的反思，因著反思乃至於對於那樣的背德抱著深深自疚的罪惡之感了。

有那麼一段日子，我不敢出門，我拒絕所有朋友的探訪，我更怕見到城裏的長者，因爲他們嘴裏吐出的道德的羞責會讓我覺得自己竟而是這樣一個齷齪的人。我想，我是一個有病的人，我是一個病得很重的人。許久了，我還是沒有勇氣走出家門……我想，我怕見到陽光。我整天躲在我那黑幕深遮的陰暗的閣樓裏咀嚼著那段背德的生活，我想，我之所以敗德乃是因爲我的對於人類原始慾望的耽溺招致的。既然人們道德的責備是蔑視這樣的原始情慾的，我想，它是不好的，我要禁抑它。

但是，夜裏我依然惡夢頻頻，我常常在夢裏驚醒；醒來時卻發現睡褲已然一灘濕了。我走下牀，悄悄走到浴室換洗，我再上牀。但我始終無法入睡，我整夜不安的失眠著，我的腦海又浮現著種種過去激情的景象。我無法不憶起葉子她那已然成就的少婦風情和她那微有些倦態的神情所對我的撩撥，她的神情使我覺得她是那樣貪婪的生活在情慾裏。年輕的我終究無能抵抗而無力的墮落著……

我要禁抑它！我開始禁抑它了……

十二月的時候寒流來襲，冬天便眞正的下臨寶島了。我還是常常驚醒於靜夜的睡夢中，我想，我是一個有病的人，我是自甘墮落的人……

我要禁抑它！我開始禁抑它了……

我走出大門，我無畏於山城的人們投注於我的責罵嘲諷了。一個天欲亮未亮的黎明時分，我推開大門，沿著屋後的山徑慢慢跑向兀自陰黑的山林；我一直跑，一直跑，跑呀跑的，一直跑到西山牧場的草坡上才休息。我平躺於柔軟的草地裏喘息，我的思緒暫時遺忘了許多過去，我在那裏觀看日出於東邊的山頭，然後，慢慢的跑下山。

白日裏，我努力的沈浸於中西的思想世界裏；我企望經由文學、哲學、心理學……的研讀替自己的思想尋找出路，我一字一字的咀嚼思考，我努力的作著讀書筆記。

黃昏時，我又慢慢的跑向山野。然後，我到體育場打籃球、玩雙槓、單槓、做伏地挺身……，我故意讓自己的體能疲累到極度我才回家。

我要禁抑它！我開始禁抑它了……

在嚴冬，我開始沖洗冷水浴。早晚運動後，我沖冷水。入睡前，我洗冷水澡。睡夢裏，一感覺到小腹的不安高漲之時，我便急速的衝入浴室用冷水浸泡我的激動，我那開始茁壯起來的男性方才漸漸安息下來……

我要禁抑它！我一直努力的禁抑它……

但是，我還是禁不住夢裏的遐想！一個寒流來襲的夜晚，深夜勤讀後，我的心神竟而恍惚不安的無法沈靜入睡。我起身下牀，我做了無數次的伏地挺身，我的身體已然疲憊極了，但我始終無法安然入睡。我想，我知道究竟是怎麼一回事了。

但是，我要禁抑它……

我推出腳踏車，在寒夜的冷寒裏往海邊騎去，騎呀騎的，我來到離山城約有十公里的海邊小村。我來到一處靜謐的海灘，我把車停放於群立的木麻黃樹林的林隙裏。我迅速的把一件件厚重的夾克、毛衣……脫下，我大呼一聲便赤裸裸的奔入冰冷的海水裏；我慢慢的游向波濤洶湧的外海。海終於讓我靜了下來，海讓我……

D．J！那一年敗德之後的生活我就是這樣自苦著過來的。我想，即便是七年以後的此刻，對於情慾我依然是從心的深處鄙棄著呀。幾年來，我之所以一直過著這樣極端自制苦修的生活不外是太年輕時便嘗受到原始的情慾而來的對於被指爲「背德者」的極端反動的心理吧！我是一個有病的人，我是一個心理不健全的人，我想，我眞的是一個有病的人。

這麼多年了，我還是覺得那樣的激情是齷齪的、墮落的！

D．J！我喜歡旅行，長期以來我一直喜歡孤獨的旅行於陌生的城鎭。我希望我能藉著旅行來遺忘我那年少的惡行而來的病態的夢魘。但是，關山這一小鎭卻又教我把那深藏許久的惡夢清晰浮現於記憶裏。

終究我必得把內裏深處的糾結條理清楚之後我才得以眞正的健康起來。我希望在以後的日子裏我將有勇氣去愛。當然，我知道，首先我必須忘掉過去的夢魘，我才能安心享有我的女人給我的愛情呀！

D．J！明天我便進入南橫的山區了。

但願你旅途快樂！

K．7．20．關山

＊

我把那疊長信放回信封，旅途的疲累使我很快的入睡。

第二天的清晨，我繼續著我未竟的旅程往北前行。

陽光依然照耀著寬廣的公路。

——選自《旅行者》．爾雅

【作者介紹】

藍博洲，台灣苗栗縣人，輔仁大學法文系畢業。曾獲《中國時報》小說獎、洪醒夫小說獎、台北文學獎。著有《旅行者》、《幌馬車之歌》、《沈屍．流亡．二二八》、《白色恐怖》、《藤纏樹》、《麥浪歌詠隊》等書。

豎琴海域

張瀛太

我喜歡這種不規則的蔓延，蛇形的伸展，像魔法師畫咒語，用施了法的手指撩撥千里萬里。鏡頭跟著冰原走、雪片走，跟冰上的裂縫一路追蹤下去，導演說我沒抓住主題，儘製造一些漏洞和蕪雜。

我移開鏡頭，沒什麼意圖也沒什麼雄心地眺望著，風在冰面上刻出鱗形紋理，雪塡補了浮冰互撞的罅隙，這些線條與色澤，埋伏太多耐人尋味的線索，我相信這樣筆隨意走的靈感，若隱若現的敘述魅力。藏在鏡頭裏、露在銀幕上的永遠只有一小部分，可一大部分卻活在觀者的人生和閱歷中；我從不知如何替創作預設底限，主題對我是不發生作用的，限制我，我便會違規。

導演說，這傢伙，是拍環境的。他的口氣像個揮霍慣了的公子哥，老不記得自己已家無恆產。他笑我荒唐，他想要的卻是這種氣息，有時候他的抱怨其實是讚嘆，讚嘆自己的沒有道理，一種「置身事外」的快樂。從飛離格林斯敦開始，便無所謂主題副主題，影片搜羅的許多事物，不是爲了要連貫彼此而達到什麼情節或目的，我們不太處理目的，它只在那裏，就夠了。

直升機進入聖羅倫斯灣上空，螺旋槳的聲音，攪動銀色的海、湛藍的冰，往下俯視，冰群之間游動許多音符，奏著蒙太奇的手法，放大了眞實和非眞實的琤琮，我感覺有些東西源源流進來，潛入意識中的寶藏和紀錄。當直升機下降，黑色的音符變成銀灰色，我聽到一種時間，在腦海滴答，不是戲劇的時間，是生活的時間，生命的時間。

三月，馬德琳娜島，二十五萬隻豎琴海豹群聚海冰之間哺育幼豹，短短十幾天的哺育期，小海豹要從七公斤長到三十幾公斤，難怪每三小時就叫餓。小東西高音薩克斯風的聲勢，穿破一百一十公里水域，扁扁的黑鼻子，卓別林的小鬍子，在直升機降落時刻，一張張無辜的臉好像擠著我們問：母奶在哪裏？

附近雪地沾了血跡，我們發現一隻母海豹剛剛產子，才出生的小傢伙毛色略黃，瘦小了點，像隻沒裝滿的脂肪袋，圓匙狀的冰面，被牠的體溫融成了冰搖籃。我在手套內塞進禦寒的粉袋，趴在雪地上，隔著遠遠的冰堆，調近焦距，還沒啓動按鈕，幾隻黑背鷗忽然俯衝下來，母海豹立刻伸長脖子，露齒狂吼，她一面用牙齒和爪子作出攻擊狀，一面扭動身軀拖著小海豹鑽入冰洞。黑背鷗遠了，我跑過去看那冰洞，洞外兩道迤邐的痕跡，彷彿母海豹背上豎琴般的黑色線條，牠剛才是如何奮力，才能用那樣短短的前鰭，把自己一百五十公分長的身軀連同小寶貝拖進冰洞？底下九十公分厚的冰層，還有無盡深邃的海底，是母子平安的居所嗎？也許我不用擔心兩道痕跡洩漏海豹形蹤，過不久就會被雪填平了。

回到叢林般的冰堆，發現幾位工作人員鼻梁凍紅、眼鏡全結了霜，導演說我們應該運一箱XO來慶祝我們瘋了。攝氏零下十四度，我想運來的酒，也該是冰棒了。記得名導演柯波拉拍電影破產之際，還打電話要家鄉的老婆寄一箱XO到拍片的沙漠，老婆說他瘋了，叫他拿錢來；我們倒不用挨老婆罵，老婆早跑的跑斷的斷了。有人一點也不怕損失，他的人生損失慣了，那些不相干事物的趣味和生機，永遠吸引他從敘事的跑道上岔開，不靠任何因果連接而四處游動，這看來幾乎是無目的的自由氣息，就是一種態度，一種人生。我和導演合作十七年了，十七年來，換了兩個太太，跑了三個老婆，就沒換過導演，他說拍電視沒意義，我們拍電影，他說電影不景氣，我們改拍紀錄片，拍紀錄片，更不景氣。十七年間，我一直擔任攝影助理，同輩都升級攝影師了，有些人拍廣告片賺很多錢，我也曾猶豫是否該去替別人攝影，導演說：要做貪吃懶作的狗，不如做大戶人家的狗。於是我在這個大戶留下來了，我們擁有彼此最可貴的歲月和信賴，我們都信賴自己的胡來，也都有資格叫對方瘋子。

瘋子的拍片守則就是不喧賓奪主，也不強調什麼是主，有時只放大故事中隱約暗示的局部情境，用許多片面，似相關似不相關的交織出來。至於是否相不相關，只有天知道。說不上來，什麼是心中想做到的那種極致，即使給我充分時間，總也有些力有未逮的惆悵。不假手於任何設計，不仰賴剪接分割，整段整段的拍，讓膠卷跑，事物跑，看起來眞像流水帳，但生活哪有什麼規律可言，故意製造的規律，太假。

故意聚焦的紀錄，是否也太假？二十五萬隻海豹，我要選擇哪幾隻？或者守株待兔，來者不拒。這種問題似乎不必過分認眞，雪花總是紛紛降臨的，一隻小海豹就這麼神奇地降臨了。我們看到這球白茸茸的身子攀上一塊浮冰，發出嬰兒般哭喊：不久，導演身旁一個六尺大小的洞，忽然冒出一張銀黑色面孔，那雙黑葡萄眼睛盯住我們看，我們靜住不動，牠才奮力爬到冰上，高聲叫喊，小海豹聽見呼聲，努力朝這邊爬，於是大海豹和小海豹慢慢接近了，在最近的時刻，牠們用鼻尖碰觸廝磨，確認是自家的孩子後，母海豹就開始哺乳，小海豹先吸了一邊，又換另一邊乳房繼續吸，最後兩邊一起吸。母海豹可能年紀長了，對我們的存在並不特別意外，牠好整以暇，用耙狀的前鰭梳梳小海豹，拍拍又抓抓，小海豹似乎吃飽了，睏了，但還吮著乳頭不放。另一邊也是一對剛團圓的母子，小東西要吃奶，雌海豹爬過去彷彿要餵奶，當小海豹扭動身體湊近母親乳房，母親忽然轉身走掉，停一會兒，等小海豹跟上，快要吸到乳頭時，雌海豹又走，這樣爬爬停停，小海豹始終吃不到奶，我們正搞不清是怎麼回事，牠們已爬到一個十幾公尺遠的洞口，母海豹終於停下來開始餵食，原來，牠是用這樣的利誘，引孩子回「家」。

時間在腦海滴答，我們站在結冰的海灣上，沒有任何舉動。沒人催我趕快拍攝，也沒人用呼吸或眨眼透露什麼惋惜，那分滿足的神情，像剛剛經過大地的哺育，飽了睏了，還賴住乳頭不放。我眞希望自己有奶，也能餵哺小孩。年輕時餵女兒吃奶，女兒往往推開奶瓶，直要吸我胸脯，我這對結實的胸脯的確又鼓又凸，練過健身的，總有些看頭，可惜只中看，擠不出半滴奶。天地之間，母性總是被歌頌的，而父性，往往要跟汗水或保衛做聯想，可我什麼都不是。看過一部電影，說一個年邁的語言學家訓練海豚說話，當海豚開竅的刹那，牠叫了：爸爸。那聲爸爸，叫得我淚流滿襟。都忘了，女兒是怎麼學會叫爸爸，海豹也會叫爸爸嗎？我看到不遠的海冰邊緣，一隻雄海豹緊緊盯著我們，導遊說牠是在守衛妻兒，我想牠肯定是盡責的，看牠攀浮的海冰，都融掉一大圈了。

我是那種即使買了房子，也會想去住旅館，即使有了女友，也會看路上女人的人。我天性如此，像候鳥，常常忍不住遷徙的慾望，一年總要飛過來又飛過去，旅行或拍片，理所當然的遠走高飛，把漂浮當度假，度假當流浪。只是，候鳥還有來去的季節和定點，如果沒有女兒，我也許不是候鳥，是漂鳥。我不知道是做候鳥遺憾，還是做不成漂鳥，所以遺憾。其實女兒也是候鳥，春去秋來，往返幾個定點。三歲前跟我，後來跟了妻，妻結婚後跟了新家，十二歲又來跟我，那時她長得夠大了，不吵著吃奶，但不知所措的青春期，搞不懂尺寸大小ＡＢＣ，卻得勞動老爸替她張羅衛生棉和胸罩了。一個半吊子父親想當母親，總有點遺憾，在歲月和青春交錯間，我們一個秋去春來，一個春去秋來；好希望女兒長大，但又不安於女兒長大，當她不再膩在我懷裏，推開我的輕吻說：好色喔，我不知道那是隔閡，還是害羞。有什麼辦法可以長大成人而又保留心中那個小孩？我們都喜歡海豹幼時的模樣，毛茸茸，雪白，天眞，雖然牠的可愛有時正是牠的無理取鬧、惱人黏人，可當牠茁壯了、獨立了，你卻惋惜了。

在茫茫的雪地上，與小海豹四目相望那一刻，眞教人怦然心動。生命中總有一種突然，教你驚覺某個靈魂正與你凝視，有一種交會可以消弭萬物的界線。遍地寒冰中，失散的雌海豹和幼海豹，能藉著鼻尖的碰觸確認彼此；芸芸眾生中，總也有那樣特別的人兒，能熟悉你的頻率認出你的氣味。女兒喜歡聞我的臭腳丫，她說新爸的像花生米，老爸的像冬瓜茶，問她為什麼回來跟老爸住，她說她喜歡喝冬瓜茶。我想有一天，如果我們在冰原裏走失了，我一定不穿鞋，屆時女兒會不會循味而至？老天給候鳥以季節，給人類以親子，那種無形的召喚，讓人嗅得到回家的航線。十七年了，我仍是候鳥，忍不住遷徙的慾望，飛來又飛去，但總不停地往家的方向張望。

記憶中，黃昏該是回家的時候。在黃昏降臨前，還沒尋著小海豹的媽媽們呼聲四起，小海豹有的嚶嚶回應，有的靜待不動。導遊莫維克慢慢走向一隻小海豹，伸手矇牠眼睛，小海豹垂著頭，任誰撫摸都沒反應。莫維克說這是裝睡，小動物自然的防衛本能。導演也伸手，打算矇一隻安靜的小海豹，不料那小傢伙張口要咬人。同伴笑他：哼支搖籃曲會不會好點？我想，海豹媽媽該有搖籃曲吧，大地也有。在這片純白的茫茫間，上天賜予小海豹一身雪白，讓牠們躲過天敵，平安成長。有一天，當雪白蓬鬆的軟毛轉為銀灰，冰層開始融化，小海豹獨自游泳和捕魚，海豹媽媽便消失了。沒有人問，離開孩子，你能不眷戀神傷？但總是這樣的。春天來時，孩子會和同儕一道北遷，度過夏季，當然牠們不再是孩子了。而明年，牠們還會回來，生養牠們的小孩……。

不記得多少年了，我沒再哼過搖籃曲，也忘了玩裝睡的遊戲。有一天，女兒跟我說不想聽故事了，從那時起，她卻對我說起故事，每天總要講上好幾篇，等我睡著，她才肯闔眼。是天方夜譚那個一千零一夜的王后降臨了嗎？那個纏著我唸童話、唱搖籃曲而假裝睡著的小丫頭，反過來要講故事讓老爸裝睡了。小海豹的毛會變銀灰色，當牠長大；而女兒的頭髮染成棕黃色時，我才驚覺她已非黃毛丫頭。當同齡的女孩迷戀木村拓哉、反町隆史，我為她張羅多少明星海報，可她一張也不用，閨房裏，就只貼一張大海豹，「是海裏的迷你豬哦——好像爸爸呢，頭頂禿禿，身子大大。」她伸手去捻海豹鬍鬚，我恍然記起自己多久沒刮鬍子了。往往，就是這點溫情，在冰冷的境域中，讓人間有發燒的感覺吧。

站在聖羅倫斯灣的海冰上，想著要帶什麼紀念品回去，用保溫箱裝個雪人嗎？呵呵，女兒會笑老爸抄襲日劇的把戲。我們收拾器材上直升機，回頭看，那些持續降溫的靛青、靛藍、孔雀藍，還有變化萬端的穹蒼、艷色紛陳的海水和冰原，都在螺旋槳下，一一消去，我們像穿越一個垂掛冰柱的漫長隧洞，飛向無垠。一切靜悄悄的，沒有風聲，沒有鷗鳥聲，沒有邊界。隱約間，我彷彿發現一個小生命——一棵禿兀的樹，突破雪的覆埋，昂然站了出來。冬將盡了，那是春的訊息。

——選自《西藏愛人》．九歌

【作者介紹】

張瀛太，台灣台南人。台灣大學中文研究所博士，曾任中國青年寫作協會祕書長，曾任教於暨南大學、海洋大學。現為台灣科技大學助理教授，曾獲《中國時報》、《聯合報》、《中央日報》文學獎。著有《巢渡》、《盟》、《西藏愛人》等書。

旅行文學讀本

揚智讀本 01

作　　者／孟樊
出 版 者／揚智文化事業股份有限公司
發 行 人／葉忠賢
執行編輯／閻富萍、晏華璞、鄭美珠
登 記 證／局版北市業字第 1117 號
地　　址／台北縣深坑鄉北深路 3 段 260 號 8 樓
電　　話／(02)26647780
傳　　真／(02)26647633
網　　址／http://www.ycrc.com.tw
E-mail／service@ycrc.com.tw
印　　刷／鼎易印刷事業股份有限公司
ISBN／957-818-601-0
初版三刷／2007 年 10 月
定　　價／新台幣 400 元

國家圖書館出版品預行編目資料

旅行文學讀本 / 孟樊主編. -- 初版. -- 台北市：揚智文化, 2004[民 93]
面； 公分. --（揚智讀本系列； 1）

ISBN 957-818-601-0（平裝）

830 93000777